Hühnerdreck

Dieses Buch ist ein Roman. Handlungen und Personen sind frei erfunden. Ähnlichkeiten mit lebenden oder toten Personen sind nicht gewollt und rein zufällig.

MICHAELA HÖFELSAUER

Hühnerdreck

LANDKRIMI

emons:

Bibliografische Information der Deutschen Nationalbibliothek
Die Deutsche Nationalbibliothek verzeichnet diese Publikation in der Deutschen Nationalbibliografie; detaillierte bibliografische Daten sind im Internet über http://dnb.d-nb.de abrufbar.

Umschlagmotive: iStockphoto.com/fotostok_pdv, fotolia.com/moleskostudio, sxc.hu/Billy Alexander
Klappeninnenseiten: iStockphoto.com/Spiderplay
Umschlaggestaltung: Franziska Emons/Tobias Doetsch
Gestaltung Innenteil: César Satz & Grafik GmbH, Köln
Lektorat: Lisa Bitzer
Druck und Bindung: CPI – Clausen & Bosse, Leck
Printed in Germany 2014
ISBN 978-3-95451-269-0
Landkrimi
Originalausgabe

Schulter an Schulter, Herz an Herz.
Für Gü, Annabella und Marlena

Kräht der Hahn hoch auf dem Mist,
bleibt das Wetter, wie es ist.
Kräht der Hahn hoch auf dem Huhn,
hat das mit dem Wetter nichts zu tun.

1

Haben Sie schon einmal eine Leiche gesehen? Ich meine damit nicht einen lieben Verstorbenen, sondern jemanden, der nicht auf natürliche Weise ums Leben gekommen ist. Nein? Nun, ich auch nicht, obwohl ich persönlich bereits jemanden ermordet habe. Ja, Sie hören richtig: Ich habe einem Menschen das Leben genommen.

Wer mich kennt, würde das nicht glauben. Niemals. Auch Sie nicht, sollten wir uns im Laufe unserer schriftlichen Beziehung näher kennenlernen.

Wie oft erwischt man sich bei dem Gedanken: Dich könnte ich umbringen. Manchmal schnell und schmerzlos. Wie bei meiner Nachbarin, die mich endlos nervt. Sie werden sie übrigens auch noch kennen- und »lieben« lernen.

Und manchmal, da will man Schmerzen ohne Ende bereiten. Wie beim Autofahren, wenn man es besonders eilig hat und der Vordermann die Mindestgeschwindigkeit noch unterschreitet. Also, wie oft hat man in Gedanken schon jemandem die Gurgel umgedreht?

Doch wenn jetzt die Möglichkeit bestünde, die Tat in die Wirklichkeit umzusetzen, wen würde man dann auswählen? Wen kennen Sie, der es wert ist, dafür alle anerzogenen und gängigen Werte zu vergessen und zu missachten? Wen kennen Sie, der es wert ist, dafür vielleicht ins Gefängnis zu wandern?

Hassen Sie jemanden so sehr, dass Sie alles dafür aufs Spiel setzen würden? Das eigene mühsam erworbene Leben? Oh, ich kenne so einige, die es verdient hätten. Und doch …

Gottes Wege sind unergründlich, heißt es. Wie wahr.

Denn dann ist es mir tatsächlich passiert. Tausendmal durchgespielt. Durchlebt. Den Wunsch, den Gedanken, die Wirklichkeit verboten. Und dann habe ich wirklich gemordet.

Weil der Zufall es so wollte.

Oder?

2

Der alte Herr Lackner war verstorben.

Wobei die meisten Ortsansässigen das »Herr« vor dem Namen bewusst vergaßen. Der Lackner war einfach immer nur »der Lackner« gewesen. Erstens, weil jeder ihn immer schon so genannt hatte. Und zweitens, weil dieses Weglassen des »Herrn« signalisierte, dass sich der Lackner zu Lebzeiten keiner besonderen Beliebtheit in seinem Heimatort Lember erfreute hatte.

So ein richtiger griesgrämiger Alter, der auf dem Lacknerhof am Rande der Ortschaft sein Dasein fristete, das war er gewesen. Der Lackner eben. Schon in früheren Jahren war es seine liebste Beschäftigung gewesen, allen möglichen Leuten das Leben schwer zu machen. Seiner Frau. Den beiden Töchtern. Den Angestellten. Und als die endlich alle vertrieben waren: den Nachbarn. Waren diese dann allerseits angezeigt und verklagt, kam ihm jeder recht, den er nur finden konnte. Gründe dafür (er-)fand der Alte genug. Auch der Gemeindevorstand, allen voran der Bürgermeister, stand ganz oben auf seiner Vernichtungsliste.

Obwohl er mittlerweile ein alter Mann war, vermied man es trotzdem besser, ihm in die Quere zu kommen. Zu Besuchen lud sein Hof auch nicht unbedingt ein, der in seiner Verwahrlosung die geistige Verkümmerung des Besitzers angenommen hatte. Früher ein gepflegtes Vorzeigeanwesen, mit üppigen Feldern, dem Stall voller Vieh und sogar Fremdenzimmern, war nun alles heruntergekommen. Überall standen und lagen alte, verrostete Maschinen und Gebrauchsmaterialien herum, von Autos bis hin zu einfachen Holzrechen. Dazwischen wucherte das Unkraut und würde bald so manches Überbleibsel eines früheren Lebens verschlungen haben. Die Farbe des Hauses war schwer zu benennen und von Wind und Wetter zu einem undefinierbaren Farbton vermischt worden. Die Fensterscheiben glichen glanzlosen Augen – schon lange blind durch Staub und Schmutz.

Im Führerhaus des ausrangierten Traktors brachten die Katzen ihren Nachwuchs auf die Welt. Und das in einem Tempo, dass der alte Lackner mit dem Ertränken der jungen Viecher kaum mehr hinterherkam. Was ihn nicht zu stören schien, denn dieser Zeitvertreib machte ihm offensichtlich großen Spaß.

Deshalb war aber der Tritt in Katzen- und (man hinterfragte besser nicht wessen) andere Scheiße bei jedem zweiten Schritt unvermeidlich, wagte man sich auch nur in die Nähe des Lacknerhofs. Überall nisteten die Hühner und stolzierten frei herum, als seien sie die wahren Herren des Anwesens.

Wer es wagte, das Haus zu betreten, dem bot sich ein erbärmlicher Anblick. Schachteln, Zeitungen, vollgestopfte Müllsäcke, gebrauchtes und schimmeliges Geschirr, wohin man auch blickte. Darüber und dazwischen tummelten sich Spinnweben, Staub, Schmutz und Krabbelgetier in jeder Form. Feine Nasen würden alte Essensreste, Schimmel, abgestandene Milch, Schnaps, Urin und viel mehr Unaussprechliches unterscheiden können, weniger zart Besaitete würden das Ganze schlichtweg als Gestank bezeichnen.

Und mittendrin der Alte, Herr über Chaos, Verwüstung und Verwesung. Sein Charakter in der trostlosen Umgebung widergespiegelt. Mit Gott und der ganzen Welt auf Kriegsfuß, lag er wie eine Spinne auf der Lauer und wartete auf ein Opfer, das ihm ins Netz ging.

Obwohl es alle, außer einige Kinder bei der beliebtesten Mutprobe im Ort, tunlichst vermieden, ihm zu begegnen und den Weg am Lacknerhof vorbei zu wählen, war es doch ab und zu nicht anders möglich. Denn es war eine ideale Abkürzung, um zu den besten Schwammerlplätzen in der ganzen Umgebung zu gelangen.

War es das Risiko wert? Wohl keinem, der noch nie eines der wunderbarsten und beliebtesten Gerichte der Region genossen hatte: ein dampfendes Schwammerlgulasch. Sonnengelbe, nach Wald duftende Eierschwammerl, zart geröstet in üppiger, langsam zerlassener Butter, riefen jeden Sommer bittend um Verzehr. Mit Schlagobers abgeschmeckt und saftiger grüner Petersilie verfeinert, stellte dieses Gericht für jeden Schwammerlliebhaber eine

Köstlichkeit dar, die einem das Wasser im Mund zusammenlaufen ließ. Dazu ein großer runder, flaumiger Semmelknödel, und so mancher ahnte sich im Schwammerlfeinschmeckerparadies.

Wer nun also Schwammerl in irgendeiner Form liebte, der würde schon so manches Risiko dafür eingehen. Und sei es nur, um die Pilze an einen Wirt oder nichts ahnenden Touristen für einen horrenden Preis zu verkaufen. Wer die Abkürzung am Lacknerhof vorbei wählte, dem musste aber klar sein, dass ihm der alte Bauer früher oder später den Weg versperren würde. Er hatte es sich zur Aufgabe gemacht, hinter dem Gebüsch zu lauern und hervorzuschlurfen, wenn er jemanden vorbeiwandern sah. Jeder konnte schneller laufen als der schon etwas in die Jahre gekommene Lacknerbauer, aber da man seine Heimtücke fürchtete, schien es besser, sich der Situation gleich zu stellen. Hatte der Leichtsinnige zu viele der wunderbar riechenden Pilze dabei (gesetzlich waren pro Pflückdurchgang nur zwei Kilo für den Eigengebrauch erlaubt), drohte der Alte sofort mit der Alarmierung der Polizei und noch viel Schlimmerem.

Manchem eifrigen Finder war deswegen nichts anderes übrig geblieben, als dem alten Griesgram die köstliche Beute auszuhändigen, um seine Ruhe zu haben. Ausgerechnet dem Lackner, der die Schwammerl mit absoluter Sicherheit nicht an die Behörden übergab, sondern höchstpersönlich für die Vernichtung sorgte. Selbst wenn es ihm in seiner körperlichen Verfassung nicht mehr möglich war, ein anständiges Schwammerlgulasch zu fabrizieren, konnte doch getrost bestätigt werden, dass auch ein einfaches Gericht wie Schwammerl mit Fleischkrapfen einen nicht zu verachtenden Leckerbissen darstellte und der alte Waldschrat durchaus in der Lage war, dieses noch selbst zuzubereiten. Auf Kosten des fleißigen Sammlers, versteht sich.

Und nun war der Alte tot.

Das »endlich« sprach man im Ort nicht laut aus, es wurde aber definitiv des Öfteren gedacht. Hätte nicht der örtliche Briefträger in Amt und Würden – nämlich Erich Plottino – allen Mut zusammengenommen und sich nach einem Mutschnaps beim Martinswirten aufgemacht, um einen eingeschriebenen Brief der Behörde beim Lacknerbauern abzuliefern, würde selbiger noch bis in alle Ewigkeit vor sich hin rotten. Der Tote wäre wahrscheinlich bis heute unentdeckt geblieben. Wem sollte er auch fehlen?

Der Briefträger wurde auf dem verwahrlosten Hof normalerweise nicht besser empfangen als all die anderen »Nichtsnutze«. Früher, als der Bauer noch einen Hund sein Eigen genannt hatte, war es noch schlimmer gewesen. Der große, ewig hungrige Schäferhund war schon aus Prinzip auf alles gehetzt worden, was eine Uniform trug. Später war dazu nicht einmal mehr eine Uniform nötig gewesen. Doch über Nacht war der Hund auf bisher ungeklärte Weise vom Hof verschwunden, und keiner hatte ihm nachgetrauert.

Jedenfalls bis zu dem Zeitpunkt, als der Alte mit einem Gewehr aufgetaucht war und den armen gutmütigen Postboten Erich nach allen Regeln der Kunst bedroht und beschimpft hatte.

Weil er sich noch gut an die letzte Begegnung mit dem Lackner erinnern konnte, war der Briefträger vor dem bevorstehenden schweren Gang zum Lacknerhof beim Martinswirt eingekehrt und hatte sich mit einem Schnaps Mut gemacht. Für ihn eine Medizin für jede Lebenslage, genau wie die kleinen weißen Pillen, diese Klobulli oder wie auch immer die heißen mochten, die seine Frau tonnenweise einwarf. Vor der Postzustellung beim Lackner wählte Erich immer einen scharfen Obstler, und nun stand er also vor der offenen Tür des langsam in sich zusammenfallenden Anwesens. Vorsichtig linste er in den schmutzigen Vorraum und studierte übermäßig lange das vergilbte handgeschriebene Schild »Bitte Schuhe abputzen«, und als nach einiger Zeit immer noch nichts vom Alten zu sehen war, wagte er es, das Haus zu betreten. Er begann schon zu hoffen, der Lackner wäre ausgeflogen, also öffnete Erich so leise wie möglich die Tür zur Wohnküche, um einzutreten und hastig seine Pflicht zu erledigen. Vielleicht hatte es Gabriel, der Schutzpatron der Postboten, ja an diesem Tag gut mit ihm gemeint?

Dann aber musste er erkennen: Der Mutschnaps beim Wirt war schon nicht verkehrt gewesen. In einer seltsamen Verrenkung, mit angezogenen, verwinkelten Gliedern und weit aufgerissenen Augen, lag da neben dem Küchentisch in all dem Müll und Unrat der Herr des Hauses. Blau im Gesicht. Aufgedunsen, mit fleckigen braunen Lippen. Auf dem Tisch eine halb gegessene Mahlzeit, die ihrem Schöpfer in Sachen Verwesung in nichts nachstand.

In absolutem Schockzustand verzichtete der Postbote auf eine eventuell angebrachte Mund-zu-Mund-Beatmung und flüchtete – heftig nach Luft schnappend – und knapp vor dem Erbrechen nach draußen. Er raste zurück zum Gasthaus. Ein sofort folgender Schockschnaps war nötig, dann erst konnte die Dienststelle in Fisching informiert werden. In Lember selbst gab es ja keine Gendarmerie mehr. Durch Sparmaßnahmen der Politik mussten die Herren von der Polizei nun aus dem fünf Kilometer entfernten Nachbarort anreisen.

In der örtlichen Kommandozentrale stand sofort fest: Hier war jemand so zu Ende gekommen, wie er es sich verdient hatte.

Mit der »Kommandozentrale« waren natürlich nicht das benachbarte Polizeirevier oder das stattliche Gemeindeamt gemeint. Der Name »Oberste Kommandozentrale für Informationsaustausch, Gerüchteumschlagplatz erster Klasse und Befehlsannahmestelle für meinungsbildende Maßnahmen im Ort« war einer besonderen Institution verliehen worden, dem einzigen Geschäft im Ort, dem Kaufhaus Brant. Mitten in Lember, gleich neben der Kirche und dem Gemeindeamt gelegen, wartete der winzige Lebensmittelladen Tag für Tag auf Kunden. Schon seit fünfzig Jahren unverändert, glich er den berühmten Tante-Emma-Läden, wie man sie aus dem Fernsehen kannte, bis aufs letzte Staubkorn. Von außen erweckte er durchaus den Eindruck der Kategorie »gepflegt«. Dies war Bürgermeister Brecht zu verdanken, der auf einen neuen Anstrich und einige kleinere Schönheitsreparaturen an der Vorderseite des Hauses bestanden hatte.

»Es steht wohl außer Zweifel, dass in einem aufstrebenden Tourismusort die Fassade eines Gebäudes mitten im Dorf nicht auf Verwahrlosung schließen lassen darf!«, hatte er bei einer Ortsverschönerungssitzung gedonnert. Wobei es keiner gewagt hätte, das reichlich übertriebene »aufstrebender Tourismusort« zu relativieren. Nun erfreute sich aber so ziemlich jeder in Lember an den hübschen gepflegten Fassaden rund um den Ortsplatz, eben auch der des nun hellgrünen »Lebensmittelhandels Brant«.

Grün steht ja bekanntlich für Hoffnung, und so hofften die Lemberer auch auf eine örtlich finanzierte Renovierung im Laden selbst. Denn im Gegensatz zum äußeren Schein wollte das Innere gar nicht den Eindruck von »neu und gepflegt« vermitteln. Dunkel, eng, vollgestopft mit unübersichtlichem Angebotsdurcheinander an Gebrauchsutensilien und schon ziemlich verstaubt, luden die Räumlichkeiten nicht unbedingt zum Einkaufserlebnis schlechthin ein. Für den Ort aber war der Laden lebenswichtig. Hier konnte man alles finden. Von den verrücktesten Biersorten über Küchengeräte bis zu Nähfaden und der passenden Nähmaschine gleich dazu. Brauchte man Blumen, konnte man auch den Dünger, die Erde und die Gießkanne bei Brants kaufen. Stand ein Gulasch auf dem Speiseplan, warteten neben den Lebensmitteln schon Druckkochtopf und Pfanne sowie ein Kochbuch aus Großmutters Zeiten auf einen Abnehmer. Wenngleich alle diese Dinge schon einige Jährchen auf dem Buckel hatten. Auch so manches Lebensmittel …

Was es neben all den lebensnotwendigen Sachen außerdem massenhaft gab, das waren Informationen. Ratsch und Tratsch gingen hier im Gegensatz zu den restlichen Waren immer frisch über die Ladentheke. So hatte auch die Meldung eines besonderen Todesfalls schnell ihren Weg hierher gefunden. Vom Martinswirt, wo der entsetzte Postbeamte immer noch unerschöpflich seine Geschichte erzählte, waren es nur ein paar Meter bis zum Kaufhaus Brant. Die Kellnerin des Gasthofs musste plötzlich dringend noch einige Einkäufe besorgen und erzählte die Geschichte vom Lackner und seinem Tode eiligst und atemlos im »Lebensmittelhandel Brant«. Wo sie selbstverständlich die volle Aufmerksamkeit der Anwesenden ob dieser Neuigkeit genoss – ein kurzer Augenblick vergänglichen Ruhms.

Im Laden saß Martha Brant, die alleinstehende Chefin höchstpersönlich, an der alten Ladenkasse. Wie immer ganz in Schwarz gekleidet. Weil es schlank machte, wie sie nicht aufhörte zu betonen. Weil es am ehesten an eine Vogelspinne erinnerte, wie alle anderen vermuteten.

Genau wie es ihr leicht verstaubtes Geschäft schon ahnen ließ, hielt sie halsstarrig an alten Traditionen fest, und so kannte man die große hagere, bleiche Frau mit dem schütteren grauen Haarknoten nicht anders als mit übertriebener Freundlichkeit um die Kunden bemüht, während sie gleichzeitig mit eiserner Hand ihre eineinhalb Angestellten herumscheuchte.

Während Martha Brant nun an diesem Tage die Preise der gekauften Waren in die Kasse tippte, erzählte sie ihren Kundinnen die Geschichte des Briefträgers und des Lacknerbauern, als hätte sie alles selbst erlebt. Die anwesenden Damen hingen wie gewohnt an den dünnen Lippen und waren derartig dankbar für all die wunderbaren Informationen, dass einige zu ihrem Nachteil eingetippte Preise der gekauften Lebensmittel die Sache schon wert machten. Für Informationen jeder Art musste man nun mal bezahlen.

Bei Frau Brant erfuhr man auch, dass neben der örtlichen Polizei und dem Leichenbestatter ein wichtiger Herr aus der Stadt – sicherlich mindestens ein Oberkriminalkommissar – gekommen war, um sich den »Tatort« anzusehen.

»Anscheinend hortete der Alte ein Vermögen unter der Matratze, und ein gieriger Verwandter hat ihn umgebracht«, wusste eine der Damen, nämlich die resolute und besonders nach Anerkennung geifernde, beinahe schon schmerzhaft neugierige Karin Prall, fast atemlos zu erzählen.

»Nein, nein, ich habe gehört, er wollte einen Landstreicher vertreiben, und der ist in der Nacht wiedergekommen und hat ihn erledigt. Durchs Fenster ist der Strolch eingestiegen und dann: *chrrrrt*«, erzählte eine andere, während sie sich mit dem ausgestreckten Zeigefinger quer über die Kehle fuhr.

Ein erschrockener Aufschrei der Umstehenden, die sich alle gleichzeitig an den Hals fassten, als wären sie die nächsten Opfer.

»Oh mein Gott, in diesen Zeiten ist man nicht einmal mehr in seinem eigenen Bett sicher. Wo soll das noch hinführen?«, hauchte Elvira Zeiler, die sich gerade ebenfalls im Kaufhaus Brant befand. Mit hochgezogenen Augenbrauen nahmen die Umstehenden diesen Kommentar zur Kenntnis, da gerade Elvira Zeiler ihre Zeit gerne und vorwiegend im Bett (und das selten alleine) verbrachte.

So war die Zeit bis zum Bekanntwerden der genauen Todesursache eine unruhige im Ort. Jedermann stellte die wildesten Spekulationen auf. Immer neue Details wurden aufgedeckt. Viele davon waren nicht einmal der Polizei bekannt, weil eben nicht wahr. Ein Hin und Her und Auf und Ab an neuen Informationen ließ den Ort in Wellen erschaudern.

Und noch während die unglaublichsten Überlegungen durch das kleine Lember rumorten, war nach den polizeilichen Untersuchungen rasch klar geworden: Der Lackner würde aufgrund einer banalen Pilzvergiftung ab jetzt die Toten und nicht mehr die Lebenden plagen.

Das war inakzeptabel langweilig.

***

So viele Menschen hätte sich der alte Griesgram sicher nicht bei seinem Begräbnis vorgestellt. Mehr oder weniger das ganze Dorf war auf den Beinen. Erstens konnte er ja nun nicht mehr mit dem Gewehr auf sie schießen. Zweitens ging man hier auf dem Land meistens sowieso zu jedem Begräbnis. Und drittens: Jeder kannte doch aus dem Fernsehen all die verdeckten Ermittlungen der Polizei, speziell rund um die Leichenfeier. Oder hatte von geheimen Verschwörungen, von Verfolgungsjagden auf dem Friedhof und vielem mehr gehört. Da galt es selbstverständlich nichts zu versäumen. Zwar stand die Todesursache schon fest, aber durch die weitergeratschten Gerüchte waren die Menschen noch derartig aufgeputscht, dass es sie nicht zu Hause hielt. Man konnte ja nicht wissen, was da noch passieren mochte – außerdem wollte man nichts versäumen. Und es hieß ja immer, dass der Mörder zum Ort des Geschehens zurückkehrte, um sich an seiner Tat zu ergötzen.

Dass trotz wildester Spekulationen und so einigem Getuschel während der doch eher kurzen Grabrede des Geistlichen nichts von den vermuteten Verfolgungsjagden und Ähnlichem eintraf, war am Ende des Tages nicht wichtig. Der wohlige Schauer des Grauens, der so manchem über Rücken, Nacken, Arme und Schlimmeres lief (allein bei der Vorstellung eines tatsächlichen Verbrechens in Lember) reichte vollkommen aus.

»Ja, ja. Gottes gerechte Strafe! Der Lackner wurde zu seinem eigenen Henker. Jedem erfährt das Schicksal, das er verdient«, fasste es Martha Brant tags drauf in einer für sie ungewohnten Knappheit zusammen und erntete dafür billigendes Kopfnicken und tiefe zustimmende Seufzer der umstehenden Damen.

***

Die Gemeinde Lember glich vielen ähnlichen Orten der alpinen Bergwelt: mittelgroß, mittelschön, Mittelmaß. Wobei in diesen Landen die Latte für Mittelmäßigkeit schon sehr hoch gelegt war. Wenn man gesegnet ist mit üppig wuchernden Wäldern, saftigen Wiesen, sprudelnden Quellen und Wasserfällen, gewaltigen blauweißen Bergmassiven, stolzen Menschen und Tieren, idyllischen Dörfern und Städten sowie kaum alles zerstörenden Naturkatastrophen wie dieser wunderbare Flecken Erde, kommt der Begriff »Mittelmaß« den meisten anderen geradezu blasphemisch vor.

Für die Bewohner Lembers selbst stand die Einmaligkeit ihrer Wohngemeinde selbstverständlich außer Zweifel. Aber vielen Fremdenverkehrsgästen aus grauen Städten oder trostlosen Industriegebieten kam es dem Paradies schon sehr nahe, in das sie ihr Leben nur zu gerne verlegt hätten. Gab es hier doch von allem etwas: pralle Natur in 3D für die Touristen, die sich hierher verirrten, einige Betriebe für diejenigen, die im Ort Arbeit finden wollten, zwei Gasthäuser, ein Geschäft, eine Fleischhauerei, eine Volksschule, eine Hauptschule, ein Fluss und noch so manches mehr. Im Zentrum dominierten das imposante grüne und einem Schloss nicht unähnliche Gemeindeamt sowie die in jedem Ort alles überragende Kirche mit dem obligatorischen Turm. Im Tal gelegen, rahmten grüne Wiesen Lember ein, die Bauern bis auf das letzte Hälmchen zum Broterwerb nutzten. Das satte frische Grün des Grases ging schließlich über in das dunkle kältere der Wälder, die sich bis zur Baumgrenze zogen, um erst Halt vor den majestätischen Gipfeln der umliegenden Berge zu machen. Wie Rübezahl und seine Freunde wachten hier der Hochkönig, der Luxkogel, das Rauchkögerl, der Bernkogel, der Klingspitz und der Anthaupten Rücken an Rücken über allem. Gewaltige Riesen, in der Zeit erstarrt und von den Menschen vor Ort mit Achtung und Stolz betrachtet. An klaren Tagen waren das Weiß der Bergrücken, das Blitzblau des Himmels und das saftige Grün der Felder so atemberaubend, dass manchmal sogar die Einheimischen, für die ihre Umgebung meist ziemlich selbstverständlich war, nicht umhin konnten, als sich daran zu erfreuen.

Neben dem Fremdenverkehr war die Haupteinkunftsquelle des Ortes und der näheren Umgebung die Arbeit in der Papierfabrik, die sich gleich nach Lember in Richtung zum Nachbarort Fisching befand. Im Ort selbst reihten sich die gepflegten Wohnhäuser wie Farbtupfer auf einem Blatt Papier um den eigentlichen Ortskern mit dem kleinen Dorfplatz inklusive Brunnen, dem Kaufhaus Brant und bereits genannten Gemeindeamt und Kirche. Dazwischen blühten Blumen in allen Farben und Formen, wohl geordnet und brav in ihren Beeten.

Keiner hier konnte verstehen, warum so mancher Bewohner der umliegenden Ortschaften verächtlich die Nase rümpfte, wenn der Name Lember fiel. Dies war wahrscheinlich der großen Brücke, einer Schnellstraße, die über den Ort gebaut worden war, zuzuschreiben. Diese mochte einigen »Nicht-Lemberern«

offensichtlich wie ein Schandfleck in der sonst so idyllischen Landschaft vorkommen. Die Leute im Ort hingegen waren an diesen Anblick gewöhnt. Außerdem weigerten sie sich aufs Vehementeste, von Auswärtigen kritisiert zu werden.

Überhaupt war man hier eine verschworene Gemeinschaft. Jeder kannte jeden, und der Ort stellte eine große Familie dar, in der es stets etwas zu erleben und zu diskutieren gab. War man auch nicht immer mit jeder Entscheidung der einzelnen Familienmitglieder einverstanden, hielten doch alle zusammen, wenn es darauf ankam. So viel man auch klatschte und tratschte, stritt und diskutierte – wollten sich Fremde einmischen, zogen die Bewohner sofort eine unsichtbare Mauer gegen vermeintliche Feinde hoch.

So lebte man ganz gut. Jeder wusste alles über seine Mitmenschen, oder doch das meiste. Wagte es auch manchmal Langeweile aufzukeimen, dann verdrängte man sie ganz einfach durch den einen oder anderen kleinen oder größeren Skandal. Gab es keinen, erfand man einen. Und da nicht wenige Einwohner ihr Glück aus dem Tratsch über das Unglück anderer zogen, gab es immer etwas zu besprechen. Solche Ortsgemeinden besaßen die Eigenschaft, den Einzelnen zu lieben und aufzufangen, um ihn, wenn nötig, im nächsten Moment mit der gleichen Inbrunst wieder fallen zu lassen.

Aber davon später mehr.

3

Auch ich bin einer der Bewohner von Lember und Umgebung, die, angezogen von einem Todesfall, Neuigkeiten erfahren wollen.

Bei Brants wird schon wild diskutiert, spekuliert und gestikuliert. Frau Brant hat gehört, dass die Ermittlungen fortschreiten. Was auch immer das heißen mag, es wird mit hochgezogenen Augenbrauen und entsetztem Kopfschütteln quittiert.

Ich beteilige mich lebhaft an der Unterhaltung und weiß doch eines mit absoluter Sicherheit besser als die anderen: Ich bin es, der den Lackner auf dem Gewissen hat.

Zuerst hat mich die Nachricht von seinem Tod nicht weiter erschüttert – ganz im Gegenteil. Gestorben sind schon viele in Lember. Und er hatte es verdient. Da ich nicht nur einen verbalen Zusammenstoß mit dem alten Miesepeter hatte, sondern ihm auch eine Anzeige wegen tätlichen Angriffs verdanke, empfand ich, ehrlich gesagt, zuerst ein Gefühl der Genugtuung. Wie wahrscheinlich die anderen fünfzig Lemberer auch, die ebenfalls von ihm angezeigt und teilweise sogar vor Gericht gezerrt worden waren. Und zwar genau wie bei mir ohne Grund oder, im besten Fall, wegen eines unwichtigen und von ihm vom Zaun gebrochenen Streits.

Ich für meinen Teil wollte nur einige kleine Kätzchen vor dem sicheren Tod retten, als er mich in seinem Stall erwischte. Katzen und überhaupt Tiere mag ich nicht besonders, aber diese Qual hat niemand verdient. Die Polizei wollte oder konnte ohne handfeste Beweise aber nichts unternehmen. Daher bin ich auf dem Hof marschiert, um die Sache zu verhindern oder wenigstens Beweise zu sammeln.

Natürlich entdeckte mich der Alte. Wir haben uns angeschrien. Letztendlich wurde er mich nur gewaltsam los. Beziehungsweise: Ich bin freiwillig gegangen, denn mit einer Mistgabel wollte auch ich mich nicht anlegen. Das war eine böse Sache. Darum und wegen vieler anderer Gemeinheiten, die er mir seit meiner Jugend angetan hat, tut es mir nicht leid um ihn.

Ja, gut, dann können Sie auch den Rest meiner armseligen Kindheit erfahren. Immerhin sind wir ja fast so etwas wie Verbündete, nicht wahr?

Meine Eltern besaßen kaum Geld, und sowohl mein Vater als auch meine Mutter halfen auf dem Hof des Alten. Für einen Hungerlohn mussten sie beim Lachner schuften, und wenn sie am Abend nicht fertig wurden oder es nicht so machten, wie die Herrschaften es wünschten, gab es gar nichts.

Wie ist so etwas möglich, in Zeiten wie diesen? Die Frage ist berechtigt, lieber Leser. Aber meine Eltern landeten nach einer finanziellen Krise beim Lackner. Freundlich und selbstlos aufgenommen – so dachten wir voller Dank und Freude. Endlich ein Ende der Pechsträhne. Dabei hatte sie ohne unser Wissen erst angefangen. Zuerst mussten meine Eltern arbeiten, um sich die miese und zugige Unterkunft und das schlechte Essen zu verdienen. Als es meinem Vater reichte und er sich etwas anderes suchen wollte, versprach der Bauer treuherzig, dem Vater nach seinem Tod den Hof und alles Dazugehörige zu überschreiben.

Zehn Jahre lang ließ er uns in diesem Glauben, bis er meinem Vater hämisch mitteilte, es wäre nun ein entfernter Verwandter aufgetaucht, der ihm den Hof abkaufen würde. Dies hat meinen Vater zerbrochen. Aus dem Verkauf wurde natürlich nichts, aber für uns gab es kein Zurück mehr. Auch ich wurde damals auf dem Hof nicht verschont. Obwohl ich fleißig half, benutzte man mich als Fußabstreifer. War der Bauer wütend, schlug er mich. War die Bäuerin wütend, bespuckte und beschimpfte sie mich. Natürlich immer, wenn meine Eltern nicht dabei waren. Um ihnen nicht noch mehr Kummer zu bereiten, schwieg ich.

Jetzt sehen sie nicht mehr auf mich herab. Niemand. Immerhin habe ich es aus eigenem Antrieb und Kraft zu einem anständigen Leben gebracht. Keiner behandelt mich mehr wie Dreck.

Am Anfang war ich ja mehr oder weniger der Meinung, nicht schuld am Tod des alten Lackners zu sein. Was mich erfüllte, war eher ein Gefühl des Sieges als der Rache. Ist man ein schlechter

Mensch, wenn man so denkt? Wahrscheinlich. Aber es hat einen noch schlechteren Menschen erwischt.

Wobei mich selbst niemand als schlecht bezeichnen würde. Ganz im Gegenteil. Mein mühsam errungenes derzeitiges Sein gefällt mir. Auch wenn es manchmal einer Rolle gleicht, die ich perfekt beherrsche. Aber so wollte ich es haben, so habe ich es mir erträumt, und so muss es sein. Manchmal wäre es mir sogar lieber, auch nur einen Tag lang schlimm und durchgedreht zu sein, als immer so gut, nett und angepasst, zuvorkommend, verständnisvoll und hilfsbereit. Na ja, kann ja noch werden. Ich arbeite daran, meine Fesseln zu sprengen, aus dem goldenen Käfig auszubrechen. Jedenfalls ist er nun tot. Und ich lebe. Gut so. Gesagt hätte ich das niemals laut, man spricht nicht schlecht über Tote. So hat man es mir beigebracht. Warum eigentlich nicht? Es gibt so viele böse Menschen, und dann sollen sie auf einmal die besten aller Schäfchen auf Gottes Erden gewesen sein, nur weil sie tot sind? Wahrscheinlich hat man Angst, dass sie zurückkommen und einen auch noch als Geist ärgern. Sonst könnte ich mir keinen Grund vorstellen.

Egal, jedenfalls war ich zuerst einmal nicht sonderlich aufgewühlt vom Tod des Lacknerbauern. Bis ich gehört habe, woran er gestorben ist.

Da war der Schreck dann doch eher groß.

Nämlich an einer Pilzvergiftung. Es ist nicht schwierig, eins und eins zusammenzuzählen, und mir war sofort klar, dass es meine gesammelten Köstlichkeiten waren, die ihn ins Jenseits befördert hatten. Genau am Tag seines Todes schlenderte ich nämlich mit meinem beträchtlichen Fund an seinem Haus vorbei. Leicht provozierend, gebe ich zu. Und tatsächlich, innerhalb von Sekunden kam er aus dem Gebüsch – nein, nicht gehüpft, eher geschlurft. Klein und verschrumpelt stand er vor mir, sogar seine Gehhilfe hatte er dabei. Nach dem üblichen Gezeter und Geschimpfe sah er meinen Korb und riss ihn mir urplötzlich und überraschend aus der Hand. Weg war er.

Also, vollkommen unschuldig kommt man da zu einer Leiche. Oder? Na ja, diese Geschichte hat im Nachhinein einige Haken.

Sie, lieber Leser, werden es schon bemerkt haben. Wenn nicht, dann denken Sie jetzt nach.

Doch vorerst einmal möchte ich klarstellen: Ich kann nicht mit Sicherheit sagen, dass ich es beim Lackner geplant habe. Es ist irgendwie so gekommen.

Folgendes ist Ihnen sicher schon aufgefallen: Warum habe ich den Weg beim alten Lackner vorbei genommen, wenn ich meinen Fund unbeschadet mit einem Umweg nach Hause hätte bringen können? Nun, hier kann man vielleicht noch sagen, die Vorstellung auf ein Schwammerlgulasch hätte mich angetrieben.

Aber warum habe ich mich nicht gegen einen alten Mann durchsetzen können, der mir in puncto Kraft, Geschicklichkeit und Beweglichkeit nichts hätte anhaben können? Ein urplötzliches Überraschungsmoment, wie erwähnt? Die Argumentation hinkt – jeder wusste ja, was passierte, wenn man diesen Weg nahm.

Wieso hatte ich überhaupt giftige Schwammerl dabei? Ich weiß doch genau, wie ein Knollenblätterpilz oder all das andere giftige Zeugs aussieht? War es die Unachtsamkeit? Vielleicht wollte ich unbewusst ausprobieren, ob es funktionieren könnte. Den alten Mann ärgern und sehen, was passiert – das kommt schon eher hin.

Jedenfalls war ich wie vom Donner gerührt, als es dann zum Schlimmsten gekommen ist und mir der Alte den Korb abnahm. Mit den giftigen Pilzen. Ups. Aber je mehr man darüber nachdenkt, desto mehr muss man Raum für Zweifel lassen: Wollte man es oder nicht? Gründe wären genug vorhanden gewesen. Das beschäftigt einen schon einige Zeit. Zwischen Hass und Mord ist es dann doch ein großes Stück.

Und dann? Das Gruselige ist, dass man, je öfter man dem Gerede der Leute zuhört, sagen möchte, was man getan hat. Zur Tat stehen möchte. Oder sich fast ein bisschen brüsten möchte mit der ganzen Sache. Mir wäre sowieso nichts geschehen, hätte man herausgefunden, von wem er die Pilze hatte. Diese einfache Verwechslung der Pilze wäre wohl auch anderen passiert, und in Lember waren die meisten (ohne es zu wissen, natürlich) froh, dass es nicht mich, sondern eben den Lackner erwischt hat. Im Prinzip habe ich der Gemeinschaft einen Dienst erwiesen – was im Moment natürlich keiner weiß. Na ja, Bescheidenheit ist (m-)eine Tugend. Leider.

Der Korb, in dem ich die Pilze gesammelt habe, ist einer von vielen, die bei der Brant verkauft wurden, und es wird angenommen, dass sich der alte Mann die Schwammerl selbst besorgt hat. Wirklich interessant, wenn man erklären müsste, wie er mit seiner Gehhilfe in den Wald gekommen sein soll.

Aber das ist nicht mein Problem.

Da ich niemandem erzählen kann, was in Wahrheit passiert ist, habe ich mir gedacht, Sie als Leser sollten die ganze Geschichte erfahren. Wie ich unser kleines Örtchen kenne, wird die Geschichte früher oder später – wie jede andere Sensation, nachdem sie jeder aufs Ergiebigste ausgeschlachtet hatte – vergessen werden. Es kommt Neues, über das man herfallen kann, um von seinem eigenen, womöglich armseligen Leben abzulenken.

Gott sei Dank passiert den anderen so viel.

Ich möchte nicht sagen, dass es unangenehm ist, in einer kleinen Ortsgemeinde zu leben. Es hat viele Vorteile. Man hilft sich gegenseitig. Trifft sich und nimmt am Leben der anderen teil. In guten wie in schlechten Zeiten. Aber es ist wirklich fast wie in einer Ehe: Jeder versucht den anderen zu formen, zu verändern, gute und gar nicht gute Ratschläge zu erteilen. Es nervt vor allem, dass es so viele Bewohner gibt, die sich nicht in die Gemeinschaft einbringen und trotzdem Unheil und Verwirrung stiften. Würde jeder vor seiner eigenen Tür kehren, wäre Lember der sauberste Ort der Welt.

Nun, das war es vorerst von mir, lieber Leser. Vielleicht hören wir ja mal wieder voneinander, und wenn nicht, dann besuchen Sie uns doch mal in unserer kleinen idyllischen Gemeinde. Vielleicht treffen wir uns sogar, grüßen uns, sind uns sympathisch und plaudern über dies und das. Wer weiß. Ich werde Sie erkennen. Sie mich mit Gewissheit leider nicht.

4

»Meine Damen und Herren, ich darf Sie zur zweiten Sitzung der Gemeindevertretung in diesem Jahr recht herzlich begrüßen.«

Der Bürgermeister des Ortes Lember, Anton Brecht, hatte soeben Punkt eins, die Begrüßung, sowie Punkt zwei, die Verifizierung der Abschrift der letzten Gemeindesitzung, hinter sich gebracht, als sich die große schwere Holztür zum Sitzungssaal öffnete und die stellvertretende Bürgermeisterin Renate Seidlinger leise hereinschlüpfte.

Mit einer unverständlich gemurmelten Entschuldigung und unter den strengen Blicken der bereits Anwesenden setzte sie sich auf ihren Platz neben den Bürgermeister am Kopfende des imposanten langen Eichentisches. Sie packte Kugelschreiber, Handy und die Einladung zur Sitzung aus, schnäuzte sich in ein aus der Tasche gezaubertes Taschentuch und warf einen Blick in die Runde, der besagte: *Wieso macht ihr denn nicht weiter? Ich bin ja jetzt da.*

Der Bürgermeister, der Unpünktlichkeit nicht ausstehen konnte, fuhr in einem um einige Grade schärferen Ton als vor dem Eintreffen der stellvertretenden Bürgermeisterin fort: »Wir kommen nun zu Punkt drei auf der Tagesordnung. Nach dem Tod vom Lackner vor ein paar Wochen ist es uns gelungen, die Ausstände des Lacknerhofs beim Notar für die Gemeinde einzutreiben. Es sind ja, wie aus der letzten Sitzung bekannt, noch Kanalgebühren offen. Leider haben sich die Erben etwas quergestellt, da sie der Meinung sind, die Ansprüche wären nicht gerechtfertigt. Sie seien verjährt. Na ja, der Apfel fällt eben nicht weit vom Stamm. Es sieht aber ganz gut aus, hier einen Teil unseres Geldes zurückzubekommen. Es war unmöglich, Unterlagen in dem Saustall auf dem Hof zu finden. Hier möchte ich einmal mehr dem Herrn Amtsleiter zu seiner Umsicht gratulieren. Er hat während der letzten Jahre all unsere Streitigkeiten mit dem Lackner penibel aufgezeichnet, somit können wir unser Vorgehen genaustens belegen.«

Verhaltener Applaus, den der Amtsleiter Ernst Krause mit leicht rotem Kopf gerne entgegennahm. Lob seines Dienstherrn war äußerst selten. Der Bürgermeister lächelte wohlwollend, als habe der Applaus sowieso ihm gegolten, bevor er fortfuhr: »Hier kommen wir nun zu Punkt vier der Gemeindesitzung. Die weiteren Außenstände. Meine Damen und Herren des ...«

Nach endlosen Diskussionen über Forderungen der Gemeinde an Privatpersonen, sogenannten »Personalangelegenheiten«, der Information über neue Aktivitäten für die Jugend, ständigen unsinnigen Zwischenfragen einiger besonders pseudoschlauen und uninformierten Gemeindevertretern sowie dem üblichen Blabla kam der Ortschef endlich zum letzten Punkt auf der Tagesordnung: zu »Allfälligem«.

»Meine Damen und Herren, es ist zwar erst das zweite Treffen in diesem Jahr, aber leider kann ich Ihnen die schlechten Nachrichten nicht vorenthalten. Diese dürften Ihnen vielleicht noch nicht bekannt sein, da sich die Sache – mehr oder weniger – gerade erst zugetragen hat.«

Der stattliche Chef der Gemeinde fuhr sich durch das üppige grau melierte Haar und richtete seine ohnehin tadellos sitzende Krawatte. Selbige sowie Hemd und Sakko waren perfekt aufeinander abgestimmt. Exakte Bügelfalten reichten wie mit dem Lineal gezogen vom Hosenbund bis zum Saum seiner Jeans. Anton Brecht war etwa eins achtzig groß, leicht füllig, ohne dick zu wirken (von einem feschem Mann konnte nie genug da sein, war seine Meinung) und nicht hässlich. Trotz seines normalen Aussehens, konnte man von ihm sagen: Brecht fand immer Mittel und Wege, sich gekonnt in Szene zu setzen. Daher wirkte er, egal was er tat, immer imposant. Selbst beim Nichtstun.

So genügte es bei seinen Ansagen meist, eine kurze Pause einzulegen oder einen scharfen Blick aus seinen blauen Augen in die Runde abzufeuern, um die Aufmerksamkeit der versammelten Mannschaft auf sich zu ziehen. Streng, aber gerecht – diesen Eindruck liebte er zu vermitteln. Meist überwog das »streng«, doch diesen Respekt brauchte es auch in seinem schwierigen Amt.

Zugegeben, es war manchmal nicht besonders spannend, in

aller Ausführlichkeit über die diversen Tagesordnungspunkte zu diskutieren, die für die Führung eines Ortes notwendig waren. Der große Vorteil, in der Gemeinde mitzuarbeiten, war jedoch, immer an der Quelle aller Neuigkeiten zu sitzen und Einblick in Bereiche zu haben, die sich für andere als nicht zugänglich erwiesen.

Nachdem ein Teil der anwesenden Gemeindevertreter schon angefangen hatte, heimlich unter dem Tisch SMS zu schreiben und die Blöcke vor sich mit immer phantastischeren Kritzeleien zu malträtieren, konnte sich Bürgermeister Brecht mit der folgenden Verkündung wieder der vollen Konzentration aller sicher sein: »Wie ich kurz vor der Sitzung erfahren habe, hat es in Lember einen weiteren Todesfall gegeben.«

Stille legte sich über den Sitzungssaal.

»Unsere liebe Frau Emma Watzinger wurde von ihrer Haushaltshilfe tot aufgefunden.«

In den Gesichtern der Anwesenden stand interessierte Betroffenheit. So nach dem Motto: Tod – schlecht, Todesfall – gut.

Natürlich war Frau Inge Plottino die Erste, die sich fasste und ihre Sprache wiederfand. Sie war die Vorsitzende der Landfrauen im Ort, die sich jedoch keinesfalls damit begnügten, sich einmal wöchentlich zum Kuchenbacken und Strickanleitungenaustauschen zu treffen. Nein, bei den Landfrauen ging es um viel mehr als handgefilzte Hausschuhe und Kastanienmännchen: Es ging um die Dorfgemeinschaft selbst. Um Gerechtigkeit, Information und Demokratie. Das jedenfalls war der Wahlspruch der Plottino. Mit Leib und Seele (die sie laut sicherer Quelle des Bürgermeisters dem Teufel persönlich verkauft hatte) beherrschte sie die Landfrauen wie der Sonnenkönig einst das Land der Franzosen – oder um es ländlich auszudrücken: wie der Hahn seine Hennen. Welche Dame im Ort nicht bei den Landfrauen war, konnte nicht mitreden. Umtriebig, interessiert (mancher würde den Begriff »neugierig« bevorzugen) und schlau hielt die Generalin Plottino einen Großteil des Ortsgeschehens so fest in ihrer Hand.

Da sie mit dem Postboten verheiratet war, verfügte sie über einen beachtlichen Einblick in die Privatsphäre der anderen im Ort. Wer aber vermutet hätte, Erich Plottino würde das Postgeheimnis verletzen und seine Stellung missbrauchen, würde ihm hier unrecht tun. Allerdings war der ruhige und gemütliche Herr Plottino seiner dominanten Frau in keiner Weise gewachsen, und um des lieben Friedens willen fütterte er sie häppchenweise mit Informationen und Details aus dem Alltag der Lemberer. Einen beachtlichen Anteil der Neuigkeiten erlangte er zum Beispiel beim Martinswirt, der quasi sein zweites Zuhause für ihn darstellte. Vor allem dann, wenn er das eine oder andere Schnäpschen zu trinken gedachte – auch wenn er dann (sehr zum Leidwesen seiner Frau) meist nur die Hälfte der Geschichten mit heimbrachte. Den noch fehlenden Teil servierten Frau Plottino am folgenden Tag entweder Frau Brant oder eine ihrer Damen aus der Organisation.

So hatte sich die ehrenwerte Vorsitzende der Landfrauen ein kleines, aber feines Informationsnetz im Ort aufgebaut. »Der Lemberer Spionagering«, wie es Postkoordinator Plottino, mehr oder weniger liebevoll, nach einigen Bierchen und Obstlern beim Martinswirt immer nannte. Das war ein wenig feinfühliger als das, was der Bürgermeister Herr Brecht auch ohne Bierchen und Schnäpschen zu sagen pflegte: »Die unsinnige Weibermafia.«

Klein und rund, mit kurzen braunen Haaren und vielen blondierten Strähnchen erinnerte Frau Plottino zwar eher an eine mütterliche Glucke denn an Mata Hari, aber ihrem Insiderwissen zollte jeder Respekt. Sie war meist schon über das Geschehen informiert, bevor der Betreffende überhaupt kapiert hatte, was passiert war.

Umso erstaunter war sie nun, dass der Bürgermeister vor ihr Bescheid wusste. Das war nicht nur äußerst selten, sondern auch beunruhigend, weshalb sie sich mit einer nichtssagenden Floskel Luft machte: »Mein Gott. Die arme Frau Watzinger.«

Ihre Schweigeminute in Erinnerung an die Tote dauerte nur zwei Sekunden, bevor sie wieder loslegte. »An was ist sie denn gestorben? Gott sei ihrer Seele gnädig. Hat man die Verwandten schon informiert? Die arme Frau, die ihr den Haushalt gemacht hat. Sicher keine leichte Sache, eine Tote zu finden. Welche der Damen war es denn, dann kann ich ihr vielleicht tröstend zur Seite stehen? Wann genau ist es denn überhaupt geschehen?«

Während ein Auge pietätvoll trauerte, war das andere bereits neugierig auf Brecht gerichtet, und man konnte ihr ansehen, dass sie gerade überlegte, wen sie als Erstes anrufen würde.

Der Bürgermeister platze fast vor Wut. Was er von der vorlauten Dame hielt, war kein Geheimnis. Zwar wusste auch er gerne Bescheid, was im Ort vorging, aber bei ihm war es ja etwas anderes. Als Chef war es sein Recht, informiert zu sein. Das schwere Los der Regierenden.

Eigentlich war er stinksauer, wenn man ihm Informationen vorenthielt, aber vor allem, weil es ihn schmerzte, nicht über alles die Kontrolle zu haben. Wenn man mit Problemen konfrontiert wurde, war es gut, vorher schon die Antwort zu wissen. Das war seine Einstellung. Immer einen Schritt voraus. In gewisser Weise war es eine ganz klitzekleine Genugtuung, *vor* der unmöglichen Vorsitzenden der lästigen Landfrauen vom zweiten Todesfall des Jahres zu wissen. Jetzt aber ärgerte ihn ungemein, ihr die so heiß ersehnten Informationen wohl nicht verwehren zu können.

»Frau Watzinger ist tot. Basta. Ich bin ja nicht der Arzt. Woher soll ich also wissen, woran sie gestorben ist? Die Verwandten werden gerade benachrichtigt, und die Haushaltshilfe wird es überleben. Alles Weitere braucht dich nicht zu interessieren, Inge.«

Nach kurzem Nachdenken beschloss er, ausnahmsweise doch ein paar Informationen mehr auszuspucken. Das zeugte erstens von Großmut und Klugheit, und zweitens würden früher oder später sowieso Details bekannt werden. Dann wollte wenigstens er derjenige sein, der alle informiert hatte.

»Man hat Frau Watzinger ähnlich aufgefunden wie den alten Lackner. Deswegen vermutet der Herr Doktor Gift. Aber das wird sich erst herausstellen. Die Tote und die ganzen Umstände müssen noch genau untersucht werden. Frau Watzinger war mit ihren achtzig Jahren ja auch nicht mehr die Jüngste – und vielleicht war es auch einfach ein natürlicher Tod? Soll es ja geben.«

Trotz seines letzten Satzes schlug die Vermutung der Polizei, Frau Watzinger sei vergiftet worden, wie eine Bombe ein. Mit weit aufgerissenen Augen sahen sich die zehn Mitglieder der Gemeindeversammlung an. Heftiges Gemurmel setzte ein, das Renate Seidlinger mit einer Frage unterbrach: »Hat man auch Pilze bei ihr gefunden?«

Brecht wandte sich der ersten Gemeinderätin zu, wohlwollend, wegen ihrer schnellen Kombinationsgabe. »Nein. Soviel ich weiß nicht.«

Es folgten erneut aufgeregte Diskussionen, denn das war ja eine ganz mysteriöse Sache. Doch noch bevor die Versammelten den unglaublichen Gedanken überhaupt fertig denken konnten, der sich unweigerlich aufdrängte, kam die scharfe Anweisung des Bürgermeisters. »Meine Damen und Herren! Ich darf Sie darauf hinweisen, dass die Informationen vertraulich sind und diesen Raum nicht verlassen dürfen. Verstanden?«

Ein scharfer Seitenblick auf Frau Plottino folgte. Natürlich war jedem so klar, wie Frau Watzinger tot war, dass sie sich sicher nicht an die Verschwiegenheitsaufforderung halten würde.

»Selbstverständlich, Herr Bürgermeister. Ich bin doch keine von diesen Ortstratschen.« Keine Heilige hätte einen unschuldigeren Blick zustande gebracht als Inge Plottino in diesem Moment.

Trotz der traurigen Situation konnte sich Renate Seidlinger ein winziges Grinsen nicht verkneifen. Unter den Anwesenden war keiner ein Unschuldslamm. Wie es speziell in kleinen Orten vorkam, wo jeder alles vom anderen wusste, war es immer interessant zu erfahren, was es Neues gab. Man konnte sich dieser Tratscherei fast nicht entziehen. Daher beteiligte auch sie sich sehr wohl an dem einen oder anderen Gerede. Wie wohl so ziemlich jeder in diesem Raum, nein, sogar im ganzen Dorf. Aber bei Inge Plottino war die angeborene Neugier schon ziemlich heftig.

Renate fand, dass eine gewisse Grenze niemals überschritten werden durfte. So wunderbar es war, in einer Gemeinschaft zu leben, die sich gegenseitig half, wenn Not am Mann war, so bewusst war ihr, dass die Medaille immer zwei Seiten hatte.

Ihre Gedanken schweiften ab, und vor ihrem inneren Auge materialisierte sich das Bild von Anita Behringer, einer sehr starken Frau, wie Renate fand. Als Mutter von vier minderjährigen Kindern hatte sie mit ihrem Mann in einem schmucken Häuschen etwas außerhalb von Lember gelebt. Während er durch seinen kleinen Tischlereibetrieb für das geschäftliche und finanzielle Wohl zuständig gewesen war, hatte sie sich um Haushalt und die Erziehung der Kinder gekümmert. Eine Vorzeigefamilie.

Bis er an einem verregneten Mittwochabend statt häuslicher Idylle im Schein des flackernden Fernsehers den Strick gewählt hatte.

Zurück ließ er seine Liebsten und Schulden in der Höhe von einhundertfünfzigtausend Euro. Und genau wie sein Leben, hatte er auch seinen Tod nicht ganz auf die Reihe gekriegt, denn statt zu sterben und seiner Frau wenigstens den Zugang zu den Konten und zum Erbe der Tischlerei zu ermöglichen, fiel er ins Koma und hinterließ sie mehr oder weniger mittellos.

Wer kümmerte sich schon um solche Sachen wie Zeichnungsberechtigungen für das Konto, wenn doch alles perfekt war? Frau Behringer konnte heute nicht einmal einen Cent für den Unterhalt der Kinder abheben. In dieser Situation hatte sich der Zusammenhalt im Ort gezeigt. Von Bürgermeister Brecht schnell und unbürokratisch organisiert, brachte ein Spendenaufruf eine Soforthilfe von tausend Euro zusammen.

Ein Bravo auf die Nachbarschaftshilfe, würde man da gerne rufen. Doch der Jubel bliebe einem im Halse stecken, hätte man die Folgen der Hilfe schon vorher erahnt. Frau Behringer konnte nun einkaufen gehen, das ja. Aber da die Bevölkerung diesen Einkauf dank des gespendeten Geldes ermöglicht hatte, erachtete es ein Teil der Lemberer Dorfbewohner als ihr Recht zu entscheiden, was die Fast-Witwe nun wirklich zum Überleben brauchte und was reiner Luxus war. So schaute so mancher ihr bei jedem Stück, das sie in den Einkaufskorb legte, im Kaufhaus Brant genau auf die Finger. Anschließend, wenn sie den Laden verlassen hatte, wurden ihre Erwerbungen auf das Heftigste diskutiert und kritisiert. Gleichzeitig drängte man ihr neben triefenden Mitleidsbekundungen immer auch diverse unerwünschte Ratschläge auf, wie sie ein solches Fehlverhalten ihrer Familie – was Schulden und Selbstmord betrafen – in Zukunft verhindern könnte. Wäre es möglich gewesen, hätte Frau Behringer sicher so manchem mit dem gespendeten Geld den Mund gestopft.

Doch Gott hatte ein Einsehen: Er ließ Herrn Behringer nach vier Monaten sterben, und seine Frau konnte alles verkaufen und wegziehen.

Während Renate Seidlinger noch über die beliebte Zuckerbrot-und-Peitsche-Methode so mancher braver Lemberer nachdachte, hatte sich der Sitzungssaal geleert. Interessantere Aufgaben riefen vor allem die Plottino, die eilig davonwackelte, nachdem die Sitzung geschlossen worden war. »Sicher, um den Tatort zu besichtigen«, wie der Bürgermeister trocken und nicht ganz zu unrecht vermutete. Er hatte diese unangenehme Aufgabe schon hinter sich.

Nicht, dass es zu seinen Pflichten als Ortschef gehört hätte, bei jedem Todesfall in Lember aufzukreuzen. Aber der Gemeindearzt, den er schon ewig kannte und sehr schätzte, hatte ihn gleichzeitig mit der Polizei informiert und um sein Kommen gebeten – inoffiziell, versteht sich. Der Arzt wusste aus Erfahrung, dass der Bürgermeister eines noch mehr hasste als die brodelnde Gerüchteküche von Frau Plottino, nämlich wenn er Informationen nicht als Erster erhielt. Brecht war daher zum Haus von Emma Watzinger gefahren, um nach dem Rechten zu sehen. Nun schilderte er den Kollegen, die nicht minder neugierig als die bereits entschwundene Vorsitzende der Landfrauen auf Neuigkeiten lauschten, den aktuellen Stand der Dinge.

5

Nach dem Anruf des Arztes war der Bürgermeister sofort zur Watzinger gefahren. Es war nicht unbedingt ein weiter Weg, die meisten Bewohner von Lember legten aber generell jede noch so kleine Strecke mit dem Auto zurück. Wollte man unbedingt Sport treiben, dann tat man das richtig, lautete die Devise.

Am Bordstein vor dem Haus saß eine leichenblasse junge Frau, die die Arme um eine Tasche auf ihrem Schoß klammerte, als suche sie daran verzweifelt nach Halt.

»Guten Tag. Kann ich helfen?«

Ein kurzer Blick aus leicht geröteten Augen streifte den Fragenden. »Danke, es geht schon. Sind Sie von der Polizei? Ich soll hier warten.«

Brecht ahnte, dass es sich hier um die Haushaltshilfe handelte, die gerade unfreiwillig auf die sterblichen Überreste der Emma Watzinger getroffen war. »Nein, ich bin der Bürgermeister. Sollen wir nicht besser einen Rettungswagen für Sie rufen?«

»Es geht schon. Ich arbeite mit alten Menschen, also ist mir der Tod nicht fremd. Aber das da drinnen war schon ein Schock. Gehen Sie nur ruhig rein, die von der Polizei werden sicher bald kommen. Außer, Sie haben schlechte Nerven und einen reizbaren Magen, dann würde ich Ihnen davon abraten.«

Brecht nickte und öffnete das schmale Tor im Gartenzaun.

Kurz blieb er in dem kleinen Garten stehen, der sich rund um das Haus zog. Ein einfacher Kiesweg führte zur Haustür, die über zwei Stufen zu erreichen war. Obwohl sonst ein Mann schneller Handlungen, ließ er sich Zeit, um die Situation in sich aufzunehmen. Alles sah aus wie immer, wenn er in der Früh auf dem Weg zum Gemeindeamt an diesem Haus vorbeifuhr. Das Haus war klein, und man sah, dass es wie seine Besitzerin schon einige Jahre auf dem Buckel hatte. Dringend anstehende Reparaturen waren deutlich zu erkennen, obwohl die Watzinger alles getan zu haben schien, um ihr Eigentum so gut wie nur möglich zu pflegen. Nichts stand oder lag herum, alles war aufgeräumt, funktionell und sauber. Es gab nicht einmal Blumen, die die Ordnung gestört hätten. Umso auffälliger war deswegen wohl der faustgroße braune Fleck direkt auf der Stufe vor der Haustür. So etwas hätte Frau Watzinger auf Dauer sicher nicht geduldet, also musste ihr Tod der Beseitigung des Schandmals zuvorgekommen sein.

Brecht stieg über den Fleck hinweg und betrat den kleinen Vorraum, wie so oft, wenn er die alte Dame – nicht ganz freiwillig – zu besuchen hatte. Die Haustür des kleinen Hauses von Frau Watzinger war nicht verschlossen, so wie es der Arzt versprochen hatte. Speziell für die Polizei und den Bürgermeister. Dass Brecht vielleicht auf die Kollegen von der Wache warten sollte, war ihm aber ziemlich egal. Und außerdem war von den Polizisten noch keine Spur zu sehen.

In der Diele roch es scharf nach Putzmitteln, aber auch leicht muffig nach Moder, wie in vielen alten Häusern aus den fünfziger Jahren, die seither nie mehr groß verändert worden waren. Davon zeugten auch die verschlissene dunkelgrüne Tapete und der farblich nicht mehr ganz definierbare abgewetzte Linoleumboden. Wahrscheinlich betrachtete der Bürgermeister dies alles so genau, weil ihm davor graute, was direkt hinter der Tür zur Küche auf ihn wartete. Er gab sich einen Ruck und stieß entschlossen die dünne Holzplatte auf, die es kaum verdiente, als Tür bezeichnet zu werden.

Als Erstes sah er den Arzt, der an der kleinen Küchenzeile direkt vor dem Spülbecken lehnte und Zwiegespräche mit einem Diktiergerät führte.

»… kann ich mit Sicherheit sagen, dass ein nicht – ähm – natürlicher Tod ausgeschlossen werden kann? Ähm. Nein, das kann ich nicht. Ähm. Schreiben an die Kollegen der Gerichtsmedizin – ähm …«

Der untersetzte Landarzt, der dank seines amtsunüblichen Pferdeschwanzes an einen Schamanen erinnerte, verstummte, als er den Neuankömmling sah, und folgte dessen Blick auf die am Boden liegende Frau Watzinger. Dieser war es leider nicht mehr möglich, den Blick der zwei Herren angemessen zu erwidern, obwohl ihre Augen weit aufgerissen waren. Allerdings starrte sie an die Decke. Es war offensichtlich, dass sie sich gegen den Tod genau so gewehrt hatte wie gegen das Leben. Sie hatte den Kampf verloren, und es war sicher kein einfacher gewesen. Verkrampft lag sie da in ihrem Erbrochenen, schutzlos dem entsetzten Starren der Anwesenden und aller noch Kommenden ausgesetzt.

Wie auf Kommando (und um sein Frauchen zu schützen) schickte Hund Wotan wütendes Gebell aus dem Nebenraum in die Küche. Trotz guter Nerven erschrak der Bürgermeister.

»Ich habe den Trottel weggesperrt«, unterbrach der Arzt seine Aufzeichnungen und schaltete das Diktiergerät ab.

Das Gebell und sein Verursacher waren ortsbekannt. Obwohl scheinbar kaum größer als zwei Zentimeter, schien das Tier immer Hunger zu haben. Es fraß alles, was ihm irgendwie vor die Schnauze kam. Im Notfall auch Hosenbeine. Hasste die alte Watzinger auch jeden, so liebte sie ihren Hund abgöttisch. Leider schien es ihr nicht möglich, den Allesfresser satt zu kriegen. Bevor daher Blumen, Lebensmittel, Kinder und die restlichen durch ewiges Gebell strapazierten Nerven der Nachbarn dem Köter zum Opfer fielen, half man vorsichtshalber mit anonymen Lebensmittelspenden aus.

Der Arzt unterbrach die unbehagliche »Totenstille«, indem er dem Bürgermeister und seinen üblichen Fragen zuvorkam: »Ich kann Ihnen nicht viel sagen, aber die Symptome des Todes sind nicht ganz astrein. Eines – ähm – natürlichen Todes ist sie nicht gestorben.«

Brecht folgte dem Blick des Arztes zu einem Teller, auf dem ein halb gegessenes Stück Fleisch lag. Das Fleisch hatte eine grünliche Färbung angenommen, und irgendetwas sagte Brecht, dass es nicht nur das Überschreiten des üblichen Mindesthaltbarkeitsdatums war, das das Steak so hübsch koloriert hatte. Dazu die alte Frau tot auf dem Küchenboden. *Eine ähnliche Situation wie beim alten Lackner*, kam es ihm in den Sinn. Pilze waren allerdings keine zu sehen.

In diesem Moment wurde polternd die Haustür geöffnet.

Man hörte, wie sich jemand die Schuhe abputzte, dann näherten sich feste Schritte der Küche. So und nicht anders stellte man sich den Auftritt des Gesetzes vor. Tatsächlich verstopften kurz drauf zwei Polizisten die ohnehin schon kleine Küche.

Der Polizeiposten in Lember war, wie bereits erwähnt, dem politischen Schacherspiel zum Opfer gefallen, und man hatte ihn aufgegeben. Nun wurden der Ort und fünf andere Dörfer vom Hauptposten in der Nachbargemeinde aus betreut. Keine leichte Sache für die diensthabenden Polizisten.

Massiver Widerstand der Bevölkerung gegen diese Schließung war zwecklos gewesen, und den Worten Frau Plottinos nach hatte man die Menschen »der Willkür des Bösen« überlassen. Immerhin schien sich das Böse bisher auf den verhassten Lackner und seine falschen Schwammerln beschränkt zu haben. Aber für solche Feinheiten blieb einer Plottino keine Zeit.

»Meine Herren. Grüß Sie Gott!« Wie im Fernsehen tippte sich Hans Maler an die Dienstmütze. Hinter ihm erschien beinahe unbeachtet ein junger schmächtiger Kollege, der nur schüchtern zur Begrüßung mit dem Kopf nickte.

Im Gegensatz zum Jungspund kannte jeder im Ort den gemütlichen Gendarmeriebeamten Maler. Eine Gemütlichkeit, die man bei seinem Anblick zunächst nicht erwartete. Seine fast zwei Meter Größe, die massige Erscheinung mit den breiten Schultern, die auf Hochglanz polierte Glatze und die noch fast schwarzen Augenbrauen, die sich an der Nasenwurzel die Hand reichten, ließen so manchen Randalierer schon beim bloßen Anblick des Polizisten verstummen.

Er wohnte zwischen Lember und der Nachbargemeinde Freiberg, war verheiratet und stolzer Vater zweier bereits erwachsener Kinder. Hans Maler war im Ort sehr beliebt, jeder kannte seine Leidenschaft für selbst gebastelte Modellflugzeuge, gutes Essen und noch besseren Wein. Wobei er dem einen oder anderen Feierabendbierchen gegenüber auch nicht abgeneigt war. Traf man ihn dann jedoch in »Ausübung seines Amtes« – wie er es gerne nannte –, hatte man manchmal das Gefühl, er wäre in eine Rolle geschlüpft. Kaum baumelten die stattlichen Orden der Polizei an seiner Brust, wurde man mit »Sie« angesprochen. Innerhalb von Sekunden konnte Maler vom gemütlichen Dialekt in das amtliche Hochdeutsch wechseln. Beruf ist Beruf, und Bier ist Bier, nach diesem Motto lebte Hans Maler, und so trennte er Privates und Berufliches strikt. Und auch wenn er einer der Lustigsten bei Festen und Feiern war, durfte man über seine Berufung als Polizist keine Witze machen. Der strenge Blick, den er nun in die Runde warf, bestätigte diese Auffassung.

»Privatpersonen haben erst Zutritt, wenn wir den ... na, den *Ort* eben, freigegeben haben.«

Bei dem Wort »Ort« zögerte er merklich. Obwohl er bereits telefonisch vom Arzt über einige eigenartige Aspekte in diesem Todesfall informiert worden war, hatte »Tatort« doch einen so endgültig gewalttätigen Beigeschmack. Also verdrängte er die Annahme eines Gewaltverbrechens erst einmal. Wer konnte schon wissen, auf welche Weise sich jemand das Leben nahm? Oder war vielleicht doch ein Unfall passiert? Dies blieb abzuwarten.

Keiner der Anwesenden reagierte auf den strengen Verweis. Gemeint sein konnte ja nur der Bürgermeister, und der sah sich definitiv nicht als Privatperson. Immerhin war er der Repräsentant der Öffentlichkeit – noch weniger privat ging gar nicht. Und außerdem war ja bekannt, dass Maler den heimlichen Schatten des Ortschefs darstellte. Oder den engsten Vertrauten, wie er selbst es nannte.

Zusammen aufgewachsen, in den gleichen Vereinen tätig und in der Gemeinde aktiv, kannten sich Brecht und Maler in- und auswendig. Brecht hatte die Führungsposition übernommen, Maler die des verlängerten Arms. Wirkte es auch manchmal, als würde Letzterer nur der Laufbursche des Bürgermeisters sein, brauchte ihn dieser sehr dringend in der Ausführung seines Amtes. Auch zeigte er manchmal (wenn auch selten) Gefühle, und bei seinem Freund Maler wusste er, dass seine gelegentlichen emotionalen Wallungen gut aufgehoben waren. So war der Bulle Ohr, Auge, Arm und manchmal auch Herz des anderen.

Dem Gesetz wenigstens pro forma verschrieben, machte sich der Gendarm mit seinem jungen Kollegen daran, sich einen Überblick über die Situation zu verschaffen. »Nun, Herr Doktor, was haben wir?«, wollte er wissen und sah dabei aber verstohlen zum Bürgermeister.

»Eine Tote, einen nervenden Hund und – ähm – ein Stück halb gegessenes Fleisch.« Der Arzt war beim Zusammenpacken. Er hatte alles gesagt und getan – seine noch lebenden Patienten warteten. Denen taten Hals, Kopf oder Bauch mehr weh als das bedauerliche Schicksal der Frau Watzinger. »Sie zeigt alle Symptome einer Vergiftung. Wodurch sie aber gestorben ist, wird sich erst noch herausstellen. Ähm. Todeszeitpunkt vor circa zwei oder drei Stunden. Alles Weitere von den Kollegen der Gerichtsmedizin. Meine Herren.« Und weg wollte er.

Brecht hasste es, wenn Dinge nicht klar waren. »Äh, kurz noch, der Herr Doktor. Vergiftung? Was heißt das? Lebensmittel? Hat sie etwas Falsches gegessen? Oder …?«

»Keine Ahnung; meine Herren, es ist wohl Ihre Aufgabe, das herauszufinden. Und die der Gerichtsmedizin – wie ich schon sagte. Unter uns gesagt, würde ich mir Teller samt Inhalt einmal näher ansehen. Ähm. Aber nur unter uns gesagt. Könnte mich auch täuschen. Obwohl. Ähm. Ich täusche mich eigentlich nie.«

Damit deutete er auf das Stück Fleisch, das scheinheilig auf weiteren Verzehr wartete, packte seinen Koffer und rauschte aus dem Haus.

6

Die komplette Parteifraktion des Bürgermeisters, die sich nach wie vor im Sitzungssaal des Gemeindeamts versammelt hatte, war nach Brechts Bericht geschockt. Jeder Todesfall in einem kleinen Ort war schlimm, man kannte sich ja gut. Aber hier war auch noch an der Todesursache einiges klärungsbedürftig, und das stattete die Angelegenheit mit einer extragroßen Portion Gänsehaut aus. Und sorgte für Gesprächsstoff.

Während die anderen aufgrund der unglaublichen Neuigkeiten noch heftig diskutierten, verabschiedete sich der Bürgermeister und verließ die Sitzung. Er setzte sich ins Auto und fuhr die paar Meter vom Gemeindeamt zum Parkplatz des Wirtshauses, das sich in der Nähe des Tatorts befand. Denn eines wusste Brecht genau: Inge Plottino hatte mittlerweile erfahren, was er ihr verschwiegen hatte, oder reimte sich den Rest einfach zusammen. Sie hatte sich der Sache sicher schon angenommen und ihre Damen zu diversen Aktionen, die, wie sie sagte, »dem Gemeinwohl dienen«, eingeteilt. Um größeren Schaden zu vermeiden, wollte er am Ort des Geschehens sein. Es war nicht nötig, die unangenehme Sache auch noch aufzubauschen – und darin war Inge Profi. Auch wenn er selbst kaum daran glaubte, dass sich die alte Dame mit einer gediegenen Henkersmahlzeit selbst aus dem Leben verabschiedet hatte, war ein Mord zu diesem Zeitpunkt vollkommen undenkbar, denn ein solcher hatte in seiner Gemeinde einfach nicht stattzufinden. Basta.

Ging der Bürgermeister zunächst einmal von einem Unfall aus, war das »Tatortsicherungsteam« rund um Frau Plottino natürlich anderer Meinung. Kaum erfahren, was genau los war – wie auch immer sie das so schnell angestellt hatten –, wählte man aus der Gruppe der mittlerweile eingetroffenen Damen einige Freiwillige aus. Definitiv würde Inge nicht nur auf die Arbeit der Polizei vertrauen, sondern aktiv mithelfen. Unterstützung konnte man immer brauchen, da durfte sich nicht mal die Exekutive zu schade sein, um diese anzunehmen. Außerdem würde das bei den Zuschauern sicher wohlwollend zur Kenntnis genommen werden. Inge Plottino half einfach gerne, ob gewünscht oder nicht – ob *nötig* oder nicht. Waren sie und die alte Watzinger wegen des störenden Hundegebells und diverser lautstarker Schreiduelle auch Erzfeindinnen gewesen, so tat dies im Moment nichts zur Sache.

Auch die stellvertretende Bürgermeisterin Seidlinger war mittlerweile am Haus der Verstorbenen eingetroffen, um zu sehen, was dort so passierte. Sie gehörte zwar definitiv nicht zu den Busenfreundinnen ihrer Gemeindekollegin, aber Renate Seidlinger konnte der Frau des Briefträgers beim besten Willen eine gewisse nervig-faszinierende Ausstrahlung nicht absprechen.

Obwohl für die gleiche Sache, nämlich Lember, tätig, waren die beiden Frauen so grundverschieden wie Feuer und Wasser. Nicht nur durch konträre politische Einstellungen und konkurrierende Ansichten bestand der Unterschied, es waren auch Äußeres und Wesen so gegensätzlich, wie es nur sein konnte. Inge Plottino war klein, robust, mit wogendem Busen, eher der Typ »auffrisiert – praktisch«.

Dazu im Gegensatz Renate: groß, schlank, immer geschmackvoll und gepflegt gekleidet. Nicht direkt als schön zu bezeichnen, war sie aber durch ihre blauen Augen, das dunkelblonde Haar und die gesamte Erscheinung einen zweiten Blick wert. Ihre Ausstrahlung und ihr gepflegtes selbstsicheres Auftreten machten wett, was ein Schönheitschirurg vielleicht als veränderungswürdig erachtet hätte. Sie war mit Gregor Seidlinger verheiratet, dem Prokuristen der Papierfabrik, die sich in der Nähe befand. Ihre einzige Tochter Maria, neunzehn Jahre, zog es vor, in der entfernten großen Stadt zu studieren und aufgrund der Entfernung auch dort zu wohnen. Wie viele junge Leute zog sie die Metropole einem in ihren Augen langweiligen Leben auf dem Land vor. Ihre Mutter vermisste sie sehr, konnte sich durch die gewonnene Zeit aber wieder auf ihre große Leidenschaft neben der Kommunalpolitik konzentrieren: dem Malen von Bildern aller Art.

Mittlerweile war das passionierte Hobby zu ihrem Nebenberuf geworden, denn ihre Begabung hatte sich in der näheren Umgebung herumgesprochen, und nicht wenige ihrer meist recht wilden, abstrakten Bilder hingen nun in Privathäusern, Firmenfoyers und Arztpraxen. Mit ihren neunundvierzig Jahren hatte sie alles erreicht, was sich andere ein Leben lang vergeblich wünschen.

Inge Plottino war ebenfalls nicht unzufrieden mit ihrem Leben. Hätte sie es auch bevorzugt, ihren etwas trägen und vollkommen ehrgeizlosen Briefträgergatten (»Postkoordinator«, wie sie es zu nennen pflegte) in höherer Position zu wissen, hatte sie ganz nach ihrer Art einfach selbst die Dinge in die Hand genommen. Trotz der zeitintensiven Tätigkeit als Hausfrau und Mutter von fünf Kindern blieben anscheinend noch genügend Zeit und Energie übrig, um auch den Rest der Gemeinde unter ihre Fittiche zu nehmen. Lustig, überall dabei und mit scheinbar endloser Kraft ausgestattet, erinnerte sie an einen Hüpfball, der in einem fort durch den Ort sprang. Humpty Dumpty mit Achtzylindermotor. Ihre Neugier und Liebe zu Klatsch und Tratsch kannten keine Grenzen. Was Lember anging, wusste sie immer über alles Bescheid, und zwar besser, schneller und zuverlässiger als der Rest im Dorf. Jedenfalls ihrer Meinung nach. Da der Lästersport weit verbreitet war, hatte sich rasch eine ansehnliche Fangemeinde um sie gescharrt, die tägliche Zusammenkünfte im Lebensmittelgeschäft Brant abhielt und sich in Form der Landfrauen ein Vereinsgewand übergestülpt hatte. Bei den »Vereinstreffen« saugte man jede Neuigkeit und Information auf, um sie dann in rasender Geschwindigkeit zu verarbeiten, zu kommentieren, zu diskutieren, eventuell zu korrigieren und dann präzise und gezielt wieder auszuspucken.

Im Moment wurde jedoch weder diskutiert noch kommentiert, sondern fotografiert. Die Damen waren der Meinung, es könnte niemand wissen, ob die Polizei nicht etwas Entscheidendes übersah. Immerhin zählten sie selbst zu den Einheimischen und waren schon deshalb prädestiniert, die Gegebenheiten viel besser einzuschätzen als diese ausländischen Polizisten aus der Nachbargemeinde. Unnötig zu erwähnen, dass die Damen die Exekutive mit ihren Meinungen und Hilfestellungen regelmäßig fast in den Wahnsinn trieben.

Kaum war der Bürgermeister angekommen, erschien Inge auch schon an seiner Seite: »Eine schreckliche Geschichte. Weiß man schon Näheres? Meine Damen sind im Einsatz. Helfen ist unsere Devise! He, Martha – hast du den Hintereingang gesichert?! Also, Anton. Tatsache Nummer eins: Emma ist tot. Tatsache Nummer zwei: Die Polizei vermutet ein Verbrechen. Tatsache Nummer drei: Es ähnelt dem Tod vom alten Lackner. Tatsache Nummer vier ergibt sich aus Tatsache Nummer drei: Man wird diesen Fall wohl wieder aufrollen müssen. Ach, die gute alte Emma. Wir waren keine Freundinnen, aber dieses Ende hat sie nicht verdient. So gut hat sie für ihren Wotan zu sorgen versucht, dabei blieb ihr selbst nicht mal das Nötigste zum Leben. Man will ja den Stolz eines Menschen nicht verletzen, aber nicht nur einmal habe ich ihr Knochen für den armen Hund vor die Tür gelegt. Man hilft, wo man kann, auch wenn man kaum Dank dafür bekommt.«

Letzteres hatte sie besonders laut und deutlich mit treuherzigem Blick gesagt, wobei sie genau wusste, dass eine nicht geringe Anzahl an potenziellen Wählern neugierig zuhörte. Da Inge Plottino die feste Absicht hatte, die nächste (und somit erste weibliche) Bürgermeisterin von Lember zu werden, kümmerte sie sich stets vorbildlich um ihr Image. Denn was der Bürgermeister konnte, konnte eine Plottino schon lange. Es war an der Zeit für einen Regierungswechsel, und dieser wurde bei jeder möglichen Gelegenheit vorangetrieben.

Schon etwas gelangweilt von nicht vorhandener »Äktschen«, warteten die umstehenden Landfrauen gespannt auf die erhoffte wütende Explosion des Ortsherrn. Dieser betonte oft genug hinter vorgehaltener Hand, dass er die Dummheit dieser infamen Plottino nicht ausstehen konnte. Außerdem war er nicht gerade bekannt für Geduld und Verständnis.

Doch es sollte anders kommen. Der Ausbruch blieb aus, denn Brecht drehte sich einfach um, ließ die verdutzte Inge und die Vereinsmeier stehen und eilte auf das Haus von Emma Watzinger zu. Es war ihm plötzlich wieder eingefallen, was ihm eigentlich sofort hätte auffallen sollen.

»Sie wissen aber schon, dass Sie hier nicht rein dürfen?«, versuchte der junge Polizeibeamte mit strenger Miene den Herrn über Lember aufzuhalten. Er war verdonnert worden, vor dem Gartentor Wache zu stehen und die Schaulustigen im Auge zu behalten, und er war wegen dieser uninteressanten Arbeit sichtlich genervt.

Als der Ortschef keine Anstalten machte, stehen zu bleiben, wiederholte der Gendarm energisch die bereits gestellte Frage: »Hallo – Sie da, halt! Sie dürfen hier nicht rein!«

Genauso gut hätte er sich damit an die tote Frau Watzinger wenden können – er hätte genauso viel Beachtung bekommen. Wobei sich der Herr Bürgermeister noch zu einem kurzen Knurren herabließ, das so manchem seiner Gegner schon eine Gänsehaut beschert hatte.

Hinter ihm rauschte Frau Plottino an dem jungen Beamten vorbei, die sich nicht einmal mehr mit einem Knurren aufhielt. Dahinter Frau Brant und Frau Eisner, gefolgt von Frau Schwarz, Frau Hintersteininger, Frau Prall und Frau Schönauer. Als sich dann auch noch die restliche Zuschauermenge aufzulösen begann, um Richtung Haus zu marschieren, lief das Fass über.

Der junge Mann hatte sich genug vom Schreck erholt, um seinen ganzen Mut zusammenzunehmen und sich todesmutig vor den größten Teil des Menschenauflaufs zu stellen. Sollten doch seine Kollegen sehen, wie sie mit den Weibern und dem Brummbären zurechtkamen! Er war sowieso schon sauer, weil er hier vor dem Haus Posten beziehen musste, während die anderen die wirklich interessanten Sachen machen durften.

Aber zum Narren ließ er sich nicht halten. Und so mussten die übrigen Gaffer vor dem Gartentor stehen bleiben, und sie hatten keine andere Wahl, als leise zu murren und dem jungen Ordnungshüter über die Schulter zu schauen.

Vor der Haustür blieb Brecht abrupt stehen. Hinter ihm die anderen. Die Damen blickten gespannt auf ihn und warteten.

»Mir ist etwas aufgefallen.«

Ein allgemeines »Ahh!« und heftiges Gemurmel ertönten. Die vor das Gartentor Verbannten reckten die Hälse. Die Luft vibrierte förmlich vor Anspannung, und einigen der Wartenden war es nicht zu blöd, mit offenem Mund zuzuhören.

»Aber das werde ich zuerst der Polizei mitteilen«, erklärte Brecht, drehte sich um und knallte der verdutzten Inge Plottino und den anderen die Haustür der Watzinger vor der Nase zu.

Verdammt. So nah am Ziel … Kurz war Inge versucht, ihm zu folgen, drohte sie vor Neugier doch fast zu platzen. Außerdem, wie stand sie nun da, vor ihren Damen, ja fast vor dem größten Teil der Gemeinde? Doch sie wäre in ihrem Leben nicht so weit gekommen, wenn sie nicht ihre Grenzen gekannt hätte. Oder sagen wir: die allerletzte Grenze, denn sonst war sie durch fast nichts aufzuhalten. Wo andere Halt machten, war für eine Plottino noch lange nicht Schluss. Aber in diesem Moment war ihr klar, dass sie halb Lember beobachtete. Jede ihrer Reaktionen würde in kürzester Zeit Thema Nummer eins im Ort sein – sogar noch vor dem neuerlichen Todesfall. Folgte sie dem Bürgermeister, konnte sie nicht ausschließen, ob sie nicht des Hauses verwiesen werden würde. Das wäre dann doch zu peinlich. Also besser nicht das Gesicht verlieren und die Situation zu eigenen Gunsten nutzen. Da der Bürgermeister nicht da war, waren alle Augen auf sie gerichtet. Gut so. Also drehte sich Inge Plottino um, ließ ihren Blick über die Menge schweifen, als ob sie das sowieso vorgehabt hätte, und erklärte: »Liebe Lemberer! Wir haben die Situation im Griff. Bitte lasst mich und die Polizei nun unsere Arbeit machen. Natürlich werde ich euch auf dem Laufenden halten.«

Eine Plottino konnte auf den richtigen Zeitpunkt warten. Schon alleine dafür lohnte es sich, wenn sie nur überlegte, wohin sie nach ihrer Wahl zum Oberhaupt der Gemeinde unbeschränkten Zutritt erhalten würde.

Und wenn diese Sache mit den zwei Toten, die wahrscheinlich auf unnatürliche Weise umgekommen waren, nicht nach Skandal stank, was dann? Damit kannte sie sich aus, und hier ergab sich eine wunderbare Möglichkeit zu punkten. Alles aufklären und dann der Retter sein. Wer würde da noch an ihr und ihren Führungsmöglichkeiten zweifeln? War sie ohnehin schon sehr beliebt, wäre das noch das Tüpfelchen auf dem i.

Ein triumphierendes Grinsen huschte über Inge Plottinos Gesicht. Sie konnte warten. Auch wenn es ihr in diesem Augenblick sehr, sehr schwer fiel.

***

Was sie in diesem Augenblick versäumte, war Folgendes: Bürgermeister Anton Brecht hatte definitiv nicht vor, diese Tratschtante und Neugiernase, die ihn sowieso schon ständig mit ihren ungebetenen Meinungen, unwiderruflichen Standpunkten und Halbwahrheiten nervte, überall mit hinzuschleppen. Schlimm genug, dass sie im Ort eine nicht unbeachtliche Fangemeinde um sich scharte. Warum nur benutzten Menschen, die auf die Plottinos dieser Welt hören, nicht ihr Gehirn, sondern ausschließlich ihr Gehör? Statt guter solider Arbeit bewunderten die meisten immer häufiger leere Worte und Effekthascherei. Das war nicht der Stil eines Anton Brecht. Dann schon lieber in Würde und Ehre untergehen, als an diesem Niveaulimbo teilhaben. Nun, darüber konnte man sich auch später noch Gedanken machen. Er suchte eigentlich seinen Freund Maler, um ihm eine wichtige Beobachtung mitzuteilen.

Der Polizist und ein Mann in einem grauen Anzug waren gerade damit beschäftigt, die Küchenschränke zu durchsuchen. Eine junge Frau in hautengen Jeans schrieb etwas auf ein Klemmbrett. Überall standen Teller, Gläser und Ähnliches herum. Dazwischen sah man Plastik- und Papiertüten in allen Größen und Formen liegen. Manche alt und zerknittert, manche neu und glänzend, aber alle schön gefaltet. Auf einigen konnte man noch »Wo« oder »ta« lesen, woraus Brecht schloss, dass auf den Sackerln das Wort »Wotan« stand.

Als er den Bürgermeister kommen sah, hellte sich die Miene des Polizisten auf, und er stellte schnell vor: »Herr Gruppeninspektor, das ist unser Bürgermeister. Herr Bürgermeister, das sind Gruppeninspektor Bernd Krüger und seine Kollegin Frau – äh … Anna Tanner vom Landeskriminalamt.«

Der LKA-Beamte hatte kurz und ungehalten die Augenbraue ob des Eindringens eines Zivilisten gehoben, gab Brecht nun aber durchaus freundlich die Hand, die er vorher umständlich von einem Plastikhandschuh befreit hatte. Brecht schüttelte sie und bedachte ihn mit einem kurzen kritischen Blick. Der Mann mit dem schütteren Haar und dem Schnauzbart ließ sich durch den scharfen Blick allerdings nicht aus der Fassung bringen, und so kam der Bürgermeister gleich zur Sache: »Guten Tag. Meine Herrschaften, mir ist gerade etwas eingefallen, dass der Sache eine neue Wendung geben könnte.«

Bei dem Wort »Sache« hatte er kurz auf die Stelle geblickt, auf der sich bis vor Kurzem noch die sterblichen Überreste der armen Frau Watzinger befunden hatten. Krüger kannte die oft aufdringliche Hilfsbereitschaft der Bevölkerung nur zu gut. Aber da auf diese Weise manchmal auch recht brauchbare Hinweise zustande kamen, konnte man sie nicht einfach ignorieren. Normalerweise hätte er den Mann an seine junge Kollegin verwiesen. Da er sich aber im Revier des Ortskaisers befand und noch auf dessen Wohlwollen angewiesen sein könnte, nahm er sich die Zeit, um ihn anzuhören. Wenn er auch im Geiste einen innigen Seufzer nicht zurückhalten konnte.

»Bitte, kommen Sie.« Er berührte leicht den Arm des Bürgermeisters und führte ihn in Richtung Wohnzimmer. »Keine Sorge«, schmunzelte er beim leicht skeptischen Blick Brechts, »wir haben Wotan, den wütenden Giganten, schon entfernt.«

Auch Brecht lächelte. Offensichtlich stand er nicht alleine mit seiner Abneigung gegen diesen speziellen Vertreter der Gattung Hund. Durch den freundlichen Wortwechsel bekam das Eis zwischen den beiden Persönlichkeiten wenigstens einen kleinen Sprung.

Im Wohnzimmer der alten Dame herrschte die gleiche düstere Stimmung wie im restlichen Haus. Alles war Grau in Grau gehalten und penibel aufgeräumt, kein Farbtupfer einer Pflanze wagte es, die vorherrschende Beklemmung zu durchbrechen. Beide Männer blieben stehen, und nachdem sich auch Maler zu ihnen gesellt hatte, kam der Bürgermeister zur Sache: »Herr Krüger – oder ist Ihnen Herr Kriminalinspektor Krüger lieber?«

»Nein, Gruppeninspektor Krüger genügt.«

»Gut. Also Gruppeninspektor Krüger, es liegt mir nichts ferner, als mich einzumischen, so wie es einige der weiblichen Wesen da draußen sicher noch tun werden. Aber Folgendes sollten Sie unbedingt wissen: Frau Watzinger war eine schwierige Zeitgenossin. Wir versuchen, in der Gemeinde jeden gleich zu behandeln, und der Mensch steht in Lember stets im Mittelpunkt. Manchmal fiel dies bei ihr etwas schwer, denn sie hat es wirklich darauf angelegt, sich mit jedem wegen jeder Kleinigkeit zu streiten. Ihr Mann ist tot, und ihre Kinder haben schon lange den Kontakt abgebrochen, nachdem die Watzinger sie immer wieder vor den Kopf gestoßen hat – sogar behauptete, die zwei Töchter würden sie bestehlen!«

Brecht schüttelte den Kopf, und auch die beiden anderen Männer schauten nach dieser Information grimmig drein. Dann fuhr der Bürgermeister fort: »Meist ging es bei den Streitereien mit den Menschen hier nur um banale Sachen. Vor allem durch das Bellen und die kleinen Diebesausflüge in die Nachbarschaft von Wotan entstanden viele Reibereien. War es nicht der Hund, fiel sie wegen eines angeblichen Attentats auf sie durch Nachbarn auf. Einmal belästigten sie Kinder, dann waren alle zu laut, dann Vandalismus und so weiter und so fort. Sie hat einen Kreuzzug gegen jeden im Ort geführt. Emma, also Frau Watzinger, tauchte regelmäßig auf dem Gemeindeamt auf, manchmal sogar auf dem zuständigen Bezirkshauptamt, um sich zu beschweren.«

Brecht dachte daran, wie sehr man sich vom Äußeren täuschen lassen konnte. Wenn man die Watzinger das erste Mal gesehen hatte, bildete sich sofort das »Liebe alte Dame«-Bild im Kopf. Klein, zierlich, mit klaren blauen Augen, schneeweißem Haar und kleinen Löckchen, auf denen adrett ein Hütchen thronte, war sie das Abziehbild einer freundlichen alten Oma gewesen, der man gerne über die Straße half. Ein brauner Mantel, die passende Handtasche und winzige Schühchen in Größe sechsunddreißig – so war sie einem stets entgegengetrippelt und hatte den Eindruck erweckt, man würde auf einen Engel treffen. Bis sich dann der Teufel höchstpersönlich zu Wort meldete. Ein Teufel, der weder vor der Ortsgrenze von Lember noch vor dem guten Geschmack haltmachte.

»Die Landesregierung wurde mit langen Beschwerdebriefen bombardiert«, fuhr Brecht fort. »Ja, sie schreckte nicht einmal davor zurück, diverse Zeitungen anzurufen und ihnen ihr Leid wegen allem Möglichen zu klagen. Man brauchte definitiv gute Nerven, um ihr Geschimpfe und Gezetere auszuhalten. Trotzdem steht in kleinen Gemeinschaften wie Lember die Zusammengehörigkeit im Vordergrund.«

Den letzten Satz ließ der Bürgermeister wirken. Der Gruppeninspektor nickte pflichtbewusst, warf einen Blick auf die Uhr an seinem Handgelenk und ermutigte Brecht mit einer ungeduldigen Geste fortzufahren.

»Es wird hier jedem geholfen, auch Frau Watzinger. Denn trotz allem gehört, äh … Entschuldigung, *gehörte* sie zu uns. Bei ihr wusste jeder, dass sie so gut wie gar nichts besaß. Das kleine Haus ist, wie Sie sehen, renovierungsbedürftig, und außer einer winzigen Rente hatte sie kaum das Nötigste zum Leben. Natürlich wollte die gute Dame niemals einfach so die Wohltätigkeit der ›Elemente‹ – wie sie die Dorfbewohner gerne nannte – ausnutzen.«

Brecht wusste sehr wohl, dass die »Elemente« nur den Hund ruhigstellen wollten, aber das musste er dem feinen Pinkel aus der Stadt ja nicht auf die Nase binden. Allgemeine Hilfsbereitschaft und Nächstenliebe auch Nervensägen gegenüber machte sich da doch gleich viel besser.

»Genau darauf achtend, dass man ihr ja nicht begegnete, legten ihr nun also einige Lemberer dies und das in Plastiktüten verpackt vor die Haustür. Darin befanden sich vorwiegend Fleisch und Wurst. Auf manchen der Tüten stand ›Wotan‹ – um sicherzustellen, dass sich die Watzinger den Hundefraß nicht selbst einverleibte. Dem Hund zu helfen war den Menschen offiziell erlaubt gewesen – für sich selbst hätte die Alte niemals etwas angenommen. Das zumindest ließ sie die anderen gerne glauben.«

Für den Bürgermeister war klar, dass irgendetwas, am ehesten eines der in der Wohnung herumfliegenden Tütchen, vor die Tür der Toten gelegt worden war, in dem sich das womöglich vergiftete Stück Fleisch befunden hatte. Darauf deutete auch der ölige Fleck vor der Haustür.

Brecht zitierte die allgemein bekannte Stammtischparole, wenn es um Spenden an den Hund von der Watzinger ging: »Jeder wusste, dass die Sachen für den Hund waren, aber die Katze hat sie gefressen. Das heißt, der, der das hingelegt hat, musste fast davon ausgehen, dass die alte Dame etwas davon isst.«

Nach den ausschweifenden Worten seines Meisters eilte Maler sofort in die Küche, um den riesigen Vorrat an Plastik- und Papiertüten zu sichern, da sich nun ja vielleicht die Tatwaffe darin befunden haben könnte.

»Aber das vergiftete Fleisch könnte auch für den offensichtlich genauso unbeliebten Hund gedacht gewesen sein«, stellte Gruppeninspektor Krüger unbeeindruckt fest.

Widerworte standen nicht gerade an oberster Stelle der Favoritenliste des Bürgermeisters, darum brauste er auf: »Aber es könnte auch für die alte Frau gewesen sein!«

»Na ja«, lenkte Krüger vermittelnd ein, »man kann ja froh sein, wenn man in diesem Ort nicht zum Essen eingeladen wird. Sollte der Hund das Essen nicht schon vorher verspeist und überlebt haben, ist es womöglich giftig.« Er lachte über seinen eigenen Scherz, bliebt damit aber alleine. »Jedenfalls danke, Herr Bürgermeister. Das war sicher ein wichtiger Hinweis, und wir werden natürlich in jede Richtung ermitteln. Bitte glauben Sie mir, wir sind Profis. Sobald wir Näheres erfahren, werden wir uns bei Ihnen melden. Ich darf mich jetzt entschuldigen? Die Arbeit ruft. Auf Wiedersehen.«

Dezent hinauskomplimentiert, drehte sich Brecht um und stolzierte erhobenen Hauptes davon. Er mochte nämlich definitiv nicht, wenn jemand ihn nicht ernst nahm. Alles, was recht war!

7

Gut. Ich habe gelogen. Aber zum Zeitpunkt unserer letzten Begegnung war ich ganz sicher, es würde nicht nötig sein, Ihnen noch einmal zu schreiben. Wer kann denn ahnen, dass einem ausgerechnet die alte Watzinger in die Quere kommt?

Am Anfang war ich zufrieden. Nein, ganz am Anfang war ich erschrocken. Selbst wenn man sich ausgiebig mit dem Gedanken an Mord beschäftigt, ist es dann doch eine andere Sache, wenn er bewusst passiert.

»Was habe ich da getan?«, war die zentrale Frage.

Viele gehen Fallschirmspringen, Tauchen oder üben sich in Bungee-Jumping, wenn sie den Nervenkitzel suchen. Außerdem kenne ich genug, die sich einen Seitensprung leisten, um aus dem Alltagstrott auszubrechen. Das habe ich so ziemlich alles versucht, neben stricken, Autorennen fahren und vielem mehr. Bald schon war es wieder langweilig.

Mein Kick ist dieses Tüfteln um den perfekten Mord. Jedenfalls – da war so ein Kribbeln in mir, so eine Zerrissenheit. Kannst du oder kannst du nicht? Dann werden die Gedanken daran immer intensiver, die Unruhe immer größer. Warum ich überhaupt einen Mord begehen will? Deshalb. Vielleicht scheint Ihnen das kein ausreichender Grund zu sein? Damit sollten sich wohl Psychologen beschäftigen, aber ich werde sie nicht aufsuchen. Besser ist, manches bleibt im Verborgenen.

»Du bist dir nur des einen Triebs bewusst,
O lerne nie den andern kennen!
Zwei Seelen wohnen, ach! in meiner Brust,
Die eine will sich von der andern trennen.«
Goethe, Faust

Glauben Sie, werter Leser, an Zufälle? Da ich denke, alles hat seinen Sinn, nehme ich an, dass diese Unsicherheit ein Hinweis auf etwas Fehlendes ist. Also muss ich es planen und durchführen, ohne Zufälle, damit es ein Mord ist. Übung macht den Meister.

Da ist es! Das bisher unausgesprochene Wort: Mord. Natürlich verbietet man sich den Gedanken. Das ist doch gegen alle Werte, in deren Namen man erzogen wurde. Die ultimative Idee eines Wahnsinnigen. Ich habe wirklich versucht mich abzulenken. Und doch ertappt man sich immer öfter, dass dieser Gedanke durch den Kopf huscht, Spuren hinterlässt, sich festsetzt wie ein lästiger Geruch, den man nicht mehr los wird. Ein Fleck, resistent gegen jeden Vernichtungsversuch. Aber da es ja nur beim Gedanken bleibt, gewöhnt man sich daran. Man steigert sozusagen die Dosis. Wie bei Schokolade. Ein Stück wird schon nichts ausmachen. Dabei ist hier der Punkt: Einmal im Körper, kommt mehr dazu. Einmal im Kopf, ist man nicht mehr frei.

Doch da es nun getan ist, habe ich endlich Seelenfrieden. Die innere Zerrissenheit ist weg. Alles Weitere muss ich mit mir selbst ausmachen.

8

Fröhlich begrüßte das Plätschern des Quellwassers aus dem Holzbrunnen auf dem Dorfplatz die stellvertretende Bürgermeisterin. Sie selbst war maßgeblich an dessen Aufstellung beteiligt gewesen und hatte sich gegen den Tourismusverband durchsetzen können, die dem wunderschön geschnitzten traditionellen Holz eine moderne Aluminiumkonstruktion vorgezogen hatte. Neckisch kitzelten Sonnenstrahlen ihre Haare und ihr Gesicht, und die Blumen um den Ortsplatz schienen in der leichten Sommerbrise anerkennend vor ihr die Köpfe zu neigen. Sie selbst schien jedoch immun gegen diesen Gruß der Natur und machte eine Miene, als würde eine düstere Wolke über ihrem Kopf hängen und jeden Augenblick auf sie herabregnen.

Renate Seidlinger sah sich gezwungen, wieder einmal im Geschäft ihrer »geliebten« Frau Brant einzukaufen. Wenn nur irgendwie möglich, bevorzugte sie die Anonymität des großen Supermarktes in der Nachbargemeinde, auch wenn sie hier einiges an Fahrtzeit mit dem Auto in Kauf nehmen musste. Allerdings war ihr als stellvertretende Bürgermeisterin und Bürgerin von Lember sehr wohl klar, welche Wichtigkeit der Erhalt des kleinen Lebensmittelgeschäftes für den Ort hatte. Viele der Einwohner waren darauf angewiesen. Entweder zu alt, um noch mit dem Auto zu fahren, oder führerschein- beziehungsweise fahrzeuglos, stellte für diese Menschen das Geschäft nicht nur die Versorgung mit Lebensmitteln sicher, sondern war auch eine Abwechslung in einem oft eintönigen Alltag. Vielleicht würde auch sie irgendwann einmal froh sein, direkt im Ort auf diesen Service zurückgreifen zu können. Wobei sie eigentlich nicht vorhatte, ihren Lebensabend hier in Lember zu verbringen. Aber das stand sowieso alles noch in den Sternen.

Jetzt und hier nahm sie sich wie üblich sehr viel Zeit – denn es war immer das Gleiche. Kaum hatte sie das Geschäft betreten, stürzte der eine oder andere Kunde auf sie zu, um irgendwelche Ungerechtigkeiten im Ort anzuprangern, die Unfähigkeit irgendeines Lokalpolitikers (meist war der Bürgermeister gemeint) aufzudecken, um Hilfe zu bitten oder einfach nur zu tratschen. Auch die liebenswerte Frau Brant wusste immer von mindestens einer Beschwerde aus der Gemeinde – die sie in ihrer »Gutmütigkeit« lediglich weiterleitete.

Nachdem Renate auf die fünfte gleichlautende Frage der Kaufhausbesitzerin den Einkauf betreffend, ob denn das auch wirklich schon alles sei, mit Ja geantwortet hatte, vernahm sie ein lautes und zuckersüßes »Juhu! Hallo du-hu!« hinter sich. Es war ihr im Laufe ihres Einkaufsmarathons bereits aufgefallen, dass Inge Plottino im Geschäft eifrig Zettel verteilte und auf die eine oder andere Käuferin einredete wie auf eine kranke Kuh. Nun schien sie selbst wohl das nächste Opfer zu sein.

Als sie sich umdrehte, war von irgendwelchen Schriftstücken aber nichts zu sehen. Interessant. Inge kam auch gleich zur Sache.

»Gut, dass ich dich treffe. Du scheinst mir doch etwas vernünftiger zu sein als unser allseits geschätzter Herr Bürgermeister. Der nimmt sich nie die Zeit, um auf die Wünsche seiner Bürger zu hören. Ich habe hier etwas.« Sie kramte wie verrückt in ihrer riesigen schwarzen Tasche und zog ein zusammengefaltetes Blatt Papier hervor. Es schien aber ein anderes zu sein, als das, welches sie vorher verteilt hatte. Dieses hier war weiß und klein, das andere war gelb und etwa doppelt so groß gewesen.

»Also, ich habe hier eine Zusammenstellung, die dringend erledigt werden muss. Mein ›Komitee zur Erhaltung des Ortsbildes‹ und ich haben uns zusammengesetzt und einen Plan ausgearbeitet.«

»Was ist denn dabei so wichtig, dass es sofort erledigt werden muss?«

»Es geht um die äußerst dringende Aufstellung der Holzbänke. Zum Hinsetzen, wenn man spazieren geht. Und zwar in ganz Lember.«

»Aber die stehen doch schon lange!«

»Richtig. Richtig. Allerdings vollkommen falsch. So geht das nicht. Wir haben eine Bedarfsanalyse erstellt und sind draufgekommen, dass man sie alle umstellen muss. Das ist wichtig und kann nicht aufgeschoben werden.«

»Mag schon sein, aber wir haben gerade einige bedeutend vorrangigere Projekte am Laufen. Den Schulumbau, den Dorfplatz. Das weißt du doch. Du hast ja selbst abgestimmt bei den Sitzungen. Die Gemeindearbeiter sind voll im Einsatz. Es wird alles zur Zufriedenheit der Bürger erledigt, aber eben zu seiner Zeit. Da müssen die Bänke noch etwas warten.«

»Sicher nicht! Wir müssen auf die Stimmen der Bürger hören, und die sagen laut und deutlich: Wir brauchen diese Umstellung. Karin, da gibst du mir recht, oder?«

Nachdem sie sich die lautstarke Zustimmung ihrer Mitstreiterin Karin Prall geholt hatte, die zwar ebenfalls ihren Einkauf tätigte, aber vorwiegend gierig zuhörte, fuhr sie fort. Den Einwurf von Renate über die einstimmige Abstimmung übergingen alle nobel.

»Nimm das in die Hand und klär es. Immerhin bist du die stellvertretende Bürgermeisterin. Da kannst du auch etwas tun dafür.«

Wie immer schaffte es die Vorsitzende der Landfrauen durch ihre Penetranz und ihren Tonfall, Renate auf die Palme zu bringen. Sie fragte sich des Öfteren, ob sie dieses Amt noch lange ausüben wollte. Damals, als sie es angenommen hatte, war sie sich sicher gewesen, in der Gemeinde etwas bewegen zu können. Ideen besaß sie viele. Sie war überzeugt, bisher sehr gute Arbeit geleistet zu haben. Allerdings zermürbte sie oft genug der Krieg mit den Kleingeistern in Lember, die nichts Wichtigeres zu tun hatten, als alle naslang lautstark ihre Meinungen kundzutun. Selbst würden sie nie die Initiative ergreifen, aber gerne kommentierten und kritisierten sie die Arbeit der anderen. Außerdem war es nie genug. War eine Sache umgesetzt, nahm man dies zwei Sekunden wohlwollend zur Kenntnis, um sofort wieder in die allgemeine Unzufriedenheit und Nörgelei zu verfallen. Oft genug war sie vom Bürgermeister schon gewarnt worden, keinen Dank zu erwarten. Das würde in diesem Amt nie passieren. Aber vielleicht ein wenig Anerkennung und Respekt für gute Arbeit? Sie seufzte. Wohl auch nicht.

Heute jedoch wollte sie sich nicht aus der Fassung bringen lassen, also nahm Renate den Zettel, auf dem das ›Komitee zur Erhaltung des Ortsbildes‹ seine Forderungen festgehalten hatte, und fragte ganz heuchlerisch: »Ach, übrigens Inge, was verteilst du denn da noch so eifrig?«

Die Befragte tat so, als hätte sie nichts gehört, und wollte sich gerade abwenden. *Aha*, dachte Renate, *austeilen und dann nicht einstecken können.* Das kannte die stellvertretende Bürgermeisterin zur Genüge. Deswegen ließ sie auch nicht locker und wiederholte die Frage etwas lauter. Schon wurden die ersten Käufer im Geschäft aufmerksam, drehten sich die ersten Gesichter zu ihnen. Inge knirschte vernehmlich mit den Zähnen, wandte sich aber dann doch zu Renate und stammelte etwas von »unwichtig« und »nur kleine Versammlung«.

Dafür war sie bekannt. Kleine Versammlungen. Irgendein Projekt – meistens eines des Bürgermeisters – erforderte immer Diskussionsbedarf, und dann verteilte Inge fleißig Zettel. Man traf sich, plapperte und tratschte. Selten kam dabei etwas heraus, aber es behinderte oft genug die gute Arbeit des Bürgermeisters.

Renate ließ nicht locker, und sichtlich widerwillig händigte ihr Inge einen der Zettel aus. Eine Sekunde später war sie verschwunden. Renate grinste. Dieser kleine Sieg über eine Plottino war der Ausflug schon wert gewesen. Sie las den Wisch und schmunzelte.

GROSSE VERSAMMLUNG!

Heute 17:00 Uhr beim Martinswirt

Kampf dem Bösen und der unkontrollierten Macht!!!

Retten und bewahren wir unser geliebtes Lember.

Nur gemeinsam können wir etwas bewegen!!

Inge Plottino & Team (!)

Unmengen von Rufzeichen waren Inges Markenzeichen. Damit wollte sie dem geschriebenen Wort die gleiche Lautstärke wie dem gesprochenen geben. Welches nicht aufschiebbare Thema wohl heute auf der Tagesordnung stand? Neben den »bösen« Aktionen des Bürgermeisters konnten es nur die aktuellen Geschehnisse, also die angeblichen Morde, sein.

Da würde sie hingehen, komme was wolle. Diese Sitzungen erwiesen sich immer als sehr amüsant. Wenn Inge auch alles tat, um diese Protestversammlungen vor dem Bürgermeister und seiner Stellvertreterin geheim zu halten, konnte sie ihr eine Teilnahme nicht verbieten. Der Tag schien sich noch zum Positiven zu entwickeln.

Mit deutlich besserer Laune als bei ihrem Eintreffen kaufte Renate der überraschten Martha Brant ein Paar bereits nicht mehr ganz frische Würstchen ab und schleppte sie zusammen mit all ihren anderen Errungenschaften summend nach Hause.

9

»Es ist an der Zeit zu handeln«, rief Inge Plottino in die Runde der Anwesenden.

Sie war dazu aufgestanden. Nicht nur, um die Zuhörerschaft zu überragen und die Wichtigkeit ihres Satzes zu unterstreichen, sondern weil sie vor Tatendrang fast zu wenig Luft bekam.

Heftig nickten die Frauen und Männer im Raum als Reaktion auf ihren pathetischen Ausruf. Obwohl eigentlich keiner so recht wusste, was sie damit meinte.

»Es ist an der Zeit zu handeln, liebe Mitstreiter! Diese mysteriösen Todesfälle in Lember dürfen nicht einfach unter den Tisch gekehrt werden. Denn das werden sie. Nämlich vom Bürg…« Sie verstummte, und nach einem kurzen Blick auf Renate, die lächelnd in der ersten Reihe saß, fuhr sie fort: »Von irgendjemanden eben. Wir sind aber alle betroffen. Darum haben wir ein Recht auf Informationen. Das steht geschrieben. Unser Handeln ist notwendig!«

Jetzt kam man der Sache schon näher. Was kaum jemand der Damen und Herren im Raum wusste, war, dass sich Bürgermeister Brecht schon vor Längerem angewöhnt hatte, heimlich in Lember herumzuschnüffeln. Einmal befragte er diesen Bürger, einmal ganz unauffällig jenen, was er denn so von den derzeitigen Ereignissen im Ort halte. Besonders die beiden jüngsten Todesfälle waren dabei immer wieder zur Sprache gekommen.

Das Auditorium wusste auch nicht, dass Brecht eine ziemlich untrügliche Nase für Recht und Unrecht besaß. Inge Plottino selbst war sich zwar absolut nicht sicher, ob etwas faul an der ganzen Angelegenheit war, aber falls dieser »Irgendjemand« doch etwas herausfand, würde sie ihm den Erfolg und Applaus nicht alleine gönnen. Hier war es wichtig, Positionen zu beziehen, und das würde sie nicht versäumen.

Außerdem gab es schon einige eigenartige Gerüchte von irgendwelchen seltsamen Knochenresten, die man bei Emma

Watzinger gefunden hatte. Und es war sowieso nie schlecht, in aller Munde zu sein. Wenn nichts dabei herauskam, würde man diese Aktion schnell vergessen, nicht aber Inges Tatendrang.

Deshalb hatte sie heute zu einer Notversammlung im kleineren Nebensaal beim Martinswirt gerufen. Da dies eine ihrer vielen Notversammlungen war, hielt sich die Besucherzahl in Grenzen. Meistens behandelte man Themen wie »Aufstellung der Gemeindebänke«, »Initiative gegen Unkrautvermehrung in den Gemeindeblumenbeeten«, »Unterstützung des beliebten Gesangvereins unter Mitwirkung von Frau Inge Plottino«, »Brauchen wir diesen Bürgermeister?« oder »Einführung von öffentlichen Toiletten auf dem Dorfplatz« unter Einbeziehung von unzähligen Ausrufezeichen.

Heute waren circa fünfzehn Personen gekommen. Hätten die Dorfbewohner gewusst, um was es sich bei dieser Versammlung handelte, wäre der Saal wahrscheinlich voller gewesen. So aber zerstreute sich die Menge der Zuhörer eher hilflos in dem großen holzgetäfelten Raum, und auch die interessiert lauschenden Hirschgeweihe, die aufgereiht an den Wänden hingen, machten das Kraut nicht fett. Eine unwichtige Kleinigkeit, die eine Plottino nicht aufhalten konnte.

»Unsere liebe Frau Watzinger, Mitglied unserer Gemeinde, wurde mit Gift entfernt, ich meine natürlich: getötet. Mit Arsen. Wartet, ich lese euch das Wichtigste vor.« Sie zückte eine Brille und setzte sie umständlich auf die Nase. »›Arsenverbindungen kennt man schon seit dem Altertum. Obwohl sie hochgradig giftig sind, finden sie Verwendung als Bestandteil einzelner Arzneimittel. Eine akute Arsenvergiftung führt zu Krämpfen, Übelkeit, Erbrechen, inneren Blutungen, Durchfall und Koliken bis hin zu Nieren- und Kreislaufversagen.‹ Na, was sagt ihr?«

Noch sagte keiner etwas. Inge blickte in eine leicht verwirrte und verständnislose Runde. Vielleicht wäre es nicht so ruhig gewesen, hätten die Anwesenden gewusst, woher ausgerechnet Frau Plottino diese heiße Information bekommen hatte. Ihr war nämlich *ganz zufällig* ein wirklich fast geöffneter Briefumschlag des Landeskriminalamts an den Bürgermeister in die Hände gefallen. Sie hatte dies als Wink des Schicksals betrachtet, aber sehr wohl darauf geachtet, dass ihr Mann von ihrer heimlichen Aktion nichts erfuhr. Dazu nahm er sein Amt als Postkoordinator viel zu ernst.

»Da das Fleisch aber offensichtlich für den Hund Wotan bestimmt war, geht man bei der Polizei von einer Verwechslung aus. Man hat sonst keine verwertbaren Spuren gefunden, und diverse Befragungen haben auch nichts gebracht. Daher sieht man keinen Handlungsbedarf. Das sollte uns wachrütteln, liebe Mitstreiterinnen! Eure Meinungen, bitte.«

Der Vortrag erstaunte Renate Seidlinger. Mit handfesten Informationen war nicht zu rechnen gewesen. Noch nicht einmal der Bürgermeister wusste über die Todesursache Bescheid beziehungsweise hatte er seine Leute noch nicht darüber informiert. Bevor die stellvertretende Bürgermeisterin aber weiter über diese beunruhigende Entwicklung nachdenken konnte, gab es eine Wortmeldung.

Ausgerechnet von Elvira Zeiler. Obwohl keiner sie bei diesen Versammlungen dabeihaben wollte, schlich sie sich immer heimlich dazu. Bevor Inge ihren Beitrag nun abwürgen konnte, erklärte sie kichernd: »Mich kann keiner vergiften, ich esse fast nur Schokoladepralinen, und die sind ungiftig.« Kurzes genervtes Schweigen folgte dieser Elvira-üblichen überflüssigen Bemerkung.

Dann hörte man die Stimme von Martha Brant, die giftig bemerkte: »Dumme Pute. Vielleicht solltest du dir angewöhnen, weniger Pralinen zu essen. Die kosten ja auch Geld. Was du ja nicht hast, oder?«

Unterbrochen wurde dieses Geplänkel, bevor Inge Plottino einschreiten konnte, von einer anderen Teilnehmerin der Versammlung.

Frau Eisner, eine neununddreißigjährige Frau und Mutter von drei Kindern, hob die Hand, um gehört zu werden: »Ich finde es gut, wenn man nicht einfach alles hinnimmt, was die Behörden so sagen. Wo kämen wir denn da hin? Man muss seinen Kindern Zivilcourage vorleben. Außerdem bin ich froh, dass jetzt klar ist, dass ich es nicht war, denn ich kenne das komische Gift nicht. Ich kenne überhaupt kein Gift«, bemühte sie sich noch schnell hinzuzufügen.

Da ihre drei Jungs im Alter von neun bis fünfzehn die liebsten Peiniger von Frau Watzinger gewesen waren, war die Wortmeldung für alle ziemlich verständlich. Aber wäre Ärger mit der Watzinger ein Verdachtsmoment gewesen, hätte so ziemlich jeder einen Grund gehabt, die alte Hexe ins Jenseits zu befördern.

Jedenfalls lächelte Frau Eisner zufrieden und setzte sich wieder. Sie war die etwas blauäugige Gattin von Harald Eisner, der im Nachbarort als Geschäftsführer den Baumarkt leitete. Beide sahen sich als angesehene Bürger des Ortes, deren Meinung bei den anderen von Bedeutung war.

Auch wenn Inge Plottino und Andrea Eisner sich nicht gerade grün waren, akzeptierte man sich. Beide stellten doch wichtige »Informationsträgerinnen« in Lember dar. Wobei jede von der anderen behauptete, eine Tratsche zu sein, gleichermaßen wiesen sie eben jenen Begriff für sich selbst weit von sich.

»Geschätzte Andrea! Danke für deine Meldung. Allerdings ist dieses Arsen ein Gift, das jeder von euch kennen sollte.«

Heftige »Ahs« und »Ohs« waren zu hören. Das war ja wirklich eine Überraschung.

»Ja, da seid ihr überrascht, was? Ich darf euch gleich mehr erzählen über das, was ich herausgefunden habe. Das weiß noch nicht einmal die Polizei. Das Gift kennt ihr alle, ihr wisst nur nichts davon. Unsere geschätzte Martha Brant benutzt es. Sie verwendet es in geringer Dosis für die Herstellung ihrer berühmten Bienensalbe.«

Noch erregteres Gemurmel und Geraune erklang und schwoll an, bis besagte Chefin des Kaufhauses Brant mit einem empörten Aufschrei in die Höhe schoss. »Das verbitte ich mir! Das sind gemeine Unterstellungen. Ich bin doch keine Mörderin. Außerdem weiß keiner, was meine Salbe enthält.

Diese Salbe, die für euch schon so unentbehrlich geworden ist, wollt ihr mir als Mordwaffe unterjubeln? Das wagt ihr zu behaupten?«

Empört blickte sie mit fest in die Hüften gestemmten Fäusten in die Runde. In ihren schwarzen Kleidern und der streng nach hinten gekämmten Frisur erinnerte sie an die böse schwarze Frau, mit denen man den Kindern im Dorf immer drohte, wenn sie nicht aufessen oder gehorchen wollten. Diese schwarze Frau war der beliebteste Schreck der Kinder, Frau Brant eher der Erwachsenen im Ort.

»Blödsinn! Wir wissen alle, was in der Salbe ist«, rief Henriette – genannt Henni – Schönauer, die Frau des Fleischhauers, nun mutig. Sie war klein, füllig und gänzlich ohne Falten. »Du hast doch immer voller Stolz betont, dass es auf die richtige Menge des giftigen Zeugs ankommt. Andere können damit töten, hast du gesagt, und du heilst damit. Obwohl ich bitte schön betonen möchte, dass ich diese Salbe nicht nötig habe.«

»Du!« Die Kampfeslust der beschuldigten Brant konzentrierte sich nun ganz auf Henni. Als Frau des ortsansässigen Fleischers und somit Konkurrentin des Kaufhauses Brant waren sich die beiden sowieso nicht grün. »Mach ja meine Salbe nicht schlecht! Nur weil bei dir etwas anderes die Falten auffüllt, nämlich Fett, brauchst du nicht neidisch zu sein. Meine Salbe mordet nicht, sie ist nur mörderisch gut. Wer etwas anderes behauptet, soll sich jetzt melden. Oder ihr bekommt keine mehr!«

Das war ihrer Meinung nach sowieso die schlimmste aller Drohungen überhaupt, und darum setzte sie sich beleidigt hin. Obwohl die Salbe wegen ihres nicht gerade dezenten Geruchs nach Zwiebeln und Knoblauch nur unter Hartgesottenen der Hit war, kaufte sie doch fast jeder im Ort regelmäßig. Dies war noch der geringste Aufwand, denn keiner hatte Lust, sich mit »Frau Krähenfuß«, wie so mancher Bewohner von Lember Martha Brant ob ihres Aussehens und ihrer Salbe heimlich nannte, zu verscherzen. Ein falsches Wort hier, ein Gerüchtlein da, und schon waren in einem so kleinen Dorf wie diesem Leben oder Ruf ruiniert. Das miese Gerede zu bekämpfen war fast aussichtslos, und so machte man sich Leute wie Martha Brant nicht unnötig zum Feind.

»Jetzt seid doch still! Deine Salbe ist, wie jeder immer wieder bestätigt, ein Traum«, beruhigte Inge Plottino die aufgebrachte Martha Brant. »Wir könnten uns nicht vorstellen, etwas Besseres zu kaufen!«

Dabei stimmte diese Aussage in einem gewissen Punkt sogar, denn zum Einfetten quietschender Türen und zur Abwehr lästiger Fliegen gab es einfach nichts Vergleichbares. Man hütete sich allerdings davor, dies der Herstellerin mitzuteilen.

»Aber du musst doch einsehen, dass jeder die Möglichkeit hat, sich in deine Hexenküche zu schleichen und etwas von diesem Arsen mitzunehmen. Das Kaufhaus hat ja schon deinem Urgroßvater gehört, und du hast doch noch Sachen aus der Steinzeit im Keller. Früher hat man Arsen ja gerne als Rattengift genommen, da war die Nutzung noch ganz alltäglich. Dass du noch einiges davon vorrätig hast, weiß doch jeder hier. Und fast ganz Lember war schon mal in deiner Werkstatt. Da kannst du doch nichts dafür, wenn jemand das Gift mitgehen lässt!«

Beim Klang ihres Lieblingswortes – Hexenküche – war der Ärger von Marthas Gesicht verschwunden, und das beleidigte Gemüt beruhigte sich langsam.

»Was gedenkst du also zu tun? Beziehungsweise was bezweckst du mit dieser Sitzung?«, mischte sich nun Renate Seidlinger in die Diskussion ein. Obwohl nicht immer mit den Aktionen der Plottino einverstanden, war sie sich um deren Gefährlichkeit doch bewusst und wohnte deshalb des Öfteren den geheimen Treffen von Inges Kampftruppe bei. Dem Bürgermeister war das nur recht. So bekam er aus direkter Quelle mit, was General Plottino plante.

Besagter General beschloss, das Beste daraus zu machen und den »Feind« zu eigenen Zwecken zu gebrauchen. Wie Renate ahnte auch sie, dass Anton Brecht so einige Zweifel an mindestens einem dieser zwei Todesfälle hatte.

Inge hielt dem Blick ihrer Konkurrentin stand und erklärte

leise und verschwörerisch: »Nun, da es anscheinend ein Gift ist, das man leicht im Ort besorgen kann, und da jeder gewusst hat, wie man es der alten Watzinger am besten verabreichte, denke ich, dass es jemand von uns gewesen ist, der die Emma umgebracht hat. Der Mörder muss aus Lember kommen! Und diesen Mörder bezwecke ich mit eurer Hilfe zur Strecke zu bringen.«

10

Während die Versammlung von Inge Plottino stattfand, weilte der Bürgermeister an einem Platz, an dem ihn wohl kaum einer der Bewohner seiner Gemeinde vermutet hätte.

Gerade schob er sich gedankenverloren ein Stück seiner Lieblingsschokolade in den Mund. Schokolade war für ihn die beste Medizin, egal in welcher Lebenslage. Diese kleine Schwäche war in seinen Augen hinnehmbar, und so leistete er sich ganz gerne ein Stück der dunklen Köstlichkeit. Zu seinem Glück stellte man diese besondere, wirklich einmalige Schokolade sogar hier in der Region her – damit war auch noch der lokalen Wirtschaft geholfen. Solche Zweckmäßigkeit war ganz in seinem Sinne.

Als einer der rationalsten Menschen überhaupt war er kein bisschen abergläubisch, selbst wenn er Inge Plottino manchmal als Hexe bezeichnete. Er war in der Gemeinde unter anderem bekannt und geschätzt für seine Umsicht in finanziellen Angelegenheiten. Mit gutem Verhandlungsgeschick und Beziehungen in allen Bereichen hin bis zu den höchsten Kreisen des Landes hatte er schon so manchen Vorteil für seinen Heimatort herausgeschlagen. Seine Stärke waren logisches Denken und ein guter Blick für Details. Darum war ihm auch in der Küche von Emma Watzinger sofort etwas aufgefallen: Außer den Gegenständen, die die Polizisten bereits aus den Küchenschränken geholt hatten, war die Küche penibel aufgeräumt gewesen. Er wusste das zu schätzen, hasste er doch neben Unrecht auch Unordnung. Selbst wer Emma Watzinger nur wenig gekannt hatte, wusste, dass sie Küchenabfälle niemals einfach herumliegen lassen würde. So waren ihm auf dem Küchentisch, direkt unter dem Kreuz mit dem Jesus drauf, das neben einem Bild des verstorbenen Herrn Watzinger hing, einige kleine Knochen aufgefallen. War Emma Watzinger religiös, oder besser gesagt: bigott, trieb sie um ihren verstorbenen Mann – einst ein hoch dekorierter Säufer – einen geradezu unverständlichen Kult. Außerdem war sie krankhaft penibel beim Saubermachen.

Aus diesen Gründen schien die Ablagerung von Abfall an dieser Stelle einfach falsch. Das konnten die Herrschaften aus der Stadt natürlich nicht ahnen. Da er nicht so recht wusste, was er von dieser Information halten sollte und sehr wohl bemerkt hatte, dass ihn Gruppeninspektor Krüger nicht ganz ernst nahm und für jemanden hielt, der sich nur einmischen wollte, schwieg er. Vielleicht war es auch bedeutungslos?

Natürlich waren diese Knochen aus der Küche der Watzinger von der Polizei untersucht worden. Die ermittelten sehr genau. Aber nachdem die Analyse den Ursprung als Hühnerknochen bestätigt hatte, galten sie für die Kripo eindeutig als Essensreste. Und daher als für die weiteren Untersuchungen nicht relevant. Was den Bürgermeister allerdings doch nachdenklich stimmte, war die Anordnung dieser Essenreste: fast wie bei einem Kreuz. Dummerweise war diese komische Sache mit den Hühnerknochen irgendwie nach draußen gedrungen. In der Theorie gar nicht möglich, wussten in der Praxis bereits alle in Lember Bescheid, und im Ort diskutierte man schon heftig darüber. Es war sogar die Behauptung aufgestellt worden, die gleiche Anordnung auch beim Lackner gesehen zu haben. Bei einem Spaziergang in der Nähe des Hauses des – Gott hab ihn selig! – alten Griesgrams, bei einem kleinen Marterl waren anscheinend welche gesichtet worden. Marterl nannte man die Art Holzkreuze, die sich neben der Straße oder in den Bergen befanden und zur Erinnerung an einen lieben Verstorbenen oder als Betstelle für die Heilige Mutter Gottes errichtet wurden. Diese kleine Gedenkstätte, von der nun die Rede war, hatte Lackner in besseren Zeiten zur Erinnerung an seine verstorbene Frau errichten lassen. Dort war er oft auf einer kleinen Bank gesessen und hatte stundenlang vor sich hin gestarrt. Im Leben total mit ihr zerstritten, suchte er vielleicht so um Vergebung. Oder er wollte einen Platz haben, um sie weiter zu beschimpfen. Wer wusste das schon?

Damals war es sogar einige Zeit möglich gewesen, ohne Gefahr an ihm vorbeizugehen. Man grüßte ihn vorsichtig, und die ganz Mutigen nahmen sich sogar Zeit für einen kleinen Plausch.

Später, als der Alte kaum mehr seinen Hof verließ und immer exzentrischer wurde, wagte sich kaum einer mehr am Anwesen vorbei, geschweige denn zu ihm, um mit ihm zu plaudern. Die Bank war in sich zusammengefallen, und hohes Gras und Unkraut hatten das kleine Holzkreuz umgeben. Erst in letzter Zeit nach seinem Tod hatte jemand angefangen, auf die kleine Ablage Blumen zu legen. Hier ein paar Schlüsselblumen, dort ein paar Krokusse in einem alten Marmeladenglas – ein Gruß an die Heilige Mutter Gottes, die seit Jahren fein geschnitzt geduldig in ihrem Holzrahmen ausharrte.

Obwohl keiner mehr wusste, von wem das Gerücht ausgegangen war, dass in der Nähe des Lackner'schen Lieblingsplatzes – beim Marterl – Hühnerknochen gesichtet worden waren, und auch Brecht nicht so sehr daran glauben mochte, ließ es ihm doch keine Ruhe. Er war daher zu dem Marterl hinausgefahren, um sich umzusehen. Seine feine Nase für Ungereimtheiten hatte ihn noch nie betrogen. Dummerweise hatte er hier wirklich einen einsam verstreuten Knochen gefunden, der denen in der Küche der Frau Watzinger verblüffend ähnlich sah. Wenn man das von Hühnerknochen sagen konnte. Jedenfalls grenzte der Fund wahrscheinlich schon an ein Wunder, denn umherstreunende Füchse oder ähnliche Tiere waren einer leichten Beute wie dieser Mahlzeit sicher nicht abgeneigt.

Eines der schon ziemlich morschen Bretter der ehemals einladenden Sitzgelegenheit hatte noch einigermaßen gut und stabil ausgesehen, und so hatte sich Brecht darauf niedergelassen. Seine neue Hose schützte er, indem er sein ordentlich gebügeltes Stofftaschentuch darunter legte. Es war ein wunderschöner Tag. Brecht war ein Zahlenmensch und hatte nichts übrig für Schwärmereien und Sentimentalitäten. Das konnte er sich als Bürgermeister nicht leisten. Ein breiter Rücken und ein dickes Fell waren die Grundvoraussetzungen für diesen Job. Aber heute konnte auch er nicht umhin, seine Umgebung zu bewundern. Er liebte Lember, und so sah er sich voller Besitzerstolz um.

Es war ein warmer Tag, üppig und klar. Die Farben um ihn

herum waren so intensiv, als hätte sie ein Maler unverdünnt und ungemischt auf die Leinwand gekippt. Rundum waren die Wiesen noch ungemäht, und die Blumen und Gräser glichen einem Meer an Buntstiften, das sich der Sonne entgegenstreckte. Schien auf den ersten Blick alles still und unbewegt zu sein, so war die Luft doch voller Leben. Einzeln waren die Insekten fast unsichtbar, gemeinsam glichen sie winzigen fliegenden Wattebäuschen, die die Stille mit einem kaum wahrnehmbaren Summen erfüllten. Warm umhüllte ihn der Tag, und er gestattete es sich sogar, seine Krawatte etwas zu lockern.

Vielleicht zum ersten Mal seit Monaten betrachtete er bewusst die Berge. Hoch ragten sie vor ihm und Lember auf und blickten auf die kleine Gemeinde. Wie einsame Wachen: hell, majestätisch, Ehrfurcht gebietend und voller Stolz. So verstand er auch seine Rolle dem Ort gegenüber. Ein einsamer grauer Wächter über das Volk – Bescheidenheit gehörte definitiv nicht zu seinen hervorstechenden Eigenschaften. Doch der Ausflug ins Schwärmen währte nur kurz, denn ihn beschäftigte eine ganz andere Frage, der er unbedingt nachgehen musste: Was gab es hier, das bewacht werden musste? Waren der Lackner und die Watzinger eines natürlichen Todes gestorben und die Gemeinsamkeiten der Fälle nur Zufall? Oder half hier jemand nach? Er wusste es nicht, aber er würde es herausfinden.

11

Hans Maler schenkte sich und seinem Freund Anton Brecht noch ein Bierchen ein. Vor jedem der beiden Männer stand eine deftige Jause mit je drei dicken Scheiben Schweinebraten auf selbst gebackenem Brot und dem berühmten Käse vom Bergerbauern, für den der Polizist so manchen Kilometer zu Fuß zurücklegen musste, um ihn persönlich auf der Alm abzuholen. Normalerweise würde er zu dieser Zeit im Jahr Schwammerlgulasch servieren, aber irgendwie hinterließ schon der Gedanke daran einen leicht bitteren Beigeschmack.

Brecht hatte nach seinem Fund beim Marterl des Lacknerbauern mit jemandem reden wollen. Nun saß er mit Hans in dessen kleinem gemütlichen Wohnzimmer, froh, mit ihm alleine zu sein. Malers Frau Berta war wie immer bei einer der so berühmten Notfallsitzungen von Inge Plottino.

Der Bürgermeister war nackt. Natürlich ist damit nicht gemeint, dass er ohne Kleidung dasaß. Nein, nicht nackt auf diese Weise. Er war geistig nackt. Was für ihn bedeutete, dass er bei seinem alten Freund seinen Gedanken freien Lauf lassen konnte, ohne befürchten zu müssen, es würde ihm wieder einmal das Wort im Mund umgedreht werden.

Gerade lachten sie schallend über eine nette Geschichte, die Hans dem Anton über seine Erlebnisse als Polizist erzählt hatte. Sie taten beiden gut, diese unbekümmerten Treffen. Wobei, ganz unbekümmert waren sie nie zur Gänze. Sie plauderten über die Gemeinde, lachten über dies und das, politisierten auf das Heftigste, aber es lief immer wieder auf das Gleiche hinaus: Der Bürgermeister nahm sein Amt zu ernst. Nächtelang lag er wach und zerbrach sich den Kopf, wie man die kleinen Problemchen lösen könnte, wem er wie helfen sollte und so fort. Auf diese Art waren schon viele gute Dinge für Lember entstanden. Im Laufe der Zeit hatte er sich notgedrungen einen Schutzpanzer zugelegt, ohne den er in diesem Geschäft nicht hätte überleben können.

Daher erschien er den meisten Bürgern unnahbar und herrisch – was durchaus nicht unbeabsichtigt war. Aber im Grund seines Herzens, das wusste Maler, war Brecht ein harter Brocken mit einem weichen und sensiblen, ja geradezu empfindlichen Kern. Er trug eine große Last auf den Schultern. Es war unmöglich, allen alles recht zu machen. Ein passendes Mittelmaß zu finden, war oft schwer. Leicht zischte dann jemand beleidigt davon, wenn er nicht bekam, was er wollte, und dann war die ganze Arbeit der Gemeinde und seines Oberhauptes schlecht und Letzterer unfähig.

Aber das war Brechts Los, und er trug es meistens mit Gleichmut. Er liebte seine Arbeit, und er liebte Lember. Auch wenn das nicht immer für alle sichtbar war. Kinder brauchten Grenzen, darüber waren sich die meisten Eltern im Klaren. Dass auch die Eltern oft Grenzen und Regeln brauchten, wollte man in einer kleinen Gemeinschaft bestehen, war vom Prinzip her auch logisch. Jedenfalls für den Bürgermeister.

»Das ist eine eigenartige Situation für mich, Hans. Irgendwie ist alles so unklar«, sagte er gerade.

»Was meinst du? Was ist unklar?«

»Nun, sonst gibt es immer einen Ausweg, aber hier fürchte ich, dass wir in etwas ganz und gar Unklares hineinschlittern.«

»Du meinst diese eigenartigen Todesfälle?«

»Genau.« Brecht nickte. »Wenn es Mord ist, gut. Dann kann man damit umgehen. Es ist zwar unvorstellbar, einen Mörder unter uns zu haben. Aber ich habe schon Sachen gesehen, die genauso unvorstellbar waren. Und doch sind sie passiert. Das hat mich Folgendes gelehrt: Es gibt nichts, was es nicht gibt.« Der Bürgermeister hielt inne, so als zögere er, die nächsten Sätze laut auszusprechen. »Aber hier? Es ist nicht bewiesen, dass es sich um unnatürliche Todesfälle handelt. Und aus Langeweile, Sensationslust oder was auch immer wollen hier ein paar besonders Gescheite etwas daraus machen, was es vielleicht gar nicht ist. Das ist brandgefährlich. Da kann eine Hexenjagd ausgelöst werden, die wir vielleicht nicht mehr unter Kontrolle bringen.«

Maler fühlte sich als inoffizielles Gewissen von Brecht

verpflichtet zu widersprechen. »Das kann sein, muss es aber nicht. Wir haben um die neunhundert Einwohner. Davon sind vielleicht zwanzig – ich nenne sie einmal: Aufrührer. Der Rest kann doch klar denken. Man hört doch immer nur die, die am lautesten schreien. Und dann ist es nur leere, heiße Luft.«

»Ich hoffe es. Doch du weißt selbst, wie schnell die Stimmung kippen kann.« Er seufzte bei dem Gedanken. »Dann geht es um die eigene Sicherheit oder die der Familie. Da sind schon ganz andere Sachen in so kleinen Gemeinden passiert. Ich kann nur hoffen, dass die Leute sehen, was die Inge da anstellt.«

»Die nimmt doch keiner ernst«, entgegnete Maler und trank einen Schluck.

»Ach, und was ist mit unseren Frauen?«

»Die nimmt doch auch keiner ernst.«

Beide lachten.

»Vielleicht sehe ich wirklich zu schwarz. Nur dieses dumme Gehabe von der Plottino nervt!« Brecht nippte ebenfalls an seinem Bierglas.

»Eine Fliege kann auch nerven, aber trotzdem werden wir Fliegen nie ganz los. Oder Stechmücken, Mäuse oder Maulwürfe.«

Brecht schmunzelte. Inge Plottino mit einer lästigen Schmeißfliege zu vergleichen, gefiel ihm. »Danke, Hans, das tut gut. Es gibt viele Situationen, die ich mit mir alleine ausmachen muss. Ich hoffe, du wirst das verstehen, wenn es einmal eintreten sollte. Aber du bist mir wirklich ein guter Freund.«

Das grenzte schon fast an eine Liebeserklärung, denn von Brecht hörte man selten einen Dank oder ein Lob. Genauso selbstverständlich, wie er seine Arbeit verrichtete und seine Pflicht erfüllte, erwartete er das auch von anderen. Feingefühl fehlte ihm dabei nur zu oft. Was ihm leider einige übel nahmen. Meist zählte bei den vielen Bürgern weniger die geleistete Arbeit als der äußere Schein und ihre eigenen Befindlichkeiten. Viel Blabla und Trara wurden oft mit Können und Wissen verwechselt. Die wenigsten machten sich die Mühe zu hinterfragen. Ja, und Brecht konnte man außerdem schon als eigen bezeichnen.

Hans und Anton prosteten sich zu und genossen den seltenen Augenblick. Beide hofften, das Schlimmste überstanden zu haben und dass keine weiteren Todesfälle folgen würden. Es sollte wieder Ruhe einkehren und die Diskussionen wieder zu Alltagsproblemen wie Kindererziehung, Kleidung, fehlender Treue, Gemeindethemen und so weiter zurückfinden.

Es war gut, dass keiner der beiden ahnen konnte, dass dies erst der Anfang war. Es würde eine harte Zeit auf sie zukommen. In ihrer Mitte war ein Virus. Der war schon ausgebrochen und verbreitete sich unmerklich, aber tödlich. Und er war den beiden näher, als ihnen lieb sein konnte.

12

Es gibt Tage, an denen kann man das Leben spüren. Man wird davon regelrecht überrannt. So klar, hell, strahlend – gemacht, um aus dem Vollen zu schöpfen. Sonnenschein in jeder Pore. Explosive Energie über Ort, Mensch und Tier.

Es war der Tag der Sonnenwende. Der längste Tag des Jahres, der 21. Juni. Heute würde die Sonne ihren Höchststand am Horizont erreichen. Der Sommer begann. Seit jeher betrachteten viele Menschen diesen Tag als besonders mystisch. In Erinnerung an die Geburt von Johannes dem Täufer nannte man ihn in manchen Flecken der Erde, so auch in Lember, »Johannistag«, obwohl der Tag des Johannes eigentlich erst am 24. Juni stattfand. Da er ein besonders mächtiger Heiliger war, waren die Lemberer stolz, ihn als Schutzpatron des Ortes zu haben. Deshalb feierte man diese beiden speziellen Feierlichkeiten an einem Tag zusammen.

Im Ort war schon von der Früh an jeder auf den Beinen. Dass schönes Wetter herrschte, nahm man als selbstverständlich hin, denn in dieser Beziehung hatte sie ihr Johannes noch nie im Stich gelassen. Es gab vieles herzurichten und zu organisieren, und so ziemlich jeder beteiligte sich an den Vorbereitungen.

Die Häuser strahlten, festlich geschmückt mit rot-weiß-roten Fahnen und Blumengirlanden. Überall errichteten die Teilnehmer kleine Holzbuden, sogenannte »Standerl«, sowohl von den Vereinen als auch den Wirts- und Geschäftsleuten des Orts. Diese sollten später dafür sorgen, dass neben dem hochgeistlichen auch das hochprozentige Wohl nicht zu kurz kam. Es gab selbst gebrannten Zirben-, Holler- und Vogelbeerschnaps, Obstler und sogar Schwarzbeerbranntwein. Hausgemachte Liköre sowie Alkohol in jeder sonstigen Form warteten auf ihre Abnehmer. Die Tische bogen sich unter Speckbroten, Blattlkrapfen mit Preiselbeermarmelade oder Sauerkraut, Schweinebraten, Käsebroten, Schaumrollen und Kuchenvarianten von Apfelstrudel bis Ribiseltorte, die einem schon beim bloßen Gedanken ans Hineinbeißen das Wasser im Mund zusammenlaufen ließen. Man traf sich, lachte, scherzte und eilte weiter in dieser wohligen Empfindung der Aufregung. Gedämpfte Hektik überall, die ein Gefühl von Zusammengehörigkeit und ein gemeinsames Ziel erahnen ließ.

Als einer der Ersten war wie üblich Bürgermeister Anton Brecht unterwegs, damit er wie gewohnt das Oberkommando übernehmen konnte. Eine Hand mit dem unentbehrlichen Handy am Ohr, um die letzten Fragen zu klären, scheuchte er mit der anderen Hand seine zwei diensthabenden Gemeindearbeiter durch die Gegend. In seinem Anzug, der wie üblich perfekt saß, mit dem weißen Hemd, der zur Weste passenden Trachtenkrawatte und der Taschenuhr an der groben Silberkette quer über den Bauch wurde er der Vorstellung eines ländlichen Würdenträgers absolut gerecht. Bedächtig, streng, mit den Augen überall, grüßte er gnädig hier und da, plauderte angeregt und war auf alle Fälle jemand, zu dem man als unbedeutendes Gemeindelichtlein wohl gerne aufsah.

Im Laufe des Tages putzten sich auch die restlichen Bewohner von Lember heraus. Die Feuerwehrmänner in ihren braunen Ausgehuniformen, behangen mit Orden und Medaillen, sammelten sich auf dem Ortsplatz. Musikanten in zünftigen Kielederhosen trudelten ein, hier zog noch einer einen Kniestutzen über seine stramme Wade, da knöpfte jemand noch schnell ein Hemd zu. Manchen sah man sogar hektisch sein irgendwo vergessenes Instrument suchen. Auch der Trachtenverein war anwesend. Die Manner und Burschen in kurzen Lederhosen, grünen Jankern und schwarzen Hüten mit der Auerhahnfeder und die Mädchen in typischer Sonntagstracht mit leuchtend roten Oberteilen, blauen Schürzen und verheißungsvollem Dekolleté konnten zurecht von sich behaupten, die feschesten Dirndl und ansehnlichsten Mannen von Lember zu sein.

Nicht fehlen durften natürlich die Trachtendamen, allen voran Inge Plottino. Auch wenn die traditionelle Kleidung generell Bäuerinnen vorbehalten war, vergaß die Vorsitzende der Landfrauen nie zu betonen, dass sie in ihrer Jugend fast einen knackigen und selbstverständlich wohlhabenden Bauernsohn geheiratet hätte, aber die Eltern dagegen gewesen waren. Nun trug sie also auch den langen schwarzen Rock, der bis zu den Knöcheln reichte, schwarze Strumpfhosen und schwarze Trachtenschuhe. Das Oberteil, ebenfalls schwarz, war kunstvoll bestickt und wurde durch schwarze passende Handschuhe abgerundet. Um der »schwarzen Krähe« Frau Brant nicht allzu sehr zu ähneln, hatte sie das Trachtentuch über der Schulter und die Schürze in üppiger Seide und hellen Farben gewählt. Der Hut, der Inge Plottino keck auf der flotten Kurzhaarfrisur saß, war eine Besonderheit. Er glich dem bekannten Strohhut mit dem klingenden Namen »Kreissäge«, war aber ebenfalls aus schwarzem Samt und mit einer goldenen Kordel umwickelt. Ein langes schwarzes besticktes Band führte links und rechts hinter den Ohren vorbei bis zum Nacken. Seine Enden hingen den Rücken hinab.

Die Stockschützen und der Sportverein waren in ihren Trainingsanzügen gekommen. Der Kameradschaftsbund, kenntlich gemacht durch einen charakteristischen Hut, die Landjugend, glänzend durch die Frische und Unbekümmertheit, die nur dem jungen Volk zu Eigen ist, und alle anderen waren da. Kinder, ebenfalls in ihren noch sauberen Festtagsdirndln und Lederhosen, liefen herum. Sie fingen die allgemeine Aufregung auf und lebten sie voller Lebensfreude aus. Während sich die einzelnen Vereine versammelten, schwenkten sie ihre liebevoll bestickten hoch aufragenden Fahnen majestätisch in einer leichten Brise. Fern und doch so nah wirkten die Berge, die mit weiß gezuckerten Gipfeln auf das üppige grüne Tal und die herausgeputzten Menschen herabblickten. Ein einheitlich blauer Himmel wölbte sich über das Ganze wie eine Glaskuppel. Dem Anschein nach eine perfekte Welt, ein Kunstwerk – wert, malerisch festgehalten zu werden. Hinter diese perfekte Kulisse sehen wollte heute sowieso keiner.

Als der Pfarrer mit seinen Ministranten und dem vorangehenden Kreuzträger samt Kirchenfahne eintraf, um den Zug auf die

Festwiese anzuführen, kam endlich Ordnung in das menschliche Gewirr. Auf einer großen Wiese ganz in der Nähe des Dorfes wartete bereits ein riesiger Holzhaufen darauf, in Anlehnung an eine uralte Tradition und den christlichen Glauben abgebrannt zu werden. Wer einmal nur im Knistern und Lodern des Feuers zwischen wärmender Helligkeit und fröstelnder Finsternis außerhalb der Flammen getanzt hatte, würde für alle Zeit tief in sich dieses sengende Feuer spüren. Diese Nacht versprach wie immer Verlockungen und Geheimnisse, die das ganze Jahr über tabu waren.

So sah man Frau Plottino in ungewohnter Friedfertigkeit mit dem Bürgermeister ein Bierchen heben. Renate Seidlinger tanzte wild um das Feuer, und zwar im Arm von Erich Plottino. Eine Nachbarin (sie möchte lieber unerkannt bleiben) wollte nicht gefunden werden – hätte man sich die Mühe gemacht, sie zu suchen. Für Elvira Zeiler herrschte Hochsaison, und wenn man etwas genauer hinsah, war auch so mancher ehrbare Ehegatte für kurze Zeit verschwunden. Aber sich darüber den Kopf zu zerbrechen, dafür waren dann noch dreihundertvierundsechzig Tage bis zum nächsten Feuer Zeit.

Nur eine, die beteiligte sich nicht an dem wilden Fest: Karin Prall, Busenfreundin und Tratschkollegin von Inge Plottino, die unbemerkt davongeschlichen war und sich hastig vom Lärm der Feiernden entfernte.

13

Durch den Schein des Feuers war es in der Umgebung nicht ganz dunkel, als Karin Prall in Richtung des Stalls eilte. Er gehörte dem Hoferbauern und stand auf einer Wiese in der Nähe eines kleinen Waldstücks ziemlich abseits seines Hofes. Im unteren Teil des alten Stalls lagerte der Besitzer Gerätschaften, die er für die Heuernte und zum Reparieren der oft kaputten Weidezäune benötigte. Im oberen Teil, den man zwar Heuboden nannte, der aber für einen echten Heuboden zu klein war, lagerte noch einiges Streu vom letzten Sommer, das bis jetzt nicht gebraucht worden war, in der Dunkelheit vor sich hin. Der Stall wurde nicht viel benutzt, daher war er meist unverschlossen. Somit hatte er sich zu einem beliebten Treffpunkt für junge Liebespärchen entwickelt, die hier die Jugendsünden ihrer Eltern wiederholten.

Karin konnte die Musik und das Stimmengewirr des Festes noch hören und bildete sich sogar ein, den warmen Hauch des Feuers noch auf der Haut zu spüren. Die Bäume warfen dank des Scheins der Flammen im Hintergrund lange Schatten und schienen mit gierigen Fingern nach der Frau zu greifen, die verstohlen vorbeihuschte. Doch bald schon wurde es ruhiger, und kurz darauf durchbrach jedes Geräusch die Stille mit doppelter Lautstärke und ließ Karin zusammenzucken. Sie mochte die Einsamkeit eigentlich nicht und fürchtete sich im Dunkeln. Kurz davor umzudrehen, trieb es sie doch immer weiter. Ihre Neugier war im Moment stärker als die Furcht.

Um sich zu beruhigen, half es, sich bildlich vorzustellen, mit welch wohligem Gefühl sie ihren Freundinnen die einzigartige Neuigkeit später erzählen würde. Denn manchmal spielte der Zufall schon Schicksal. Und hier hatte das Schicksal eindeutig gewollt, dass sie sich auf den Weg machte.

Die Lemberin war bis vor wenigen Minuten noch im Gedränge neben all den anderen Trachtenfrauen auf einer Bierbank in der

Nähe des Tanzbodens und des lodernden Feuers gesessen. Sie hatte überlegt, hin- und hergerissen, entweder eine weitere der köstlichen Spezialitäten der Region zu sich zu nehmen oder sich heimlich aufs stille Örtchen zu verdrücken. Zwei der nicht gerade kleinen Fleischkrapfen mit Sauerkraut waren bereits vernichtet worden, aber würde da nicht eventuell noch Platz für einen dritten sein? Bei Fleischkrapfen war Karin Prall eigen, aber das musste man der Henni schon lassen: Fleischkrapfen machen konnte sie. Und das Sauerkraut war auch nicht zu verachten. Wie sie das nur immer so hinbekam?

Aber nach drei halben Krügen Bier war der Drang, die Toilette zu besuchen, dann doch zu stark geworden, und Karin hatte sich zwischen ihren Freundinnen herausgeschält. Am Ende des Biertisches galt es aus der Ansammlung von Trachtenbeuteln ihren eigenen herauszupicken, um sich dann an einigen schon besonders Betrunkenen in der Schlange vor der chemischen Toilettenbox vorbeizuschummeln, bevor sie mit Erleichterung ihr eigenes Geschäft verrichten konnte. Jetzt fehlte für einen neuen Aufbruch zurück ins Geschehen nur noch ein Schluck Mundwasser, das sich in ihrem schwarzen und damit zur Tracht passenden Beutel befand. Man wusste ja nie, was der angebrochene Abend noch so für einen bereithielt.

Als das Gesuchte auch nach längerem Kramen nicht zu finden war, stellte Karin Prall überrascht fest, dass es gar nicht ihre Tasche war, die hier mit ihr auf der Toilette weilte. Das war aber äußerst ärgerlich.

Schnell machte sie das Ding wieder zu. Schwarz wie alle Taschen dieser Art, waren die Beutel nur durch feine Stickereien oder die Drehung der Kordel voneinander zu unterscheiden. Die Verkäuferin in dem Geschäft für Trachtenmoden hatte ihr hoch und heilig versprochen, ihre eigene neue Errungenschaft sei hundertprozentig eine Sonderanfertigung. Dieser Beutel hier sah dem ihren aber zum Verwechseln ähnlich, und sie hegte die Vermutung, dass das hochgepriesene Einzelstück wohl eines von vielen seiner Art sein musste.

Das würde Ärger für die Verkäuferin geben, die noch nicht

ahnte, dass ihr gewaltiges Unheil drohte. Neben Neuigkeiten war Karin Pralls zweite Leidenschaft nämlich, immerzu zu beweisen, dass man eine Karin Prall nicht für dumm verkaufen konnte. Wenn man im Recht war, dann war man im Recht. Punkt. Und ihrer eigenen Ansicht nach war das sowieso immer der Fall. Sehr zum Ärger ihrer Umwelt konnte sie eigene Fehler hingegen nie zugeben.

Jedenfalls berechtigte die Verwechslung der Beutel sie ihrer Meinung nach dazu, diesen hier auf das Genaueste zu durchsuchen. Entschlossen zog sie erneut die Kordeln auf und sah neugierig hinein. Leider war das Ding ziemlich leer und aus dem Inhalt, der aus einem Kamm, einigen Papiertaschentüchern und etwas Kleingeld bestand, nicht ersichtlich, wem es gehörte. Endlich, ganz unten, fand sie einen kleinen mehrmals gefalteten Zettel. In der Hoffnung, doch noch auf etwas Lohnenswertes gestoßen zu sein, faltete Karin Prall das Papier auseinander.

Volltreffer.

MUSS DICH SEHEN. SO BALD WIE MÖGLICH NACH DEM FEUER. HOFERBAUER!

Schnell faltete Karin Prall den Zettel wieder zusammen und deponierte ihn in der Tasche. Ihr Herz pochte freudig und aufgeregt ob des interessanten Fundes. Dass das Schreiben nicht vom Hoferbauer, einem siebzigjährigen Einhundertfünfzig-Kilo-Mann, war, nahm sie als selbstverständlich an. So sicher wie das Amen in der Kirche war mit »Hoferbauer« der Treffpunkt beim alten Stall gemeint.

Das Feuer war erst vor ein paar Minuten angezündet worden und die Besitzerin des Beutels somit offensichtlich noch nicht am Stall. Da von keiner der Trachtenfrauen, die mit ihr an dem Tisch saßen und somit als Besitzerin von Beutel und Zettel in Frage kamen, eine aktuelle Liebschaft bekannt war, entpuppte sich diese zufällige Verwechslung der Taschen als äußerst brisant. Denn es war vollkommen klar, dass Karin Prall einem heimlichen Liebestreffen auf der Spur war. Blitzschnell überlegte sie, wie sie diese Information am Besten nutzen konnte.

Zurück am Tisch ließ sie das Corpus Delicti so unauffällig wie möglich zwischen den anderen Beuteln verschwinden und setzte sich wieder auf ihren Platz. Sie musterte die gut zehn Frauen am Tisch, aber es war unmöglich zu sagen, welche von ihnen das böse Mädchen war. Wie aufregend.

Jedes Mal, wenn eine der Trachtenfrauen aufstand, verfolgte Karin Prall mit Argusaugen, wer die verdächtige Tasche nehmen würde. Doch vorerst passierte gar nichts. Aus dieser Beobachtungsposition war es äußerst schwierig, den Gesprächen zu folgen, geschweige denn sich aktiv an ihnen zu beteiligen. Als endlich gleichzeitig mehrere der Damen aufstanden und gehen wollten, sog Karin Prall in gespannter Erwartung die Luft ein.

Und dann verstellte ihr ausgerechnet ihr eigener Mann die Sicht zu den Beuteln am unteren Ende des Tisches. »Gehn ma tanzn, Alte«, lallte er sie an.

Sie kochte vor Wut und versuchte ihn auf die Seite zu schieben, was wegen seiner nicht gerade geringen Körpermasse, gefüllt mit zusätzlichen Tonnen an Bier, schwieriger als erwartet war. Wollte man die Situation zusammenfassen, so konnte man nur sagen: Er kam wie immer zur falschen Zeit und stand dann nur blöd rum!

Doch jetzt war es zu spät. Die Hälfte der Beutel war weg, und natürlich auch der unter Observation befindliche. Karins ganze Wut konzentrierte sich auf ihren Mann, der allerdings (das musste man ihm lassen) nur versucht hatte, den ungeliebten Pflichttanz mit seiner Frau zu absolvieren. Statt ihn zum Tanzboden zu schleifen wie üblich, schob sie den verdutzten Gatten einfach weg, bedachte ihn mit einem giftigen Blick, packte ihre eigene Tasche und lief davon. Eile war geboten.

Auf dem Weg zum Treffpunkt bereute Karin Prall es nun allmählich, keine Freundin mitgenommen zu haben. Aber was sollte schon passieren? Außerdem war sie ja fast da. Das dunkle Gebäude ragte vor ihr auf, und sie blieb stehen. Sah sich kurz um. Und lauschte. Stille.

Absolute, tiefe Stille. Schon etwas unheimlich.

Trotzdem griff sie vorsichtig nach dem Riegel der Tür. Sie zögerte kurz, überrascht, wie leicht und geräuschlos sich die schwere Holztür aufziehen ließ. Fast schien es, als wären die Scharniere erst kürzlich geölt worden. Wofür? Es war doch eher im Sinne der Paare, vor unerwünschten Eindringlingen gewarnt zu werden – oder? Selbst schuld, wenn man ihr prickelndes Geheimnis herausfand und öffentlich machte. Das wirkte ja beinahe schon wie eine Einladung. Ein schlechtes Gewissen hatte Karin deswegen nicht. Wenn sich jeder so korrekt benehmen würde wie sie, lief man nicht Gefahr, zum Gespött der Leute zu werden.

Sie nahm all ihren Mut zusammen, trat in die Scheune ein und wurde mit unmittelbarer Wucht von absoluter Dunkelheit und Abgeschiedenheit empfangen. Aber diese Stille war anders. Draußen räumlich und wogend, schien sie hier eine formlose kalte Gestalt anzunehmen und sich von allen Seiten ungesehen anzuschleichen. Sie war zum Feind geworden. Karin Prall hielt den Atem an, so als würde sie jedes Schnaufen verraten. Sie presste den Trachtenbeutel wie zum Schutz an ihren Busen und blieb fast wie in Totenstarre stehen. Sekunden verstrichen, vielleicht auch mehr.

Als in einem Zeitraum, den sie ohne zu atmen gerade noch überlebte, nichts passierte, sog Karin die Luft ein und wagte einen winzigen Schritt nach vorne. So eroberte sie vorsichtig Zentimeter um Zentimeter des Raums. Mittlerweile hatten sie und ihre Augen sich etwas an die Dunkelheit gewöhnt. Nicht, dass sie dadurch mehr sehen konnte, aber die Undurchdringlichkeit war etwas zurückgewichen. Noch immer war kein Laut zu hören. Aber es roch scharf nach Heu und Mist, und ihre Hände tasteten sich an feinen Fäden vorbei, von denen sie sich weigerte zu glauben, sie seien von Spinnen.

Als sie die Dunkelheit und das Ungewisse nicht mehr aushielt, wagte sie es, ihr Handy herauszuholen, um etwas Licht zu bekommen. Kaum gab ihr der leichte Schein des Displays etwas an Selbstsicherheit zurück, musste sie fast über sich selbst lachen. Was sollte schon passieren? Wenn sie jemanden traf, war das höchste aller Gefühle, dass dieser jemand glaubte, sie befände sich hier zu einem heimlichen Rendezvous.

War denn dieser Gedanke nicht einfach köstlich? Nicht, dass sie auch nur im Ansatz so etwas Schändliches und Unanständiges tun würde. Nein, nein! Aber allein, dass man es ihr überhaupt nur zutrauen könnte, erfreute sie auf das Äußerste. Die unsicheren Blicke ihrer Freundinnen. Gemischt mit – vielleicht sogar – Neid? Das Getuschel hinter vorgehaltener Hand. Sie kicherte. Verbat sich dann aber schnell, dieser hirnrissigen Verführung zu schlechten und anrüchigen Gedanken weiter zu folgen und ermahnte sich, ein Versteck zu finden, solange noch Zeit war.

Es war nicht einfach, obwohl doch einiges an Gerümpel herumstand. Aber Die Vorstellung, sich in ihrer teuren Festtagstracht zwischen Spinnen und Mäuse zu gesellen, behagte ihr nicht. Vielleicht hätte sie doch draußen warten sollen? Aber dann wäre ihr wahrscheinlich in der Dunkelheit entgangen, wer da herumschlich. Die ganze Mühe umsonst. Sicher nicht! Dann schon lieber etwas an Unannehmlichkeiten ertragen.

Ein alter morscher Schrank hatte gerade Karins Aufmerksamkeit erregt, als sie glaubte, ein Geräusch zu hören. Schnell versteckte sie ihr Handy, das sie in der Hand gehalten hatte, und wartete in der Dunkelheit mit zitternden Knien, ob es nur eine Täuschung gewesen war oder nicht. Konnte man das heftige Pochen ihres Herzens hören? War es Einbildung oder hatte sich die Tür einen Spaltbreit geöffnet? Es war zu dunkel, um es zu sagen. Wieder diese grausame Stille, in der die Zeit wie klebriger Honig dahintropfte. Waren es nur die Nerven gewesen, die Mensch ärgere dich nicht mit ihr spielten? Oder befand sich nun doch jemand mit ihr im Stall? In den Krimis las man doch oft genug, die Anwesenheit eines anderen Menschen sei in besonderen Situationen geistig spürbar. Spürte sie etwas? Nein, und das, obwohl sie einer der sensibelsten Menschen war, die sie kannte.

Sie atmete tief durch, zückte das Handy und ließ das Display aufleuchten. Gleich fühlte sie sich sicherer. Karin schmunzelte über so viel Geheimniskrämerei und dachte gerade: »Nun aber los!«, als sich eine Hand auf ihre Schulter legte.

Wahrscheinlich hätte ein markerschütternder Schrei genügt, um den Gegner aufgrund gnadenlos zerrissener Trommelfelle schachmatt zu setzen. Stattdessen schaffte es Karin Prall herumzuwirbeln und starrte nun in ein Gesicht, das geisterhaft vor ihr auftauchte. »Du?«, keuchte sie überrascht, bevor alles dunkel wurde.

***

Das Feuer loderte in einem letzten verzweifelten Versuch auf, seine bis vor Kurzem noch bezwingende Kraft wiederzuerlangen, um dann doch aufzugeben und kraftlos in sich zusammenzufallen. Langsam, aber bestimmt war es an der Zeit, sowohl hier als auch an einem nicht weit entfernten Ort das Leben auszuhauchen.

14

Dem Gemeindearbeiter Fritz Zeck widerfuhren am Tag nach dem Sonnwendfeuer zweierlei Arten von Pech. Erstens war das ungeliebte Los der Bereitschaft an diesem Sonntag auf ihn gefallen. Das hieß, während alle anderen sich und ihren Rausch ausschlafen konnten, musste er den Dreck vom Vortag zusammenräumen. Und das schon in aller Herrgottsfrühe.

Zweitens war er es, der über die Leiche stolperte.

Zuerst dachte er nur, hier würde noch jemand von gestern übrig geblieben sein und den Restalkohol verarbeiten. Darum dauerte es einige Zeit, bis er bemerkte, auf wen und was er da gestoßen war. Als es so weit war, konnte er seinen vom Bier und Schnaps beleidigten Magen nicht mehr beherrschen und übergab sich dort, wo er gerade stand.

Nie wieder. Nie wieder in seinem ganzen Leben würde er einen einzigen Tropfen von dem Teufelszeug trinken. Das schwor er sich ein ums andere Mal, während er würgte, bis er endlich wieder einen halbwegs klaren Gedanken fassen konnte.

Dann wagte er einen zweiten, wenn auch sehr kurzen Blick auf die aktuelle Lage. Etwas beschämt musste er feststellen, dass sich sein Mageninhalt teilweise auf das Ding da ergossen hatte. Aber Entschuldigung noch mal! Wem würde es in seiner Situation anders ergehen? Das war doch eine ganz logische Reaktion. Vielleicht bemerkte den Fehltritt auch keiner. Man würde schon genug mit diesem neuen Todesfall zu tun haben.

Kurz überlegte er, ob er sich und das da im Bach waschen sollte. Aber davor graute ihm zu sehr. Hier, gleich am Ortsrand von Lember, halb in dem kleinen Flüsslein, das durch den Ort bis hierher träge vor sich hin gluckerte, lag eine Leiche.

Es war definitiv ein Kunststück, in diesem Gewässer zu ertrinken, vor allem, da es durch die monatelange Hitze noch weniger Wasser führte als sonst. Aber schwer hieß wahrscheinlich nicht unmöglich. Um den Kopf und einen Teil der leblosen

Schultern bahnte sich das Rinnsal seinen Weg, der Rest des Körpers lag in Seitenlage im grünen Gras am Ufer.

Warum war er sich eigentlich so sicher, dass die Person tot war? Er bekam einen zweiten Schreck, als er sich erinnerte. Und tatsächlich, der Hinterkopf war voller Blut. Das konnte wohl keiner überlebt haben. Aber anfassen würde er – ja, wen eigentlich? – sicher nicht. Er machte einen großen Bogen um den Unfallort und musterte die Leiche von der anderen Seite.

Mit Schreck erkannte er, wer da lag: Martin Holzer. Fritz Zeck kannte ihn gut. Jeder in Lember tat das.

Um die fünfzig Jahre alt, ein geschiedener Alkoholiker und netter Kerl, außer, er war wie üblich betrunken. Vor allem sein geliebter Schnaps machte ihn unangenehm aggressiv. Wenn er gesoffen hatte, ging man ihm besser aus dem Weg. Seine Frau hatte es nicht jedes Mal rechtzeitig geschafft und war ihm immer öfter so ganz aus Versehen in die Faust gelaufen. Schlussendlich war ihr aber der Absprung gelungen. Mit einem Leiharbeiter aus derselben Fabrik, in der auch ihr Mann arbeitete, war sie abgehauen.

Nach anfänglichen Wutanfällen, bei der so ziemlich die ganze Hauseinrichtung in die Brüche gegangen war, musste eine neue »Alte« her. Mit der fünfzigjährigen Jacqueline Rauchinger war eine ideale Lebensabschnittsgefährtin bei ihm eingezogen. Wenn sie nicht selbst getrunken hätte, hätte sie es mit dem Holzer wahrscheinlich nicht ausgehalten. Und er nicht mit ihr. Sie war nämlich so ungepflegt und stank derartig bestialisch, dass jeder andere unwillkürlich anfing, durch den Mund zu atmen und sich am ganzen Körper zu kratzen, gelangte er nur in ihre Nähe.

Und nun lag dieser Martin Holzer, von dem jeder geglaubt hatte, der Alkohol würde ihn mal ins Grab bringen, tot im Wasser. So ein Pech aber auch.

Zeck verständigte die Polizei von seinem ungewollten Fund, und wie es sich für einen guten Angestellten gehörte auch seinen Chef, den Bürgermeister. Vielleicht war dieses schreckliche Ereignis gar nicht so schlecht – zumindest für ihn. Schien es doch vielleicht möglich, auf einige Bonuspunkte bei seinem strengen

Vorgesetzten hoffen zu können. Immerhin hatte er ihn gleichzeitig mit der Polizei informiert. Das schätzte der Bürgermeister sehr.

Nachdem die ersten Polizisten eingetroffen waren und er dachte, nicht mehr benötigt zu werden, eilte Zeck still und leise zum Martinswirt, um diesen unerhörten Schock mit einem Glas Schnaps zu behandeln. Der eben noch geleistete Schwur, bis in alle Zeit abstinent zu bleiben, musste warten. Dies war offensichtlich ein Notfall.

***

Anton Brecht kam gleich nach der Polizei, trotz der frühen Morgenstunde tadellos gekleidet. Nach der für alle intensiven Nacht bevorzugten die Anwesenden unbestimmtes Knurren anstatt klarer Worte.

»Verdammt!«

»Mhm.«

»Und?«

»Mhm.«

»Ja, stimmt.«

Bis der Arzt eintraf, hatten Brecht und die zwei Polizisten die Leiche genau gemustert. Mit einer kleinen Digitalkamera machte einer der beiden Uniformierten ein paar Fotos.

Anton Brecht hatte gehofft, sich die nähere Umgebung noch in Ruhe ansehen zu können, bevor die ersten Neugierigen eintrafen und alles zertrampelten. Aber leider hatte es dem Gemeindearbeiter Zeck am Fundort erst den Magen und im Martinswirt anschließend das Herz ausgeschüttet. Auch wenn das Kaufhaus Brant heute nicht offen hatte, mobilisierten sich binnen kürzester Zeit die weiblichen Streitkräfte unter der Führung von General Plottino und machten sich auf den Weg zum Ort des Geschehens.

Brecht war schlecht gelaunt. Das Fest am Vortag war ohne gröbere Geschehnisse ruhig verlaufen. Ein gemütlicher Sonntag hätte folgen sollen. Lange ausschlafen – so mindestens bis sechs

Uhr dreißig in der Früh. Ein gemütliches Frühstück, dann eine Rundfahrt in der Gemeinde und vielleicht noch einen Abstecher zum Frühschoppen beim Martinswirt. Gepflegtes Mittagessen um zwölf. Ach, kochen konnte sie, seine Frau! Am Nachmittag zu seiner Tochter und den beiden Enkelkindern, die im Nachbarort wohnten. Ein Tag ohne größere Sorgen um Personal, Projekte, Finanzen, nachbarliche Kleinkriege und Tote.

Und dann das hier. Danke.

Es passierte nicht selten, dass er am Wochenende ausrücken musste. Termine und Notfälle waren ein Übel, aber nicht abzuwenden. Das war er gewohnt. Woran er sich nie gewöhnen würde, war das hier: schon wieder eine Leiche. Eine mit ungeklärter Todesursache und dann auch noch der Weibermob von den Landfrauen im Anmarsch, wie er aus dem Augenwinkel sehen konnte. All sein Frust war aus dem einen Wort herauszuhören: »HALT!«

Nach den ersten: »Ahs!« und »Ohs!« beim Anblick des Toten wollten die angerückten Damen nämlich gerade ausschwärmen. Auf Befehl von Inge Plottino sollten Spuren gesucht werden. Das konnte doch nicht wahr sein! Bürgermeister Brecht wurde sauer und konzentrierte seine Wut auf die übereifrige Damenschaft. »Halt! Seid ihr verrückt? Habt ihr keinen Respekt vor den Toten?«

Karin Prall drehte sich um und erwiderte spitz: »Wir haben das gleiche Recht wie du, hier zu sein, Bürgermeister. Wir wollen nur helfen.«

»Helfen wobei? Der Mann ist doch schon erledigt. Abmarsch. Sofort. Alle hinter die Ortstafel!«

Da dem Herrn von Lember ob seines leicht erregbaren Gemüts doch einiges an Respekt vorauseilte, hörte man von den Damen nur leicht gebrummte Widerworte. Als aber Inge Plottino zum Protest ansetzen wollte, baute sich auf ein Zeichen des Bürgermeisters der eben eingetroffene Hans Maler vor ihr auf und donnerte: »Abmarsch!«

Auch wenn er heute in Zivil war, verkörperte er doch den Arm des Gesetzes, und so gehorchte jeder, wenn auch widerwillig. Die Plottino gesellte sich zu den anderen, die bei der in der Nähe stehenden Ortstafel standen und gafften – und beschränkte sich vorübergehend darauf, alle Tätigkeiten mit Argusaugen zu verfolgen.

Nach endlos langem Warten war der ebenfalls eingetroffene Arzt fertig und winkte Polizei und Beamte zu sich. Frau Plottino schien daraufhin um zehn Zentimeter zu wachsen, war glücklicherweise jedoch außer Hörweite.

Der Arzt deutete auf den Toten. »Schwer zu sagen. Ähm. Die Symptome deuten darauf, dass er ertrunken ist. Er hat aber auch eine üble Kopfwunde. Ähm. Und einige kleinere Verletzungen im Gesicht. Die Kopfverletzung kann er sich auch beim Sturz zugezogen haben. Aber das sollen meine Kollegen in der Gerichtsmedizin … ähm, klären. Schätzungsweise ist er so circa seit vier bis sechs Stunden tot. Aber – ähm … ich darf meine Fernsehkollegen zitieren: Ich lasse mich nicht darauf festnageln.« Sprach's und eilte davon.

Maler sah zu Brecht, während dieser nachdenklich den Toten betrachtete. Wären nicht in letzter Zeit zwei andere (doch irgendwie mit Zweifeln behaftete) Todesfälle passiert, hätte niemand in Frage gestellt, dass der Streit- und Trunkenbold ungünstig gestürzt und anschließend ertrunken war. War er gestern beim Fest aufgefallen?

Er kniete sich vor den großen Stein, der neben Holzer halb im Wasser lag, und achtete sorgsam darauf, seine blank geputzten Schuhe nicht mit dem unappetitlichen Mageninhalt des Gemeindearbeiters zu beschmutzen. Gedanklich machte er sich die Notiz, ein ernstes Wort mit seinem Angestellten über die Moral von Bereitschaftsdiensten und deren Verträglichkeit mit Alkohol zu reden. Auch in schwierigen Situationen durfte man solche Kleinigkeiten nicht ganz durchgehen lassen.

Das Blut des Toten hatte auf dem Stein dunkle Flecken hinterlassen, war aber nicht mit Moos- oder Wasserflecken zu verwechseln.

»Der Stein ist bewegt worden. Fragt sich nur, ob vor, während oder nach dem Sturz. Er kann darauf gefallen und dann weggerollt sein. Erklärungen gäbe es einige. Was denkst du, Hans?«

Maler war erstaunt. Es passierte nicht oft, dass ausgerechnet der Bürgermeister ihn um Rat fragte. Wenn Brecht es sonst tat, war es eher so, als ob er Selbstgespräche führen würde. Dann beantwortete er sich die gestellten Fragen auch gleich selbst. Daher hatte Maler sein Gehirn noch nicht eingeschaltet. Er zuckte mit den Schultern und blickte zur Ortstafel, bei der sich in der Zwischenzeit immer mehr Schaulustige versammelt hatten. »Keine Ahnung. Warten wir den Bericht ab. Vielleicht klärt sich dann ja einiges von selbst. Jetzt muss ich nur die Geier dort drüben von hier fernhalten. Manchmal habe ich das Gefühl, sie würden sich am liebsten ein Stück des Todes mit nach Hause nehmen. Dann könnten sie wahrscheinlich besser schlafen. Sie wären immer daran erinnert, dass der Kelch dieses Mal an ihnen vorübergegangen ist. Oder?«

»Mhm.« Was so viel hieß wie: Ich bin ganz deiner Meinung, aber lass mich jetzt in Ruhe, ich muss nachdenken und habe keine Zeit zum Überlegen.

Der Bürgermeister sah sich um. Die Stelle war gut einsehbar. Das Ortsschild war ungefähr zwanzig Meter entfernt, und die Straße führte raus aus dem Dorf in Richtung Stadt. An dem Platz, an dem sie sich im Moment befanden, war die Straße nur zwei bis drei Meter vom Bach entfernt, eine kleine Böschung hinauf.

Oft genug hatte er hier schon mit seinen Feuerwehrkollegen Hand in Hand gearbeitet. So würde er es jedenfalls formulieren. Hätte man seine Kollegen befragt, würden sie die Lage so beschreiben, dass bei Hochwasser alle im Einsatz waren und der Herr Bürgermeister die ganze Situation befehligte. Wobei das für jeden ganz selbstverständlich war, denn einer musste koordinieren, und da schien er definitiv der Beste zu sein. Außerdem würde er beim tatsächlichen Einsatz nur stören.

Brecht sah sich um. Vereinzelt standen Bäume herum, aber Häuser waren keine in der Nähe. Ohne es zu wollen, suchte er nach den eigenartigen Knochen, konnte aber auf die Schnelle keine finden. Vielleicht war diese Sache ja doch nur ein Hirngespinst, und er sollte sich nicht darin verrennen. Auch sonst war nichts Interessantes zu sehen, außer der Täter, sofern es einen gab, hätte sich anstatt auf Knochen auf eine Bierflasche verlegt, denn eine solche lag einsam und verlassen am Straßenrand. Bisher sprach nichts gegen einen bedauerlichen, aber durchaus möglichen Unfall.

»Das ist kein Mord«, beschloss der Bürgermeister und wandte sich wieder an Maler. »Stell das klar, wenn dir jemand blöd kommt. Wir werden die Analyse den Profis überlassen. Wir können uns ja dezent umsehen. Und hören. Es ist in jeder Situation wichtig, Augen und Ohren offen zu halten. Der Vorsprung entscheidet. Aber mach das bitte so, dass niemand auf die Idee kommen könnte, es wäre etwas anderes als Pech für Holzer gewesen. Warte du hier noch kurz – ich mach eine schnelle Runde.«

Er bewegte sich von den Gaffern weg, in die andere Richtung, als er von hinten ein schrilles »Auch du darfst den Tatort nicht verunreinigen!« hörte.

Wütend drehte er sich um und sah Inge Plottino heftig winken. Als er zurückeilte und sich in voller Stattlichkeit vor ihr aufbaute, war der Tote, der ja ohnehin nicht mehr weglaufen konnte, für die Schaulustigen kurzfristig vergessen. Es war neue »Äktschen« angesagt. Der Bürgermeister hob eine Augenbraue – ein gefährliches Zeichen – und räusperte sich kurz.

»Meine liebe Inge. Die ganze Gemeinde, inklusive meiner Person, schätzt deinen nicht geringen Eifer, der sich bei jeder nur erdenklichen Kleinigkeit zeigt. Hier allerdings hoffe ich im Namen des Verstorbenen auf das Mitgefühl und die Pietät aller. Und wenn ich das sage, dann meine ich wirklich alle, verstanden?«

Mit strengem Blick schaute er sie an, dann der Reihe nach alle Umstehenden. »Unserem lieben Martin dort drüben ist mit Sicherheit nicht geholfen, wenn man ihn nicht in Frieden ruhen lässt. Es wäre ihm auch nicht geholfen, wenn in seinen

Tod Sachen interpretiert würden, die nicht dem Toten, sondern nur gewissen Lebenden zum Nutzen wären. Sollte es der Fall sein, dass erstens etwas nicht mit rechten Dingen zugeht und zweitens deine Hilfe, liebe Inge, dazu benötigt wird, den Fall zu klären, dann werden wir es dich wissen lassen. Bis dahin besteht kein Grund, in dieser unangenehmen Situation etwas zu unternehmen. Oder ist es in deinem Sinne, die Totenruhe zu stören?«

Nach dieser Rede wussten alle wieder, warum sie ihn zum Bürgermeister gewählt hatten. Der gewünschte Effekt wurde erzielt. Natürlich wollte keiner etwas von gestörter Totenruhe wissen, war man ja doch nur aus reinem Zufall hier und nicht, weil man gaffen wollte. Um nur ja nicht die Aufmerksamkeit des Anton Brecht durch Augenkontakt auf sich zu ziehen, sahen daher alle Inge Plottino an.

»Was meine Person betrifft«, fuhr Brecht unbarmherzig, aber mit einem Blick fort, als trüge er die Last der ganzen Welt auf seinen Schultern, »was meine Person betrifft, wüsste ich absolut Erfreulicheres, als hier zu sein. Aber das Amt, das ihr mir in die Hände gelegt habt, werde ich gewissenhaft ausführen und daher in Vertretung für euch alle den Staatsdienern zur Hand gehen.«

Majestätisch und mit erhobenem Kopf drehte er sich um, nickte kurz dem Toten zu (der dies sicher wohlwollend zur Kenntnis genommen hätte, wäre es ihm möglich gewesen) und beschäftigte sich wieder mit seinen Beobachtungen.

15

Da in der nächsten Zeit nichts Aufregendes mehr passierte, zerstreuten sich die Beobachter allmählich. Sollte sich Neues ergeben, würde man es schnell genug erfahren. Die Männer hatten durch die Bank vor, sich bei einem Bierchen beim Martinswirt den Schock hinunterzuspülen. Von den Frauen erwartete man(n) durch die Bank, nach Hause zu gehen, um nach den Kindern zu sehen und den Sonntagsbraten vorzubereiten.

Natürlich war den Damen dazu die Lust vergangen – zu vieles gab es zu besprechen. Sollte die Küche an diesem Tag doch kalt bleiben. Und so machte sich der größte Teil der weiblichen Beobachter auf ins Seniorenheim des Ortes.

Es schickte sich nicht (und meistens war auch keine Zeit), wenn Frauen den Sonntagsstammtisch mit ihren Männern teilten. Außer beim Dorfwirt gab es aber kaum Möglichkeiten für die Damenwelt, sich an einem Sonntag irgendwo öffentlich zu treffen. Darum hatte man sich, manchmal sogar begleitet von einigen wenigen Herren, im örtlichen Seniorenheim eingenistet. Dort befand sich im Eingangsbereich eine kleine Bar mit einem Kaffee- und einem Getränkeautomaten, einigen Tischen und Sitzmöglichkeiten.

Als Inge Plottino mit einem Gefolge von sechs Frauen und zwei Männern anrauschte, saßen bereits drei der mit ihren Gehwägelchen bewaffneten Bewohnerinnen des Seniorenheimes sowie Renate Seidlinger und Anita Frei in der Halle. Letztere war nicht nur die beste Freundin der stellvertretenden Bürgermeisterin, sondern auch die Leiterin des »Hauses des Glücks«. Sie und Renate schienen nicht gerade erfreut über den eintreffenden Besuch. Denn einige der Landfrauen, speziell aus dem katholischen Lager, hatten es sich zur Aufgabe gemacht, die Bewohner des »Hauses des Glücks« zu missbrauchen, um die eigene Fahrkarte in den Himmel zu lösen.

An und für sich war es ein lobenswertes Unterfangen, sich

dann und wann ein wenig mit den alten Herrschaften zu beschäftigen und ihren Geschichten aus der Vergangenheit zu lauschen. Nur wollten die Bewohner, meist noch im Vollbesitz ihrer geistigen Kräfte, größtenteils gar nicht auf diese spezielle Weise der Landfrauen beglückt werden. Denn war es auch noch so gut gemeint, wurden sie von ihnen wie unmündige Kinder behandelt und nicht wie Menschen, die ein erfülltes, langes, oft entbehrungsreiches Leben geführt hatten.

Übermütige Fröhlichkeit am Faschingsball war die Regel, damit auch nur ja niemand auf die Idee kam, man befände sich hier auf dem letzten Abschnitt des Lebens. Noch dazu mit Lebensabschnittspartnern, die man nicht selbst gewählt hatte.

Unendliche Liebe und Andächtigkeit zu Weihnachten waren unumgänglich, um eindrucksvoll zu präsentieren, wie Nächstenliebe funktionierte.

Dankbarkeit zu Muttertag, meist eher für sich selbst denn für die Alten organisiert, weil man es von keinem anderen bekam. Vorträge und Gesänge zu anderen Festlichkeiten, die dem eigenen Geschmack und nicht dem der Zuhörer entsprachen. Intensive Gespräche und Spaziergänge, ob der Heimbewohner wollte oder nicht. Sollten sie nicht dankbar sein? Weigerte sich einer oder wurde böse, dann war das zu erwarten, denn es war ja allgemein bekannt, dass man im letzten Lebensviertel zu Bösartigkeit neigte.

»Des ist doch fein, gell? Gehen wir noch einen Schritt. Gell? Tapfer sind wir heute, gell? Fein, machen Sie das, Frau Soundso!«

Natürlich war das nicht immer so. Im Allgemeinen waren sowohl die Heimleitung als auch die Bewohner froh und dankbar über Besuche und Aktivitäten aller Art. Nur auf das anschließende Kaffeekränzchen in der Halle, auf das hätten die meisten gerne verzichtet. Intensiv wurden Klatsch und Tratsch ausgetauscht, jeder Besucher oder Bewohner freundlich gegrüßt und, wenn er weg war, auf das Hämischste in der Luft zerrissen. So mancher hatte eine große Abneigung, an diesen Gruppen auf dem Weg nach draußen oder zum Speisesaal vorbeizugehen.

»Wie bei einer Viehbeschau kommt man sich vor«, hatte der Hausmeister einmal festgestellt, und das traf die Meinung der meisten Bewohner ganz gut.

In diesem Moment eilte Inge Plottino auf die drei Bewohnerinnen zu, die bis dahin noch friedlich vor sich hin gedöst hatten, und tätschelte ihnen freudestrahlend die Hände. »Grüß euch, liebe Damen! Geht es gut? Mögen wir ein Tässchen Kaffee? Nein? Dann freut es euch sicher zu hören, dass ich mit dem Kirchenchor bald wieder singen komme, gell?«

In ihrem Überschwung hatte sie nicht bemerkt, dass bei dem Wort »singen« die schon etwas betagten Damen zusammengezuckt waren. Auch Renate und Anita verzogen schmerzhaft das Gesicht. Mochte die Frau des Briefträgers und Vorsitzende der Landfrauen auch viele Talente haben, Singen gehörte nicht dazu. Was sie entweder nicht wusste oder aber einfach ignorierte, denn sie sang zu jeder (un)möglichen Gelegenheit. Da die Bewohner des »Hauses des Glücks« nicht so schnell laufen konnten, waren sie leichte Beute.

Nachdem der Höflichkeit und den damit einhergehenden Wahlversprechen Genüge getan war, setzte sich die neu angekommene Runde, ohne aufgefordert zu werden oder gar zu fragen, an den Tisch von Renate und Anita. Sofort gingen heftige Diskussionen über »den Fall« los.

»Wisst ihr denn überhaupt, was heute Morgen passiert ist?«, wollte Henni Schönauer von der stellvertretenden Bürgermeisterin und der Heimleiterin wissen.

In der Tat noch unwissend, verneinten diese. Normalerweise verbreiteten sich Neuigkeiten und Gerüchte wie ein Lauffeuer im Ort. Aber im Seniorenheim gingen die Uhren doch etwas langsamer, und manchmal hatte man sogar das Glück, dass das Unglück anderer vor den Toren haltmachte.

Aufgeregt berichteten die Damen nun durcheinander. Jede wollte als Erste erzählen. Mord, Monster, Blut und viele »Ahs!« und »Ohs!« waren zu vernehmen.

Doch Renate blieb skeptisch. »Ein Mord? Hier in Lember?«

»Schon der dritte!«, ereiferte sich Berta Maler. Sie war erklärter Fan von Inge Plottino, sehr zum Leidwesen ihres Mannes, des Polizisten.

Mord? Ein solch makabres Ereignis würden sich wohl einige von Herzen im Ort wünschen. Anita Frei wusste sehr wohl um die Vorliebe einiger oder sogar vieler Dorfbewohner für Sensationen und Neuigkeiten, die sich im kleinen Lember ereigneten. Wobei Anita ehrlich gestehen musste, dass auch ihr am Tod der Watzinger einiges unlogisch vorgekommen war. Dabei neigte sie nicht zu ausufernder Phantasie. Aber Mord? Bei einem kurzen Seitenblick auf ihre Freundin sah sie, dass diese wohl nicht so recht wusste, ob sie schmunzeln oder sich ärgern sollte, denn oft genug war es durch unbedachte Ratschereien und Äußerungen schon zu Folgen mit verheerenden Ausmaßen für jemanden gekommen.

Als enge Mitstreiterin des Bürgermeisters wusste Renate natürlich bestens über die Vorgänge im Ort Bescheid. Selbst die Geschichte um die mysteriösen Hühnerknochen war ihr bekannt, denn der Bürgermeister hatte sie am Vortag in seine Überlegungen eingeweiht. Aber auch nach langer Diskussion hatten sich die beiden Freundinnen keinen Reim darauf machen, geschweige denn eine natürliche Erklärung dafür finden können. Über drei Morde zu sprechen, war doch etwas gewagt. Schließlich war es durchaus wahrscheinlich, dass man es hier mit Unfällen zu tun hatte und sich jemand mit diesen »Hinweisen« einen morbiden Schabernack erlaubte.

Renate erwiderte den irritierten Blick von Anita und schüttelte leicht den Kopf. Anita Frei war ein Ruhepol, und Renate konnte sich im Moment nicht an Situationen erinnern, in denen die Freundin auch nur kurz die Fassung verloren hätte. Jetzt lächelte sie still und schlussfolgerte in Richtung Berta: »Aber gibt es denn dafür Beweise?«

»Beweise, Beweise! Pah! Sicher gibt es die, aber es war ja noch keine Gelegenheit da, um sie zu sichern! Der Brecht lässt uns ja nicht helfen. Der will doch alles unter den Teppich kehren.

Und aus meinem Mann bekommt man kein Sterbenswörtchen heraus. Der würde eher unter Folter sterben, als seine berufliche Schweigepflicht zu verletzen.«

Letzteres hatte Berta Maler nicht ohne Stolz betont. Wobei jeder sich fragte, warum dann seine Frau in vielen Fällen so gut informiert war.

Inge Plottino schaute mit Leidensmiene in die Runde. »Meine lieben Freundinnen. Unsere Kinder, unsere Männer, unser geliebtes Lember brauchen uns jetzt. Schützen wir uns vor dem Bösen! Es erfordert unseren ganzen Mut, aber gehen wir selbst an die Sache heran. Beraten wir gemeinsam, wie wir weiter vorgehen wollen!«

Auch wenn sogar den Hardcore-Inge-Plottino-Fans diese Rede zu schnulzig erschien, hinderte es die Anhänger des Generals nicht daran, begeistert zuzustimmen. Diese Aufgabe war jede gerne bereit zu übernehmen. Und so sah man, wie sich Köpfe in verschiedensten Färbungen und Haarschnitten zusammensteckten, um sich zu verbrüdern.

16

Der Bürgermeister erwachte am nächsten Tag, einem Montag, von intensivem Vogelgezwitscher. Außer diesen lästigen Krachmachern war wohl kaum einer vor ihm in der Gemeinde wach. Dummerweise konnte er nur bei geöffnetem Fenster schlafen, und das schienen diese Störenfriede schamlos auszunutzen.

Sowieso schon die halbe Nacht ohne Schlaf, zerbrach er sich den Kopf über die neue Lage im Ort. Nun war es schon sechs Uhr morgens. Spät für seine Verhältnisse – er hatte sich verschlafen.

Er packte seine Frau an der Schulter, rüttelte sie heftig und stand dann auf. Auch ohne wichtigen Termin war es in seinen Augen unnötig, morgens länger im Bett zu bleiben. Die Welt wartete nicht, auch nicht auf einen Bürgermeister.

Im Gegensatz zu ihm ruhte Maria Brecht gerne und kostete jede Minute des süßen Schlafes bis zuletzt aus. Was ihren Mann natürlich nicht daran hinderte, sie jedes Mal zu wecken, um seinen Kaffee zu bekommen. Warum? Natürlich weil ihrer der Beste war.

Am Frühstückstisch wollte sie mit vollem Mund von der Zeitung, die ihr gegenübersaß, wissen: »Was gan mhm?«

»Wie bitte?«, ließ die Zeitung vernehmen.

»W gi nhmnhs?«

»Mit vollem Munde spricht man nicht. Das kann ich nicht leiden«, fauchte die Zeitung zurück.

Die Brechts waren so verschieden, wie man nur sein konnte. Er war ungefähr eins fünfundachtzig groß, jedenfalls nach eigenen Angaben, in Wirklichkeit war er um gut fünf Zentimeter kleiner. Seine Frau liebte seine Rundungen. Er war ohne Zweifel vollschlank, mit einem gepflegten Bäuchlein, aber einfach stattlich. Mit dem grau melierten Haar sah er definitiv nicht schlecht aus. Außerdem war er gepflegt, korrekt und ein vollkommen logischer Denker. Ungewisses und Ungenaues hasste er über alles.

Seine Frau hingegen war klein und zart und ein absoluter Chaot. Hübsch und gepflegt war sie, das stimmte, aber in seinen Augen sah sie immer irgendwie ungeordnet und wuschelig aus. Was er durchaus mochte. Sie lachte für ihr Leben gerne und erwies sich seit siebenunddreißig Jahren als die härteste Nuss, die er zu knacken hatte. Die zwei Kinder waren außer Haus, und mangels gemeinsamer Hobbys versuchte man sich zu arrangieren.

Sie schluckte runter und setzte erneut an: »Was gibt es Neues?«

Er ließ sich dazu herab, kurz die Zeitung sinken zu lassen, und sah sie an. »Der neue Außenminister macht Schwierigkeiten. Was nicht verwunderlich ist, denn …« Weiter kam er nicht, denn Geduld war nicht beider Stärke.

»Lass das. Du weißt genau, was ich meine. Schon wieder ein Toter, bei dem nicht alles ganz korrekt gelaufen ist! Die Abstände werden kürzer. Hat man Knochen von Hühnern oder so gefunden? Kann man schon von einem Serienmörder ausgehen? Man sagt doch: Einer ist keiner, zwei sind einer zu viel, und drei sind eine Serie.«

Ihr Gatte war versucht, einfach weiter zu lesen, kannte aber die Hartnäckigkeit seiner Frau zur Genüge – stand sie doch seiner in nichts nach. »Erstens weiß ich selbst noch nichts. Zweitens übertreibt ihr Weiber. Meinst du, ich weiß nicht, woher der Wind weht? Noch ist alles ganz harmlos in diesem Fall, wenn man den Tod eines Menschen überhaupt als harmlos bezeichnen kann. Und zum Schluss und drittens: Wenn man dir etwas erzählt, dann wissen es in Kürze alle deine Freundinnen. Also der ganze Ort.«

»Aber der Hans erzählt seiner Frau auch alles. Weil er sie liebt. Du mich etwa nicht?«

»Blödsinn. Die Berta hört etwas und spinnt sich dann irgendeinen Unsinn zusammen. Der Hans ist total verschwiegen. Liebe? So ein Quatsch.«

»Es ist aber so. Du liebst mich einfach nicht!«

»Aha? Und wer kann nicht ohne dich frühstücken? Wer

schenkt dir zum Geburtstag Blumen? Wer erträgt deine Launen? Wer sieht kommentarlos zu, wie du unser Geld zum Fenster hinauswirfst? Na bitte, ist das keine Liebe?«

»Darüber reden wir noch. Aber lenk nicht vom Thema ab. Es liegt doch in der Luft, dass du eine Ahnung hast. Iss nicht so schnell. Und wenn ich mit den anderen rede, dann weiß ich schon, was ich sagen kann und was nicht. Du verstehst das nicht. Man muss auch gesellschaftlichen Umgang pflegen. Das mache ich nur für dich. Und die Gerüchte sind ganz ohne mein Zutun entstanden. Also sprich!«

»Über gewisse Sachen rede ich nicht. Darf ich gar nicht. Außerdem sind das ungelegte Eier, um bei deinen Hühnern zu bleiben.«

»Du immer mit deiner überkorrekten Art!«

»Blödsinn – überkorrekte Art! Ich bin immerhin der Bürgermeister. Das hat Vorbildfunktion. Was gibt es heute Abend zu essen?«

»Für dich nur saure Wurst. Die Damen treffen sich nämlich um achtzehn Uhr. Außerdem arbeite ich auch den ganzen Tag. Du denkst immer, du hast einen Beruf und ich habe ein Hobby.«

Beleidigt räumte sie den Tisch ab und rauschte ins Bad. Solche Diskussionen waren häufig, wenn nicht sogar täglich. Es gehörte wie der Kaffee schon fast zum Morgen der Brechts dazu.

Anton war der felsenfesten Überzeugung, er würde die Emanzipation leben und unterstützen, weil seine Frau den ganzen Tag arbeiten gehen durfte. Natürlich war er der Hauptverdiener, somit blieb der Haushalt selbstverständlich alleinig ihr vorbehalten. Obwohl er insgeheim sogar froh war, dass sie den ganzen Tag in einem kleinen Modegeschäft beschäftigt war. Damit fehlte ihr die Zeit, sich intensiver auf Kaffeetreffen herumzutreiben. Tratsch schätzte er nicht. Auf der anderen Seite erwartete er, dass ihm seine Umwelt – inklusive seiner Frau – alle Informationen zutrug. Ein Dilemma, dem er sich in den letzten Jahren nicht hatte entziehen können.

Sie hingegen war der Meinung, ihr Gatte könnte ruhig etwas offener sein. Wenn sie ihn schon mit der Gemeinde teilen musste, wenn sie oft an Abenden alleine war oder er sie an Wochenenden zu langweiligen Eröffnungen und Versammlungen schleifte, dann wäre dieser kleine Wissensvorsprung doch die gerechte Belohnung gewesen. Mit Gerüchten anderen schaden, das wollte keiner. Aber es tat gut, sich zu treffen, einen Kaffee oder ein Glas Wein zu trinken und das soziale Netzwerk zu pflegen. Alle die anderen Präsidentengattinnen taten das ja auch. In größerer Form, aber als Frau des Ortschefs war es quasi ihre Pflicht.

Aber selbst wenn er gewollt hätte, Brecht besaß keine neuen Informationen für seine Frau. Es war am Tag vorher nichts zu finden gewesen, wenn man bei einem Toten von »nichts« sprechen konnte. In diesem Moment kam ihm eine gute Idee. Ohne allzu viele Augen im Rücken war es vermutlich leichter, sich einen Überblick über den Fundort der Leiche zu verschaffen. So beschloss er, gleich nach dem Frühstück nochmals an die Stelle zu fahren, an der Holzer gestorben war. Wie sollte man sich auch richtig konzentrieren, mit so vielen Zuschauern im Nacken und speziell mit diesen Weibern ständig in der Nähe? Mit ihren nervigen Kommentaren, und wie sie jede Geste bis ins Detail beobachteten? Er verabschiedete sich von seiner immer noch leicht verstimmten Frau, prüfte sein Erscheinungsbild im Flurspiegel und machte sich auf den Weg.

Dummerweise hatte bereits jemand anders die gleiche Idee gehabt, und so kam ihm vor Ort ausgerechnet Inge Plottino entgegen und strahlte ihn unverschämt an. In der Hand hielt sie zwischen Daumen und Zeigefinger einen kleinen durchsichtigen Sack aus Plastik, als wäre es mit Atommüll gefüllt. »Herr Kollege, Herr Kollege«, rief sie.

Das war doch die Höhe. Wie hatte sie ihn genannt? KOLLEGE? Um diese Unverschämtheit sofort zu korrigieren, hob er die Hand, um sie zu stoppen und gehörig niederzumachen.

Und wurde einfach von ihr übergangen: »Nachdem die Herren von der Polizei nicht wissen, wonach sie suchen müssen und außerdem nicht an ein Verbrechen glauben, dachte ich, ich schaue mir das Ganze noch mal an. Das ist weiblicher Instinkt.

Den können die nicht haben. Hahaha. Jedenfalls habe ich mich erneut umgesehen und: Wala!«

Sie meinte das alles offensichtlich ernst, denn es lag pure Freude und absolut keine Ironie in ihrem Blick. Dabei hüpfte sie mit beiden Beinen leicht auf der Stelle. Lächerliches Weib. Und »Wala!« sollte wohl so viel heißen wie: voilà. Die meinte wohl, sie könnte auch noch französisch.

»Das habe ich bei meinen Suchungen gefunden.« Triumphierend hob sie den Plastiksack mit kleinen Knochen darin hoch. Gott sei Dank blieb es ihm erspart, sie fragen zu müssen, wo und wie sie zu diesem Fund gekommen war. Dann wäre sie wohl noch der Meinung, er wäre auf ihre Hilfe angewiesen. Sie plapperte stattdessen gleich frisch und fröhlich weiter: »Da, direkt unter dem Baum, da drüben. Keine zwei Meter vom Holzer entfernt, da lagen sie. Einfach nur so. Wahnsinn, nicht wahr? Und was sagt uns das?«

Was uns das sagte, wusste er beim besten Willen nicht. Denn wenn eines mit absoluter Sicherheit klar war, dann, dass gestern bei seiner Suche noch nichts unter besagtem Baum gelegen hatte.

»Was sagt uns das?«, fuhr sie fort, nur um sich die soeben gestellte Frage gleich selbst zu beantworten: »Das weiß ich auch nicht. Aber wir werden es herausfinden. Jedenfalls bestätigt es meine Theorie von Mord. So wahr ich Plottino heiße.«

Bevor er sich von seinem Schock und seiner Wut über dieses theatralische Weib erholen konnte, war sie weg. Ärgerlich und auch leicht ratlos blickte er sich um. Was sagte das aber wirklich? Sollte er die Polizei rufen? Nachdenklich wählte er die Nummer von Maler und bestellte ihn her.

Als dieser die Geschichte hörte, kratzte er sich am Hinterkopf. Diese Geste war von Brecht abgeschaut, und er fand, dass es ein Zeichen von festem Nachdenken war und somit eine gewisse Intelligenz ausstrahlte.

»Und jetzt?«, fragte der Bürgermeister.

»Solange wir uns nicht sicher sind, sollten wir vielleicht noch nicht damit an die Öffentlichkeit gehen. Kann ja sein, dass das dumme Weib das Zeug selbst hingelegt hat. Zutrauen würde ich es ihr. Aber wie hat sie das dann in den anderen Fällen gemacht? Speziell bei der Watzinger wusste ja keiner vorher Bescheid. Außer dem Mörder natürlich. Mord? Nein, das traue ich der Plottino wieder nicht zu. Oder? Das sollten wir alles überlegen.«

»Also, Hans, so machen wir das. Wir hören uns ganz diskret um. Du als Polizist kannst es ja hochoffiziell machen. Sag einfach, es ist wegen dem Bericht. Meine Leute werden noch informiert, die hören vielleicht auch etwas. Da wir schon so vieles gemeinsam geschafft haben, werden wir das auch noch hinbekommen. Kümmern wir uns zuerst um das Umfeld von Holzer. Vielleicht gibt es ja Gemeinsamkeiten bei den Todesfällen. Was hat Holzer gestern gemacht? Wer hat ihn wo gesehen? Fangen wir mit der Rauchinger, seiner Freundin an.«

»Gute Idee. Aber es muss, wie gesagt, alles legal ablaufen. Ein bisschen reden und fragen ist ja nicht strafbar. Das ist sogar mein Beruf. Und sollten wir wirklich etwas finden, dann muss sofort die Kripo informiert werden. Versprochen?«

»Versprochen. Es ist ganz im Sinne von Lember, hier nicht den Hauch eines Zweifels an der Ermittlungsarbeit entstehen zu lassen. Und blamieren will ich mich auch nicht. Gibt es denn schon einen Bericht wegen der Todesursache?«

»Nein, du wirst als Erster informiert.«

»Ach übrigens, weil du sagst als Erster. Bitte auch im Moment als Einziger. Ich kann nur immer wieder betonen: Pass auf die Plottino auf! Die wirkt zu einfältig, um bis zwei zu zählen, aber das macht sie nicht weniger gefährlich.«

17

Huch. Da ist es mir mit einem Schlag doch so ergangen, dass es drei Tote gibt und viele, viele Verletzte. In ihre Seelen bin ich gekrochen und habe sie vergiftet. Habe ich mich übernommen?

Nein. Um die drei Toten ist es nicht schade, die waren schon lange auf meiner Liste. Außerdem: Früher oder später wären sie sowieso gestorben. Das klingt hart, aber man kann nicht dreimal töten und dann so tun, als wäre es ein Missverständnis gewesen. Sie haben es sich verdient.

»Häufig fehlendes oder vorgetäuschtes Selbstbewusstsein kann zu Aggressionen und Gewalttaten führen.« So hat der Brecht den Kriminalpsychologen zitiert.

Das hat mich mitten in die Seele getroffen.

Immer stark sein, fröhlich, bestimmt. Kein Mensch, der mich kennt, würde mir fehlendes Selbstbewusstsein bescheinigen. Und doch bin ich so zerfressen und möchte um Hilfe, um Verständnis schreien. Nicht zwei Herzen schlagen in meiner Brust, aber zwei Seelen zerreißen sich in mir.

Jeder Schritt, mit dem ich versuche auszubrechen, lässt mich zwei weitere zurückfallen. Natürlich liegt es in meiner Hand, aber wer hat mich denn zu dem gemacht, was ich bin? Dreck!

Jemand muss dafür büßen.

Das mit den Knochen irritiert mich ein wenig. Zuerst war ich nicht erfreut über die ganze Geschichte. Hühnerknochen! Hat man so etwas Dämliches schon gehört? Kitschiger geht es wohl nicht. Das klingt doch eher nach Voodoo und faulem Zauber, aber nicht nach einem perfekt durchkalkulierten Mord.

Vielleicht … Ja, vielleicht ist die Idee im Grunde genommen gar nicht so schlecht. Verwirrung stiften. Hinweise geben. Hysterie herstellen. Was auch immer.

Aber erstens ist es zu früh, und zweitens – noch wichtiger: Es ist nicht von mir. Wer pfuscht mir da ins Handwerk? Fast wäre ich versucht zu sagen: »Du da draußen hast es gewagt, dich in meine Säuberungsaktion einzumischen? Du bist schuld, dass ich Folgendes beschlossen habe: Es muss jemand dafür büßen.«

Um kurz auf den Holzer einzugehen: Dummerweise hat er mich gesehen. Vor der Tür der alten Watzinger, als ich das präparierte Fleisch für den blöden Kläffer abgelegt habe. Nicht, dass er kapiert hätte, was er da sieht. Es waren definitiv noch andere vor und nach mir da. Trotzdem kann man nicht vorsichtig genug sein.

Da hat er beim Fest herumgegrölt: »Ich weiß alles! Du warst da. Du wirst bluten.« Das hat er noch zu anderen gesagt, die angeblich bei der Watzinger waren, aber mich hat er eben wirklich gesehen. Es war ein Spießrutenlaufen den ganzen Abend über.

Dann ist mir der Zufall zu Hilfe gekommen. Während des Festes verschwand er aus meinem Blickfeld. Als zu später Stunde Chaos herrschte, da fiel keinem außer mir auf, wie er vom Festplatz weggewankt ist. Da das nicht der Weg zu seiner Jacqueline war, bin ich ihm nachgeschlichen. Dann hat er eine Pinkelpause eingelegt und herumgeschrien: »Dich, dich werd ich hinter Gitter bringen, du …«

Da fiel mir der Stein ins Auge. Diesmal verbat ich mir das Denken, packte den Stein, dachte an all die Menschen, die mir wehgetan haben, und schlug zu. Es war so ein fester Schlag, dass ich die Knochen knacken hörte und es ihn seitlich umschleuderte – einen Teil des Kopfes im Wasser, den andern mehr oder weniger zermatscht.

Für lange Zeit nun Ruhe. Und dieses Mal meine ich es ernst.

18

Frau Brant wartete ungeduldig darauf, bis endlich die letzten Käufer ihr Kaufhaus verließen. War es sonst eher schwierig, an ihr vorbeizukommen, ohne noch irgendeinen bereits dem Ablaufdatum verdächtig nahen Artikel aufgeschwatzt zu bekommen, konnten an diesem Tag alle ohne größere finanzielle Einbuße fliehen.

Um eine Minute vor sechs drehte sie den Schlüssel im Schloss der Eingangstür um und ließ sich nicht erweichen, dem Amtsleiter, der mit Dackelblick verzweifelt an die Tür klopfte, noch schnell einen Liter Milch zu verkaufen.

Entweder war sie krank (was in den dreißig Jahren ihrer Berufskarriere noch nie vorgekommen war), oder sie hatte ein Rendezvous – was noch unmöglicher erschien. Also was ging da vor sich?

Eine eilig einberufene Sitzung von Inge Plottino war anberaumt worden. Ihrem geheimnisvollen Reden nach war ein ungeheuerlicher Fund aufgetaucht und die Hilfe des ganzen Ortes vonnöten. Allerdings hielten die Damen die Sitzung nicht im Martinswirt ab. Da sich dort an diesem Tag die Kartenrunde des Bürgermeisters einfand, war dies ein denkbar ungünstiger Ort für eine heimliche Zusammenkunft. Womöglich hätte Brecht dieses so wichtige Treffen einfach aufgelöst. Oder noch schlimmer: die neusten Erkenntnisse belauscht und bald schon als seine eigenen ausgegeben. Das konnte er in den Augen von Inge Plottino nämlich perfekt.

Also tagte man mit knirschenden Zähnen im anderen und nicht so beliebten Gasthaus des Ortes, dem »Fliegenden Hirsch«. Nicht nur der Name war schuld daran, dass die Wirtschaft nicht so richtig in Gang kam und kaum Geschäft machte. Wer hatte, bitte schön, schon mal von einem fliegenden Hirsch gehört? Also wirklich. Aber noch schlimmer als der Name war definitiv der Makel, der dem Besitzer anhaftete: Er war ein Zugezogener.

Wenn du in Lember geboren bist, dann bist du ein Einheimischer. Wenn du außerhalb von Lember geboren bist, und da reicht schon die Nachbargemeinde, dann bist du ein Ausländer. Auf Lebzeit.

Würde man einem Einheimischen so ziemlich alles verzeihen, beäugte man die Auswärtigen generell mit Misstrauen. Das war in den umliegenden Gemeinden meist nicht anders. Das Schlimmste allerdings, was passieren konnte: wenn man in der Stadt geboren worden war. Da konnte nichts Gutes daraus werden.

Ganz Lember hatte die Luft angehalten, als der Fremdling beschloss, den Hegerhof zu kaufen. Sein Plan war, das Gebäude zu einem beliebten Wirtshaus und zu einer Saunaoase umzubauen. Wie sich das schon anhörte: Saunaoase! Das klang ja fast wie Bordell. Erbost diskutierten die Dorfbewohner in kleinen Gruppen, und mit verkniffenem Gesicht wurden die Baufortschritte verfolgt. Der Hegerhof stand schon einige Zeit leer, da es keine Erben gab und sich bisher niemand die mühsame Arbeit eines Umbaus hatte antun wollen. Das alte Gasthaus bedurfte dringend einer Renovierung, und zwar von innen und von außen. Gebäude und Hof waren riesig, eine ganze Fabrik hätte man auf dem Gelände untergebracht. Das schien den zukünftigen Wirt nicht zu stören, aber was sollte man schon von einem Zugezogenen erwarten, so der Tenor der Alteingesessenen. Sicher nicht gesunden Menschenverstand.

Er hatte seine ganze Liebe, aber auch sein Kapital investiert, und so fiel er aus allen Wolken, als nach der Fertigstellung und der feierlichen Eröffnung nur ein paar unwissende Touristen im »Fliegenden Hirsch« eintrudelten.

Er wurde nicht bewusst boykottiert. Jeder war nett, kam auch ab und zu vorbei, um das Gesicht zu wahren, aber zur Dorfgemeinschaft gehörte er eben nicht dazu. Und, wie es ihm schön langsam dämmerte: Das würde er auch niemals tun.

Pech für ihn, denn in absehbarer Zeit wären die Schulden nicht mehr tragbar, er müsste alles verkaufen und resigniert wieder wegziehen. Natürlich würden die Lemberer dann behaupten, es schon vorher gewusst zu haben. Er hätte sich übernommen. Man hätte ihm ja geholfen, wo es nur ging, aber leider …

Sollte diese kleine Anekdote den Anschein erwecken, die Leute in Lember wären böse und kalt, so darf das an dieser Stelle korrigiert werden. Keiner hier wollte dem anderen bewusst schaden. Seit Generationen aber wurden Werte weitergegeben, über die sich die wenigsten die Mühe machten nachzudenken – ob sie richtig oder falsch waren, oder ob sie jemanden verletzen konnten. In kleinen Orten hat jeder seinen Platz, nur so kann die Gemeinschaft funktionieren, mit all ihren Vor- und Nachteilen. Das ging auch in Lember seit Generationen so. Und wenn es doch einmal anders war, dann blieb man eben nicht hier.

Der Wirt war über den Ansturm an diesem besonderen Tag zwar etwas erstaunt, nahm es aber mit stoischer Gelassenheit und Demut hin. Der kleinere der beiden Wirtsräume – bisher gähnend leer – füllte sich mit elf Frauen und fünf Männern. Als alle saßen und Getränke bestellt hatten, stand Inge Plottino auf, schritt in gemäßigtem Tempo nach vorne und stellte sich vor die Gruppe.

Als sie sich sicher sein konnte, die ungeteilte Aufmerksamkeit aller zu haben, verkündete sie mit kaum unterdrücktem Stolz: »Nun, ihr habt es wahrscheinlich noch nicht gehört, aber mir ist es durch Hartnäckigkeit und messerscharfe Kombinationsgabe gelungen, den Durchbruch in diesen leidigen Mordfällen zu erreichen. Bevor es der Polizei und anderen sich immer sehr wichtig nehmenden Individuen, deren Namen ich nicht nennen will, die aber derzeit gegenüber Karten spielen, gelungen ist, habe ich Folgendes sichergestellt.« Triumphierend packte sie den bisher verhüllten Plastiksack aus und zeigte nun siegesgewiss auf die Knochen, die sich unschuldig darin tummelten. Überraschtes Gemurmel war die Reaktion.

Zufrieden schaute Inge Plottino in die Runde. »Diese Hühnerknochen …« Aber weiter kam sie nicht.

»Äh, Entschuldigung? Woher weiß man eigentlich, dass das da Hühnerknochen sind?«, warf Anita Frei ein, die zufällig von dieser Versammlung erfahren hatte und mit Renate Seidlinger im Publikum saß.

Keineswegs irritiert ob dieser Unterbrechung, antwortete

Inge hochmütig: »Nun, mit dieser Frage habe ich fast gerechnet, und ich darf unsere Expertin Frau Brant bitten, zu mir zu kommen. Wie zweifellos jeder weiß, ist sie nicht nur in Bezug auf Lebensmittel aller Art auf das Äußerste bewandert und hat selbst eine kleine Fleischtheke, sondern …«

»Ja, ja, von wegen Fleischtheke! Wer weiß, was man da auf den Teller bekommt, wenn man das Fleisch bei der kauft«, ließ von weiter hinten Henni Schönauer verlautbaren, beleidigt, dass nicht sie, als Frau des Fleischers, gefragt worden war.

»Liebe Henni, nur weil dein Name schon auf eine Verwandtschaft mit einem Huhn schließen lässt, brauchst du nicht zu glauben, du würdest das Korn finden. Du blinde Henne, du«, giftete Martha Brant zurück, die bis dahin selbstsicher in Richtung Rednerin geschritten war.

»Aber, aber, meine Damen. Ich bitte um – äh – um Kontänons. Es geht hier um höhere Dinge. Jedenfalls, liebste Martha, bist du mir sicher nicht böse, wenn ich dich ob deines kleinen Braukellers als Hexe bezeichnen würde?«

Da jeder wusste, wie gerne sich die Brant als Hexe titulieren ließ, war keiner überrascht, als sie sichtlich geschmeichelt lächelte. Mit viel Drumherum nahm sie einen der Knochen in die Hand, hielt ihn in die Luft und machte die Augen zu. Dann roch sie daran und biss hinein. Ein entsetztes »Igitt!« ging durch die Reihen, und so mancher machte sich eine geistige Notiz, nur mehr abgepackte Ware im Kaufhaus Brant zu erwerben.

»Also, es ist schwer zu sagen, welche Art von Knochen oder von welchem Tier die sind.«

War es ja nun wirklich nicht, denn was sollte es sonst schon sein. Eine Kuh kam schon mal wegen der Größe nicht in Frage.

»Aber – Moment – ja, mit hundertprozentiger Sicherheit kann ich sagen, dass es Hühnerknochen sind und …«, theatralisch schloss sie die Augen und wankte leicht, dann wartete sie, bis alle Blicke auf sie gerichtet waren und erklärte tonlos, »… und sie sind von einer besonders schlechten Aura umgeben. Es sind die Boten des Bösen!«

Einige konnten sich ein Schmunzeln nicht verkneifen, einige

sahen besorgt aus. Frau Brant schien erschöpft, aber stolz. Hexen hatten es heutzutage aber auch wirklich nicht leicht.

Anita Frei durchbrach wenig beeindruckt das ehrfürchtige Schweigen, das dieser Inszenierung folgte, und hob die Hand. Widerwillig erteilte ihr Inge Plottino das Wort. »Nehmen wir mal an, das sind Hühnerknochen. Nehmen wir auch an – um es mit Marthas Worten zu sagen: Es sind Boten des Bösen. Das heißt, es hat wirklich einen oder mehrere Morde gegeben. Wisst ihr, was das bedeutet?«

Alle sahen sich an. Was wollte sie? Man mochte Anita Frei, die etwas alternative Heimleiterin, gerne, aber hier war Tatendrang nötig und keine esoterische Hippie-Denkerei.

»Es würde bedeuten, dass der Mörder mit ziemlicher Sicherheit kein Wildfremder ist, sondern dass er aus Lember kommt. Vielleicht sogar jetzt hier im Raum sitzt.«

Als die Worte ihre Wirkung entfaltet hatten, sahen sich alle fragend an. Jeder vermutete zuerst einmal sofort im Sitznachbarn den besagten Mörder. Danach wollte jedermann unbedingt betonen, es selbst definitiv nicht zu sein.

»Also, ich kann es nicht sein, ich verstehe nichts von Hühnerknochen.«

»Du? Bist du der Mörder?«

»Blödsinn, ich war die ganze Zeit zu Hause.«

»Ich könnte keiner Fliege etwas zuleide tun!«

»Du warst doch total zerstritten mit der Watzinger, oder?«

»Ich bin allergisch auf Hunde – wie hätte ich da zur Emma gehen können?«

Inge zerschlug aus Versehen ein Glas, auf das sie heftig mit einem Löffel geklopft hatte, um die Aufmerksamkeit wieder auf sich zu ziehen. In dieser Situation brauchte es die Führung starker Menschen, das war nun absolut deutlich geworden.

»Richtig, Anita. Dass der Mörder aus Lember kommt, habe ich auch schon vermutet. Wenn man allerdings lange genug nachdenkt, muss man zugeben, dass es von uns hier einfach niemandem zuzutrauen wäre, nicht wahr?«

»Aber ein Fremder würde doch sofort auffallen. Der kann doch nicht erscheinen, drei Menschen beseitigen und wieder verschwinden. Also *kann* es kein Fremder sein«, sagte Anita.

»Mag sein. Doch darum sind wir ja hier. Um diesem schändlichen Treiben Einhalt zu gebieten. Es geht doch nicht, dass da jemand ehrenwerte Bürger umbringt!«

Keiner wollte die Plottino an dieser Stelle daran erinnern, welche netten Namen sie speziell diesen drei ehrenwerten Bürgern noch vor Kurzem gegeben hatte. Von »Dreck muss weg« für den Lacknerbauern bis hin zu »Selbst das ideale Hundefutter« für Emma Watzinger war da einiges dabei gewesen.

»Hat jemand einen Vorschlag, wie wir weiter vorgehen?«

»Vielleicht sollte man einmal herausfinden, was es mit diesen Knochen auf sich hat«, kam eine zögerliche Meinung von Berta Maler. Das ihrem Mann gegebene Versprechen, sich nicht einzumischen, hatte sie in der Aufregung bereits vergessen.

»Das ist eine gute Idee, Berta. Hat da jemand eine Ahnung?« Dabei sah Inge zu Frau Brant. Diese hatte offensichtlich keine, denn sie kramte gerade wie verrückt in einer riesigen schwarzen Tasche. »Also, noch einmal. Hat jemand eine Idee? Nicht, dass wir uns in den Mörder hineindenken könnten, Gott bewahre, aber vielleicht nehmen wir einfach an, wir *könnten* es, und dann hat jemand einen Gedanken. Was ich sagen will: Warum *könnte* der Mörder die Knochen dort hingelegt haben? Was hat es damit nur auf sich? Ich denke, wenn wir das herausfinden, dann haben wir auch den Täter.«

Es folgte eine kurze Stille, in der alle scharf nachzudenken schienen und dann verstohlen schauten, ob den anderen vielleicht schon die Erleuchtung gekommen war.

Plötzlich ein Zucken, und Karin Prall wedelte heftig mit der Hand. Schnell waren alle Blicke auf sie gerichtet, wie sie da mit hochrotem Kopf und runden Bäckchen saß, wie immer ihre Tasche an den wogenden Busen gedrückt. »Also, ich habe mir meine Gedanken gemacht. Dann habe ich was aus dem Internet ausgedruckt. Vielleicht hilft das ja. Ich lese mal vor. Also das sind nur so Ideen, gell?«

Keiner wusste so recht, was mehr erstaunte: zu hören, dass Karin Prall sich ernste Gedanken machte, oder dass sie einen Zugang zum Internet besaß.

Inge fing sich als Erste, schoss auf ihre Freundin zu und nahm ihr begeistert das Stück Papier aus der Hand. »Warte, ich lese vor, dann können es alle hören.«

Etwas verdattert willigte Karin ein, und Inge Plottino eilte wieder nach vorne. Voller Tatendrang setzte sie sich noch im Gehen die Lesebrille auf. Dann schaute sie kurz auf die Papiere und runzelte die Stirn, fing dann aber überdeutlich laut und betonend an zu lesen.

Vor langer Zeit wurden die Runen »geworfen«. Damit wollte man offene Fragen klären und hoffte, Situationen richtig beurteilen zu können. Diese Methode ist für die ausführliche Darstellung einer Problematik und einer Situation bestens geeignet. Wie damals, so wirft man auch jetzt noch die Runen mit Hilfe von Hühnerknochen. Die Knochen werden als Symbole verwendet. Sie sollen an die Vergänglichkeit erinnern.
Und so funktioniert es: Man suche sich neun Knochen aus, nachdem man ein intensives Gespräch mit dem Suchenden geführt hat. In diesem Gespräch erzähle man von sich und seinem Leben und behalte währenddessen die Knochen in der Hand. Dann nehme man sie in beide Hände, bitte um Klarsicht und werfe sie auf den Boden. Der Berater weiß anhand der Anordnung der Hühnerknochen sofort Bescheid und kann das Bild deuten.

Inge ließ das Blatt sinken und sah verdutzt in die Runde. Alle saßen da, mit offenen Mündern, und starrten sie an. In Ermangelung einer besseren Idee blätterte sie auf die nächste Seite und las weiter.

Hänsel sitzt im Käfig. Die Hexe steht vor dem Käfig. Gretel macht Feuer im Backofen.

Hexe: Nun habe ich dich drei Wochen lang gefüttert. Zeig mir deinen Finger! Ich will fühlen, ob du fett genug bist.
Hänsel steckt einen Hühnerknochen durch das Gitter. Die Hexe fasst den Knochen an.
Hexe: Dein Finger ist so mager wie ein Knochen. Aber ich habe Appetit. Ich will dich braten und essen, auch wenn du so mager bist. Gretel, mach den Backofen auf! Ich will prüfen, ob der Ofen heiß genug ist.
Die Hexe kriecht in den Backofen. Gretel schlägt schnell die Ofentür zu. Nach einer Weile schließt sie die Käfigtür auf.
Gretel: Hänsel, komm heraus! Ich habe dich gerettet. Die Hexe ist im Backofen verbrannt.
Hänsel: Ich danke dir, meine liebe Gretel! Komm! Wir wollen fliehen.
Gretel: Ich weiß, wo die Hexe ihren Goldschatz versteckt hat. Wir wollen ihn mitnehmen.
Die Kinder nehmen das Gold aus einem Kasten und laufen fort.

Fast wäre Inge sprachlos gewesen. Aber das kam wirklich nur sehr, sehr selten vor. »Das ist … interessant. Was sagen wir dazu?«

Keiner wusste so richtig, was er mit den Texten anfangen sollte. War das nur Blödsinn oder eine Spur? Immerhin Bürgermeisteranwärterin Plottino hatte sich mittlerweile wieder gefangen. »Der erste Text ist meiner Meinung nach sehr interessant, weil er auf ein okkultes Ritual hinweist, das die Vergänglichkeit des Lebens thematisiert«, legte sie sofort los.

Das wollten die anderen selbstverständlich nicht unkommentiert lassen.

»Und die Vergänglichkeit ist der Tod«, wusste Frau Hintersteininger.

»Vielleicht haben die Ermordeten etwas Schlimmes gemacht?«, vermutete Frau Schwarz.

Auch Frau Brant meldete sich zu Wort: »Oder Sie haben ihr Schicksal herausgefordert.«

Endlich taute die Runde etwas auf.

»Durch ihre Bösartigkeit«, warf Frau Seidlinger sichtlich amüsiert ein.

»Die Knochen sind ein Fingerzeig, und die Toten sind Opfer«, mutmaßte Frau Prall.

Jetzt gerieten die Damen so richtig in Fahrt.

»Und der zweite Text. Der hat doch auch damit zu tun?«, wollte die Plottino wissen.

»Genau. Die Hexe will Böses, und Hänsel täuscht sie mit einem Hühnerknochen«, kombinierte Frau Eisner messerscharf.

Frau Schönauer meldete sich: »Durch die Täuschung wird sie selbst zum Opfer.«

»Das Opfer, also die Hexe, hat den Tod somit verdient«, ergänzte Frau Maler.

»Und die Bestrafung ist es, ihre Vergänglichkeit, also ihren Tod, zu zeigen«, schlussfolgerte Frau Brecht, die selbstverständlich ohne das Wissen ihres Mannes anwesend war.

Frau Bertelsmann hatte wie immer nicht richtig zugehört und sagte: »Und derjenige, der übrig bleibt, bekommt den Schatz.«

Erschöpftes Schweigen war die Folge. Und das Gemurmel der anwesenden Herren, die sich ein hohes Maß an Verwirrung teilten.

»Und das sagen euch alles ein paar Hühnerknochen?«, wollte Herr Schönauer fassungslos wissen.

»Also, was genau habt ihr jetzt herausgefunden?«, fragte Herr Kern.

Die Damen staunten ungläubig über so viel Unwissenheit. War das möglich? Abschätziges Kopfschütteln und *Tztztz*-Laute erfüllten den Raum, bis die Plottino tadelnd klarstellte: »Meine Herren! Jetzt stellt euch doch nicht so an. Es ist doch vollkommen logisch, nach unseren wirklich genauen Ausführungen. Es sagt uns eindeutig, dass der Mörder eine Frau ist.«

19

Nach dem aufschlussreichen Treffen im »Fliegenden Hirsch« beschloss die Gruppe um Inge Plottino zum krönenden Abschluss, eine Liste aller eventuellen Feinde der drei Opfer anzulegen. Das war ein Einfall von Maria Brecht gewesen, die sich allerdings, kaum hatte sie gesprochen, wieder in die zweite Reihe verzog, um ja nicht die Aufmerksamkeit auf sich zu lenken. Lieber nicht auffallen, das war ihre Devise, wenn sie an den Treffen der Landfrauen teilnahm.

Die Plottino verkündete, bald schon die nächste Notfallsitzung einzuberufen. Bis dahin würden alle Informationen wie bisher über die Zentrale, also Martha Brant, verteilt werden.

Wäre Maria Brecht, nachdem sich die Sitzung aufgelöst hatte, zu ihrem im Martinswirt vermuteten Gatten geschlendert, hätte sie ihn dort nicht gefunden. Noch erstaunter wäre sie wohl gewesen, nach dem Treffen im »Fliegenden Hirsch« Renate Seidlinger zum Auto von Anton Brecht eilen und hastig einsteigen zu sehen.

Um keine vorschnellen Vermutungen aufkommen zu lassen, darf man zur Verteidigung der beiden betonen, dass Hans Maler ebenfalls anwesend war. Nach einem kurzen Bericht von Renate über die vor Kurzem abgehaltene Sitzung fuhren die drei zu ihrem eigentlichen Bestimmungsort. Auf dem Plan stand, die Lebensgefährtin des toten Martin Holzer aufzusuchen, Jacqueline Rauchinger. Renate wollte sich dieses Treffen auf keinen Fall entgehen lassen. Eine Stunde Inge Plottino war nur durch einen Besuch bei Jacqueline Rauchinger zu überbieten.

Am südlichen Teil des Ortes lebten die Prinzessin und der Prinz in einem kleinen Häuschen glücklich bis an ihr Lebensende. So hätte es wohl im Märchen geklungen, die Wirklichkeit sah aber entschieden anders aus. Bis auf das doch etwas verfrühte Lebensende des Prinzen war Folgendes Realität: Das

Häuschen glich eher einem windschiefen Schuppen und machte einen ungepflegten, ja traurigen Eindruck. Hier hätte man eher die Hexe als den Prinzen und die Prinzessin vermutet. Was die Beziehung der beiden anging, wäre sie wohl den meisten als nicht besonders erstrebenswert erschienen. Ein besoffenes Nebeneinanderherleben, unterbrochen von Streitereien, Schlägereien und Saufgelagen.

Und die Prinzessin? Trotz mehrmaligem erbostem Klingeln des Ortschefs machte keiner auf. Wohl auch, weil die Klingel kaputt schien. Also verlegte sich der Bürgermeister auf energisches Klopfen. Aber auch darauf gab es keine Reaktion. Dabei hörte man lautstarke Stimmen, schätzungsweise vom geliebten Fernseher des ehemaligen Traumpaars.

Maler schob Brecht auf die Seite und rüttelte an der Tür. Widerstandslos ließ sie sich öffnen, und ein riesiger Berg Unrat hieß die Besucher im Flur willkommen. Nicht unähnlich dem Anwesen des alten Lackners, war hier jedoch fast noch mehr Müll zu finden als dort. Der Gestank, der ihnen entgegenschlug, stellte Geruchs- und Geschmacksnerven der Besucher auf eine harte Probe. Erwartete sie hier ein weiteres Opfer, bereits in Verwesung begriffen? Ratlos sahen sie sich an. Maler schob Brecht und Seidlinger beiseite, bezwang mit großem Mut den eigenen Ekel und öffnete vorsichtig die Tür zu dem Raum, aus dem der Lärm drang.

Mitten im Wohnzimmer saß auf einer zerschlissenen speckigen Couch die Herrin des Hauses und starrte in den Fernseher. Der Begriff »in Verwesung begriffen« wäre manchem Betrachter von Jacqueline Rauchinger wohl glatt wie ein Kompliment vorgekommen. Mit der einen Hand zog sie an einer Zigarette, mit der anderen kratzte sie sich am Kopf. Auf dem Tisch war ein handelsüblicher Aschenbecher durch eine große und bereits mit Zigarettenstummeln überfüllte Salatschüssel ersetzt worden. Essensreste auf dem Boden, auf der dicken Frau selbst und auf dem Sofa ließen auf Pizza zu Mittag, zu Abend und zum Frühstück schließen. Dies war also Jacqueline Rauchinger höchstpersönlich in ihrer vollen, ungewaschenen, fettigen Pracht. Und sie machte keine Anstalten, von den Gästen auch nur irgendeine Notiz zu nehmen.

»Jacqueline! Grüß dich. Wir möchten mir dir reden, und die Tür war offen. Wie geht es dir?«, versuchte es Hans Maler.

Da keine Reaktion erfolgte, übernahm der Bürgermeister das Ruder, weniger empathisch in solchen Situationen. Er schaltete kurzerhand das plärrende Gerät aus, baute sich vor der Hausherrin auf und schrie ihr ins Gesicht: »Wir wollen dir unser Beileid aussprechen und haben ein paar Fragen!«

Sie stierte ihn an und brauchte einige Zeit, bis sie vage in den Raum deutete, was wohl so viel heißen mochte wie: *Sucht euch einen Platz und setzt euch*. Was natürlich keiner näher in Erwägung zu ziehen wagte.

»Jacqueline, wir brauchen ganz dringend deine Hilfe, verstehst du?«, setzte Brecht nach. Was sie offensichtlich nicht tat. Er fuhr fort: »Wir wollen für dich herausfinden, was mit Martin passiert ist. Ob ihm das jemand angetan hat, oder ob er gefallen ist. Dafür ist es jetzt sehr wichtig, dass du ganz scharf nachdenkst. Sag uns, was hat denn der Martin am letzten Tag so gemacht? Erzähl mal. Das wäre für uns sehr wichtig.«

Wieder schien es, als ob sie ihn nicht gleich verstanden hätte, doch dann begann sie unvermittelt heftig zu weinen. »Der Holzer ist tot. Was mach ich jetzt? Wer hilft mir?« Ohne Zähne war das Ganze eher ein einziges Geschrei mit Fragezeichen, aber wer genau hinhörte, konnte sie dann doch, zumindest sinngemäß, verstehen.

»Jacqueline, ich schick dir jemanden, der dir hilft. Am besten die Müllabfuhr«, setzte der Bürgermeister leise hinterher. »Wenn du uns einige Fragen beantwortest, dann kommt der Zeck-Fritz mit ein paar Zigaretten und einer Medizin vorbei. Du kennst doch den Zeck-Fritz, das ist einer meiner Gemeindearbeiter, der kennt den Martin vom Wirten. Aber jetzt erzähl mir, was der Martin gemacht hat.«

Sofort hörte das Schluchzen und Grunzen auf, das Wort Medizin hörte sich nach Schnaps an. Sie dachte lange nach und zog und kratzte an ihren Haaren, ehe sie antwortete. »Zuerst haben wir geputzt. Wollte immer alles sauber, mein Martin. Dann Pause gemacht.« Hier machte sie – vielleicht, um ihre Worte zu betonen, vielleicht, weil sie sie brauchte – ebenfalls eine Pause.

Der Bürgermeisters donnerte: »Los, jetzt red schon weiter! Wir wollen dir helfen. Vergiss das nicht. Es geht um den Martin. MARTIN. Hast du verstanden?«

»Ja, ja, Martin. Wir haben Stärkung genommen. Ferngesehen. Dann hat er auf die Uhr gesehen. Immer und immer wieder.«

»Warum hat er denn auf die Uhr gesehen?«, fragte Renate dazwischen.

»Häh?« Sie blinzelte, als wäre diese neue Person erst gerade gekommen und konzentrierte sich dann wieder auf Brecht. Der schien vertrauenswürdiger, immerhin war hier Hilfe in Aussicht gestellt worden. Vielleicht war sie aber auch einfach eine gewisse Dominanz und Lautstärke gewohnt. War ja auch egal, solange das Ergebnis stimmte.

»Na, der wollte zum Fest. Zum Feuer. Ohne mich, das Schwein.«

»Warum war ihm denn das Fest so wichtig?«, versuchte Brecht ihr aus der Nase zu ziehen. Holzer war zwar bekannt gewesen, immer und überall wie ein Schatten aufzutauchen, herumzuschnüffeln und zu beobachten, aber das war immer eher zufällig passiert. Dass ausgerechnet er an einem offiziellen Anlass der Gemeinde teilnehmen wollte, klang so gar nicht nach ihm.

»Pah! Wahrscheinlich hat er sich mit einer seiner Huren getroffen. Diese scheiß Weiber sind ihm doch nachgerannt wie die Fliegen. Aber ich, ich war seine große Liebe!«

Allein schon der Gedanke, Holzer zu küssen, war ekelerregend, aber bevor Jacqueline wieder zu weinen anfangen konnte, schrie Brecht sie an: »Und woher weißt du das? Wollte er jemanden treffen? Was wollte er so dringend beim Fest?«

»Weiß nicht. Er hat gesagt, es ist wichtig. Er weiß was, hat er gesagt, und einen Zettel hat er dauernd in der Hand gehalten. So ein kleines Schnipselchen. Er hat gesagt, dass er was gesehen hat.

Und dass wir so viel Geld und Zigaretten und Medizin haben werden, wie wir wollen. Wie die feinen Herrschaften, die uns jetzt so anglotzen, so werden wir leben. Dann sehen *wir* auf sie alle herab. So ist das. Und jetzt ist er tot. Was mach ich nur?«

Die Besucher sahen sich an und atmeten schneller. Was sie gleich wieder unterließen, denn es forderte den Brechreiz zu sehr heraus. Holzer wollte also jemanden treffen, weil er etwas wusste. Aber was, von wem? Sollte das sein Todesurteil gewesen sein? Wusste Jacqueline mehr? Maler und Seidlinger waren sichtlich nervös. Konnte aber auch von der Übelkeit kommen.

Renate ging auf Jacqueline zu, die nun wieder auf den dunklen Bildschirm starrte, und schüttelte sie: »Denk nach! Wen wollte er treffen? Hat er das gesagt? Jetzt sprich doch endlich! Reiß dich zusammen, es ist wichtig.«

Jacqueline beäugte sie skeptisch. »Brauchst nicht so zu schreien mit mir. Weiß ich doch nicht, was er wollte. Er hat mir nie etwas gesagt, der Arsch. Er, und nur er allein, weiß alles besser. ›Ich weiß etwas.‹ Das hat er gesagt. Und dass es mehrere sind, hat er gesagt. Und mehr nicht. Nur das. Und nun, was ist nun? Tot ist er. Ich hasse ihn!«

Renate drehte sich um und schüttelte den Kopf, als Jacqueline wieder zu weinen anfing und sich in ihr T-Shirt schnäuzte. »Ich glaube, aus der bringen wir nichts mehr raus. Oder? Was machen wir jetzt? Bitte, gehen wir zuerst einmal an die frische Luft. Mir wird übel.«

Draußen beratschlagten die drei heftig. War es möglich, dass Holzer wirklich etwas gesehen hatte? Etwas, das mit den nun doch immer mysteriöser werdenden Todesfällen vom Lackner und der alten Watzinger zu tun hatte? Maler schlug vor, das Haus zu durchsuchen, aber die anderen beiden waren bei dem Gedanken allein schon einem Herzinfarkt nahe. Ein noch so gut ausgebildeter Suchtrupp würde ewig brauchen, um in diesem Müll auch nur einen Hinweis zu finden. Oder gar den Zettel selbst, von dem Jacqueline gesprochen hatte und von dem man auch nicht wusste, wie er aussah, geschweige denn, ob es ihn überhaupt gab. Beim Toten selbst hatte man jedenfalls keine Aufzeichnungen irgendwelcher Art gefunden. Aber wenn es stimmte, was war dem Holzer Martin dann aufgefallen, was den anderen entgangen war? Wahrscheinlich würde man es nie erfahren, und sein Geheimnis würde mit ihm begraben werden.

»Wenn er etwas gewusst hat, dann wohl über den Tod der Watzinger oder des Lackners. Oder über beide. Sie sind mit Gift, er selbst auf andere, brutalere Art ums Leben gekommen. Was haben die Alten gemeinsam?« Brecht dachte laut. Das war alles unklar und definitiv noch zu wenig, um zur Polizei zu gehen. »Ideen, meine Herrschaften? Keine? Wir treffen uns morgen Abend bei der Sitzung der Fraktion. Dann werden wir weitersehen. Finden wir am besten so schnell wie möglich irgendeine Lösung für diesen Schlamassel.«

20

Was folgte, glich einem Narrenspiel. Da sowohl beim Bürgermeister Brecht als auch bei Inge Plottino alle Nachforschungen in absoluter Verschwiegenheit passierten, wusste selbstverständlich jeder im Dorf sofort über deren Aktivitäten Bescheid. Immer mehr Menschen in Lember beteiligten sich an der Aktion »Sucht den Mörder«.

Nur einige wenige schüttelten den Kopf über so viel Blödsinn. Was sie aber nicht davon abhielt, ebenfalls mitzudiskutieren.

Man war ausgezogen, um eine Lösung zu suchen – was man fand, waren Unfriede und Verdächtigungen.

Während Brecht und sein Team die Tagesabläufe der einzelnen Opfer zu rekonstruieren versuchten, sammelte das Team um Inge Plottino Feinde der »armen Verblichenen«. Plötzlich tauchten ungeahnte Ahnungen und Beobachtungen, aber vor allem Meinungen aus den Tiefen von Lember auf. Diese klammerten sich überfallartig an allem fest, auch an Unbeteiligten. Nachbarschaftsstreits wurden plötzlich zu einem Tatmotiv umkonstruiert, harmlose Differenzen uferten zu Verschwörungstheorien aus, und wilde Gerüchte fingen an, sich wie Bazillen über den Ort auszubreiten.

Das Ganze war langsam und schleichend gekommen, fand aber immer schneller den Weg in Hirn und Herz der Menschen aus Lember. Keiner konnte sich dem entziehen, denn es war möglich, dass man sich schon am nächsten Tag im Mittelpunkt heftigster Spekulationen wiederfand. Wollte man beschwichtigen und gute Stimmung machen, war sicher jemand der Meinung, hier kehrte irgendeiner Schlimmes unter den Teppich. So reagierte nur ein Mörder! Hetzte jemand besonders arg, konnte doch jeder sehen, dass hier ein Ablenkungsmanöver stattfand. So reagierte nur ein Mörder!

Der Ort begann sich zu spalten. Viele merkten es erst jetzt, als sie selbst in die Schusslinie gerieten, wie schwer es war, ungerechtfertigte Behauptungen zu entkräften, wenn alle einen Sündenbock suchten. Und das nur, um von sich selbst abzulenken. Es war schon lange kein Thema mehr, ob es sich wirklich um Morde handelte oder nicht, es war nur mehr eine Frage, wie man sich und seine Familie am besten aus dieser Hexenjagd heraushielt.

Die üblichen Grüppchen, die zusammenstanden, redeten und tratschten, war man ja gewohnt. Aber die Diskussionen wurden immer hitziger und persönlicher. Zunächst versteckte und dann ganz offene Beleidigungen und Anschuldigungen wechselten immer aggressiver den Besitzer. Beste Freunde mutierten zu innigsten Feinden. Kinder kamen weinend aus der Schule nach Hause, weil Mitschüler sie beschimpft hatten. Und irgendwann kam es dann sogar zu Handgreiflichkeiten. Mehrere Frauen und Männer waren in der Kirchenchorprobe aneinandergeraten, die Luft war aufgeheizt und explosiv von wilden Verdächtigungen und Sticheleien.

In solchen Situationen fühlte Brecht sich auf die Probe gestellt. Hier galt es für ihn zu beweisen, dass man ihn nicht umsonst zum Bürgermeister gewählt hatte. Verfluchte er auch manchmal sein Amt und die unerlässliche dicke Haut, die man hierfür benötigte, war er doch stolz und liebte seinen Ort und die ihm anvertraute Aufgabe. So war er nach langem Nachdenken zu einer Entscheidung gekommen: Es war Zeit, Schluss zu machen mit diesem gefährlichen Seiltanz, bevor sich noch etwas ereignete, das nicht mehr rückgängig zu machen war. Sollte es einen Mörder geben, dann war jetzt der Moment gekommen, aktiv etwas zu unternehmen. Gab es keinen, dann würde er, Anton Brecht, persönlich dafür Sorge tragen, diesen Ort zu entgiften.

Somit wusste absolut niemand, nicht mal seine engsten Vertrauten, von seinem lange überlegten Plan, als eine Woche nach dem Tod des Martin Holzer eine öffentliche Gemeindevertretungssitzung eilig einberufen wurde.

21

Vollzählig versammelt warteten an diesem Montag nicht nur die Vertreter der Gemeinde, sondern auch eine beachtliche Zahl an Bürgern auf den Bürgermeister. Obwohl die meisten Sitzungen öffentlich und für jeden zugänglich waren, verirrte sich sonst selten jemand zu diesen Terminen ins Gemeindeamt. Brecht warf einen letzten abschätzenden Blick in die Runde und begann pünktlich wie immer mit der Sitzung.

»Werte Frau stellvertretende Bürgermeisterin, sehr geehrte Vertreter des Gemeinderates und der Gemeindevertretung, liebe Lemberer und Lemberinnen! Man braucht es wahrlich nicht ausdrücklich zu erwähnen, aber wir gehen derzeit durch harte Zeiten. Unsere vormals so intakte Gemeinde ist gespalten, und das Böse scheint weiter zu gedeihen. Danke, dass ihr euch heute so kurzfristig Zeit genommen habt. Es ist mir wichtig, euch über eine neue Entwicklung zu informieren, die hoffentlich bald Licht in dieses Dunkel bringt. Ich darf euch mitteilen, dass ein Zettel von Herrn Martin Holzer gefunden wurde. Auf diesem hat er Personen angegeben, die er an dem Tag, an dem unsere liebe Frau Watzinger verstarb, auf ihrem Grundstück gesehen hat. Ob es sich dabei nun um einen Hinweis auf den möglichen Mörder handelt, wird sich bald zeigen. Unschuldige Mitbürger brauchen nichts zu befürchten, auch wenn sie befragt werden. Der Zettel befindet sich in meinem Besitz. Morgen wird er der Polizei übergeben werden. Vielleicht entschließt sich der Täter, sich selbst zu stellen.«

Das jedenfalls hoffte der Bürgermeister: dass der Verursacher des ganzen Übels dumm genug sein würde, auf den angeblichen Zettel hereinzufallen, und sich in die Enge getrieben fühlte. Dann würde er einen Fehler machen. Und dann könnte man ihn schnappen.

Er fuhr fort: »Jedenfalls wird man anhand des Schreibens sicher die Unschuldigen herausfiltern und den Schuldigen überführen können, damit diese untragbare Situation endlich ein Ende hat. Das wäre auch schon alles für heute. Danke für die Aufmerksamkeit.«

Heftiges Stimmengewirr brandete auf, von dem sich der Bürgermeister aber nicht beirren ließ. Ohne nach links und rechts zu schauen, zog er sich aus dem großen Sitzungssaal in sein angrenzendes Büro zurück. Dort blieb er nicht lange alleine. Bald klopfte es auf das Heftigste. Das war zu erwarten gewesen. Resigniert seufzte er, trank einen Schluck Wasser und machte sich bereit für die Audienz.

Maler und Seidlinger stürmten herein, offensichtlich enttäuscht, nicht vorher von ihm informiert worden zu sein. Natürlich vertraute er seinem engsten Kreis: Hans und Renate, und wenn es unbedingt sein musste auch seiner Frau, aber in dieses Possenspiel wollte er niemanden mit hineinziehen. Es war ihm wichtig, dass alle so natürlich wie möglich an die Sache herangingen.

»Was soll das bedeuten? Wir gehen mit dir durch dick und dünn, und du informierst uns nicht über einen so wichtigen Fund? Woher hast du plötzlich diesen eigenartigen Zettel? Warst du alleine noch mal bei Jacqueline? Was soll das?«, wollte Hans voller verletztem Stolz wissen.

Der Bürgermeister antwortete müde und gereizt. »Bitte, keine verletzten Eitelkeiten. Es musste alles schnell gehen, und was macht es für einen Unterschied, ob ihr es schon vorher wusstet oder nicht? Seid nicht so kindisch!«

»Kindisch? So siehst du das?« Renate war ebenso aufgebracht wie Maler, aber schneller wieder bei der Sache als Hans, der es vorzog, die beleidigte Leberwurst zu spielen. »Kann ich den Zettel sehen?«

»Nein, tut mir leid. Es tut mir außerdem leid, dass ich euch nicht einweihen konnte. Aber es muss Schluss sein mit diesem Zirkus der Verleumdungen und Anschuldigungen, da sind wir uns doch alle einig, oder? Ihr habt doch selbst miterlebt, wie es in der letzten Zeit in unserem Ort zugegangen ist. Das war doch nicht mehr auszuhalten!«

Renate wollte gerade Luft holen, als es erneut an der Tür pochte. Oder eher hämmerte. In diesem Fall musste der Bürgermeister den, der da so heftig um Einlass bat, nicht hineinbeten, denn er fiel fast mit der ganzen Tür ins Zimmer, so heftig wurde diese aufgerissen. Natürlich war es die Vorsitzende der Landfrauen, die nun, bescheiden ausgedrückt, ein wenig derangiert mitten im Raum stand. »Wo? Ist? Die? Liste?« Dem eisigen Ton zufolge konnte man meinen, ihr Name allein würde auf diesem ominösen Blatt Papier stehen.

»Tut mir leid. Wie ich gerade meinen Kollegen erzählen wollte, ist er genau genommen bereits beschlagnahmt.«

»Dann war unsere ganze Arbeit umsonst! Warum haben Sie das getan? Vermutlich haben Sie den Mörder sogar gewarnt! Das lasse ich mir nicht gefallen, Herr Bürgermeister. Zeig mir sofort die Liste. Gibt es die überhaupt?« Sich vor Aufregung fast verhaspelnd, wechselte Inge ständig vom Sie zum Du und wieder zurück zum Sie.

Brecht tangierte das gar nicht. Wie einem besonders widerspenstigen Kind begann er zu erklären: »Was auch immer eure ›Arbeit‹ war, es hat euch keiner befohlen herumzuschnüffeln. Dass es einen Mörder überhaupt gibt, habt doch alleine ihr Weiber ins Spiel gebracht. Du weißt genau, Inge, dass keine der Untersuchungen bei den drei Leichen etwas Verdächtiges ergeben hat. Sollte aber wirklich irgendetwas an den drei Toden nicht mit rechten Dingen zugegangen sein, dann wird die Polizei es schon herausfinden. Ich erwarte von dir, dass du hilfst, die Situation zu entschärfen und nicht wieder aufzuschaukeln.«

Der geduldige, aber ziemlich schulmeisterhafte Ton brachte Inge total und endgültig auf die Palme.

»Du Ortspascha, du! Wenn du ermittelst, dann ist das in Ordnung, aber wir schaukeln die Sache auf? Wenn hier wirklich jemand sein tödliches Unwesen treibt, dann wird es einfach unter den Teppich gekehrt, oder was? Weil es dir so besser passt! Ich habe mein Ohr auf der Straße, und ich werde das Beste für die Dorfbewohner tun, nicht das Beste für dich. Dass sich nichts Neues ergeben hat, ist ein totaler Blödsinn. Was ist denn mit den

Knochen? He? Die übrigens *ich* gefunden habe. Dadurch habe ich ein Recht darauf, in die Ermittlungen mit einbezogen zu werden. Verstanden? Also sag sofort, wer auf der Liste steht!«

Brecht lehnte sich in seinem Stuhl zurück. »Na, wenn du dich so aufführst, dann wohl du. Lieber bin ich ein Ortspascha als ein Terrorist, der alle aufwiegelt. Und das mit dem Ohr, da gebe ich dir recht. Deine Ohren sind wirklich überall, nur nicht zu Hause. Aber du bist ja nicht nur das Ohr, sondern vor allem auch die Zunge aller Lemberer. Der Zettel ist gut aufgehoben. Und jetzt raus!«

»Du meinst wohl, du bist besonders gescheit«, zischte die Plottino. »Und beleidigen lasse ich mich von dir nicht. Das wirst du noch bereuen.«

Was genau es zu bereuen gab, sagte sie nicht. Aufgebracht jagte sie hinaus, und genauso erregt knallte sie die Tür hinter sich zu.

Dann wandte sich Brecht an Maler und die stellvertretende Bürgermeisterin, die den Schlagabtausch kommentarlos verfolgt hatten. »Am besten geht ihr jetzt. Ich bleibe noch etwas hier. Wir können im Moment nichts tun. Die Sache geht jetzt ihren Weg, und es wird sich eine Lösung finden. Vertraut mir bitte.«

Nachdem die beiden gegangen waren, nicht ohne ihre aufgewühlten Meinungen beim Bürgermeister zu deponieren, setzte er sich hinter seinen imposanten Schreibtisch und atmete tief durch. Hätte er anders handeln sollen? Er war ein Vertreter des Rechts, und es behagte ihm nicht, dieses zu biegen oder zu umgehen. Natürlich gab es den Zettel gar nicht, aber das wusste ja keiner. Es hätte ihn ja geben *können*. Jedenfalls wenn man der Jacqueline glaubte. Aber hier sah er zum Wohle der anderen keine andere Möglichkeit. Diese Bürde nahm er schweren Herzens auf sich. Darum hatte er auch Renate und Hans nichts erzählt, denn diese Schuld wollte er alleine tragen, auch wenn sie ihm sicher geholfen hätten. Er würde heute Nacht hierbleiben – könnte ja sein, dass man seinem Büro auf der Suche nach dem belastenden Indiz heimlich einen Besuch abstattete. Er hoffte es sogar.

Angst brauchte er keine haben. Nachdem ihn einmal ein wütender Bauer, der nicht einsehen wollte, dass er im Unrecht war, in seinem Büro mit einer Mistgabel bedroht hatte, war in seinem Schreibtisch ein Sicherheitsknopf eingebaut worden. Obwohl er hoffte, diesen nie benützen zu müssen, würde er damit sofort die Polizei und den Gemeindearbeiter in Bereitschaft auf den Plan rufen. Möge »Wer-auch-immer« kommen.

22

Das ist jetzt aber unangenehm. Das hätte ich dem toten Holzer gar nicht zugetraut. Er war schon etwas eigenartig, und seine Ticks waren legendär. Dass er das Haus der Watzinger beobachtet hat, mit der er einen Zank nach dem anderen hatte, war ebenfalls bekannt. Aber dass er alles dokumentiert hat, ist dann doch eine andere Sache.

Könnte es sein, dass der Bürgermeister blufft? Ja, zuzutrauen wäre es ihm. War er das mit den Hühnerknochen, vielleicht um mich aus der Reserve zu locken? Nein, dazu fehlt ihm die Phantasie. Recht geht ihm doch über alles.

Was aber, wenn nicht? Jetzt hat die Sache eine solche Eigendynamik bekommen, dass es sogar mir etwas unheimlich wird. Das sollte im Moment aber nicht mein größtes Problem sein.

Angst deswegen? Nein, eher Vorfreude. Da ich das perfekte Verbrechen begehen werde, gibt es immer einen Plan B. Und ich habe sogar einen Plan C. Es wäre zwar im Grunde jemand anderer an der Reihe, aber ich bin flexibel.

Jetzt kann das Spiel erst so richtig beginnen.

23

In dieser Lage wäre der Notfallknopf umsonst gewesen: Der Bürgermeister war so fest mit dem Kopf auf der Tischplatte eingeschlafen, dass ein potenzieller Mörder ihn sogar noch in Begleitung einer musizierenden Blasmusikkapelle hätte umbringen können.

Als er aus seinem Schlaf hochschreckte, war es bereits sechs Uhr früh am Dienstagmorgen, und im ersten Moment wusste er nicht, wo er sich befand. Die Kirchenglocken, die gerade den Tag einläuteten, waren wohl für sein Erwachen verantwortlich.

Irritiert blickte er auf und sah in die ernsten Gesichter seiner Vorgänger, die von den gerahmten Schwarz-Weiß-Fotografien an den Wänden tadelnd auf ihn herabblickten. Wie hatte er nur einschlafen können? Irgendwie war da doch die Hoffnung auf einen heimlichen Besuch in der Nacht in ihm gekeimt. Dann aber wäre er jetzt wahrscheinlich tot. Nein, stimmte nicht, denn die Kombination des Safes, in dem jeder Lemberer die Kopie des Zettels vermutete, kannte nur er.

Die Wahrheit war: Sein von gutem Essen verwöhnter Körper war einfach zu alt für solche Heldentaten. Er reckte und streckte sich und wusste nicht, ob er über das Ergebnis froh sein sollte oder enttäuscht. Was er jetzt brauchte, war eine gute Tasse Kaffee von seiner Frau. Müde suchte er in seinen Anzugtaschen nach den Schlüsseln, fand aber zuerst einmal sein Handy. Er wollte unbedingt immer erreichbar sein, und das Telefon war neben seinem Auto und dem Amtsleiter sein unentbehrlichstes Regierungsutensil. Überrascht stellte er fest, dass ihn sechzehn Anrufe in Abwesenheit erwarteten. Nach der Sitzung gestern schien er wohl vergessen zu haben, den Lautlos-Modus zu deaktivieren. Nicht so schlimm, wahrscheinlich nur seine Frau, die wissen wollte, wo er sich schon wieder befand. Übernachtungen im Büro waren für Brecht nichts Neues. Oft sinnierte und grübelte er nächtelang über irgendeinem Plan, einem wichtigen Vorhaben oder sonstigen Gemeindeangelegenheiten. Dann benutzte er aber das definitiv viel bequemere Sofa zum Schlafen.

Bei näherer Betrachtung der Anruferliste stellte Brecht fest, dass er die Nummer auf dem Display, die es vierzehn Mal bei ihm versucht hatte, nicht kannte, blieben lediglich zwei Anrufe von seiner Frau übrig. Als er die Rückruftaste für die ihm unbekannte Nummer betätigte, meldete sich am anderen Ende fast sofort eine nervöse Stimme: »Seidlinger?«

Er war offensichtlich mit Gregor Seidlinger verbunden, dem Mann von Renate.

»Ach – Gregor. Du bist das. Was um alles in der Welt ist los? Ist etwas mit Renate?«

»Gott sei Dank, dass du dich meldest, Anton! Ich wusste einfach nicht, wen ich anrufen sollte. Ist Renate bei dir?«

Brecht blinzelte irritiert. Was sollte das jetzt?

»Nein, natürlich nicht. Ich habe die Nacht im Büro verbracht. Allein. Sie ist gestern gleich nach der Sitzung nach Hause gegangen. Jedenfalls denke ich das. Sie ist jedenfalls direkt von hier weg. Was ist los?«

Durch das Telefon war ein gequältes Stöhnen zu hören. »Als ich nach einer Aufsichtsratssitzung gestern um circa ein Uhr in der Nacht von der Arbeit nach Hause gekommen bin, war Renates Auto nicht da. Da bin ich ins Haus und habe nach ihr gerufen. Als niemand sich gemeldet hat, habe ich überall nach ihr gesucht. Anton, sie war nicht da. Verstehst du? Sie ist weg!«

Er schluchzte auf. Brecht, der keine hysterischen Frauen mochte, konnte bei einem Mann schon gar nicht damit umgehen. Etwas barscher als beabsichtigt befahl er daher dem verzweifelten Ehegatten, mit seinem Bericht fortzufahren.

»Zuerst habe ich bei dir, dann bei deiner Frau angerufen. Sie erklärte mir, dass du auch noch nicht zu Hause bist und sie schon für deinen Rückruf sorgen würde. Etwas erleichterte mich diese Auskunft schon. Wenn Renate bei dir ist, dachte ich mir, dann ist sie sicher, du bist ja harmlos. Äh – du weißt schon, wie ich es meine. In letzter Zeit war sie ja öfters bis spät unterwegs. ›Die Welt retten‹, wie sie es nannte. Aber sie tauchte nicht auf. Als ich dann noch mal so gegen drei bei euch angerufen habe, erklärte mir Maria, falls ich dich zuerst sehen oder hören sollte, soll ich dir ausrichten, du könntest was erleben.«

Mehr Sorgen machte sich Brecht im Moment eher um seine Kollegin als um seinen Ehefrieden. »Ja, ja, das passt schon, das sagt sie immer. Aber die Aktion klingt so gar nicht nach Renate. Fehlt etwas? Ist sie vielleicht kurzfristig verreist?«

»Das ist es ja eben. Es fehlt nichts! Kein Koffer, keine Reisetasche, keine Kleidung. Jedenfalls so viel ich sagen kann. Das Auto ist weg. Und ihre Handtasche, die ist auch nicht da. Es hat fast den Anschein, als wäre sie nach der Sitzung gar nicht erst nach Hause gekommen! Meine letzte Hoffnung war, dass etwas Wichtiges in der Gemeinde vorgefallen und sie daher bei dir ist. Ich dachte, ihr habt die ganze Nacht über irgendeinem Problem gebrütet und vielleicht die Zeit dabei vergessen.«

Brecht wusste nicht so recht, was er von dieser Situation halten sollte, aber Gregor schien wirklich total durch den Wind vor Sorge. »Gregor, es wird sich alles als harmlos herausstellen. Du wirst sehen. Hast du versucht sie anzurufen?«

»Natürlich! So an die dreißig Mal. Aber das Handy dürfte ausgeschaltet sein, es kommt sofort die Mailbox. Natürlich mache ich mir Sorgen. Sogar große Sorgen. Mit all dem Gerede von einem Mörder und den Toten und so. Und nun ist meine Frau weg. Was soll man da denken?« Ein heftiges Aufschluchzen folgte der gestammelten Erklärung.

Brecht verfluchte innerlich Inge und ihre Gefolgschaft, die sogar schon einen so vernünftigen Mann wie Gregor Seidlinger mit ihrem Mordgerede infiziert hatten.

»Gut, Gregor. Jetzt beruhige dich erst einmal. Das machen wir schon. Wahrscheinlich ist alles ganz harmlos. Das bauschen diese dummen Weiber doch nur auf. Renate hat doch gar nichts mit diesen Toten zu tun. Also, gestern ist sie mit dem Maler Hans weggegangen. Beide waren ziemlich wütend auf mich. Wahrscheinlich sind sie bei einem Absacker versumpft. Bleib, wo du bist, falls sie heimkommt. Halte das Handy frei, falls sie anruft. Gleich rufe ich dich zurück.«

Brecht legte auf und verbat sich den Gedanken, dass vielleicht etwas an der grausigen Vermutung von Gregor dran war. Am besten ließen sich so dumme Ideen durch Aktivität vertreiben. Darum wählte er sofort die Nummer von Hans Maler. Als er endlich die verschlafene Frau seines Freundes am Telefon hatte, erfuhr er nur, dass dieser bereits zum Dienst gefahren war. Auf heftiges Drängen von Berta Maler, ihr zu sagen, was denn los sei, legte er einfach auf. Lästig, diese Weiber – einfach nur neugierig und lästig. Über die Polizeidienststelle im Nachbarort konnte er Maler dann erreichen.

»Bist du mit der Renate unterwegs gewesen?«

»Guten Morgen, zuerst einmal. Dass du es ja nicht wagst, mich ab jetzt immer zu dieser Zeit anzurufen. Wenn ich nicht Dienst habe, bringt meine Frau dich um. Also, was soll das mit der Renate? Wir haben zusammen die Gemeinde verlassen, vor der Tür noch über dich geschimpf… ich meine, über dich diskutiert, und dann sind wir beide nach Hause gefahren. Oder besser gesagt, sie ist gefahren, ich wollte nicht mitfahren, ich wohne ja in der anderen Richtung. Da kam mir ein kleiner Spaziergang gerade recht, um ein bisschen auszudampfen. Wenn ich mich recht erinnere, haben wir uns so gegen neun getrennt. Jedenfalls ungefähr. Warum willst du das wissen?«

Brecht seufzte. Er hatte auf eine andere Antwort gehofft.

»Sie ist gestern nicht nach Hause gekommen. Hat sie ausdrücklich gesagt, dass sie nach Hause fährt?« Nun war auch Hans Maler alarmiert.

»Ja, hat sie. Sie wollte sich noch ein heißes Bad einlassen und auf Gregor warten. Das hat sie gesagt. Das klingt gar nicht gut. Warte, ich hole dich zu Hause ab, dann fahren wir zu ihr.«

»Nein, ich bin im Büro. Treffen wir uns direkt bei Gregor.«

***

Anton Brecht und Hans Maler mussten tief durchschnaufen, bevor sie bei den Seidlingers läuteten. Es half dem Mann nichts, wenn man ihm die Sorge um Renate zeigte.

Gregor hatte sie offensichtlich schon kommen sehen, denn er öffnete sofort. Als er sowohl den Bürgermeister als auch den Polizisten sah, griff er sich ans Herz und schluchzte: »Oh Gott, es ist etwas passiert!« So kannte keiner den sonst sehr gefassten und ausgeglichenen Geschäftsmann.

»Nein, nein! Beruhige dich. Wir wissen nicht mehr als du. Sie ist gestern gleich nach der Sitzung nach Hause gefahren. Aber wir werden alles daran setzten, um sie zu finden.«

Instinktiv wie ein Mann, der es gewohnt war, in schwierigen Zeiten Ruhe zu bewahren, ergriff Brecht das Kommando und befahl den beiden Männern: »Hans, du siehst dich im Haus um. Gregor, du rufst alle Freundinnen deiner Frau an – von mir aus jeden, den du kennst. Es könnte sich alles als ganz harmlos herausstellen. Jedenfalls hilft es Renate nicht, wenn wir hier herumstehen und jammern. Also, los jetzt, meine Herren!«

Nachdem Seidlinger und Maler davongestoben waren, betrat Brecht den Flur des Hauses. Er selbst wollte kurz nachdenken. Sollte Renate einfach abgehauen sein? Das war ganz untypisch für sie – aber vielleicht hatte es ja einen Streit gegeben. Auch wenn Gregor das auf das Heftigste bestreiten mochte.

Welche Möglichkeiten blieben dann noch übrig?

Sie war die Mörderin und hatte nach seiner Inszenierung rund um den angeblichen Zettel gestern das Weite gesucht? Ziemlich weit hergeholt. Und vollkommen unwahrscheinlich. Wenn auch nicht unmöglich.

Vielleicht war sie selbst zum Opfer geworden. Aber warum hatte man sie dann entführt und nicht an Ort und Stelle getan, was getan werden musste? Um von etwas abzulenken? Brechts nicht existenten Zettel vielleicht? Das klang unangenehm. Sollte der Zettel der Auslöser gewesen sein? Darüber konnte er sich dann Gedanken machen, wenn es bewiesen war. Jetzt half vor allem Renate ein schlechtes Gewissen nicht.

Doch als sowohl der Polizist als auch der Ehemann nach einiger Zeit mit hängenden Köpfen zurückkamen, blieb nur mehr eins zu tun: Es war an der Zeit, Verstärkung anzufordern.

24

Nachdem die Kollegen alles aufgenommen, kontrolliert und protokolliert hatten, fuhr Hans Maler zur Dienststelle im Nachbarort zurück. Es war mittlerweile gegen zwölf Uhr Mittag, und er war erschöpft, hungrig und frustriert. Die Verstärkung aus den benachbarten Gemeinden war eingetroffen, und es war notwendig gewesen, einen anderen dringenden Einsatz vorzutäuschen, um sich kurz abmelden zu können. Es würde Renate nicht helfen können, sollte er verhungern oder an Unterzuckerung sterben, bevor man sie fand.

Seine Stimmung sank noch um einige Grade tiefer, als er sah, wer ihn vor seiner Arbeitsstelle bereits sehnsüchtig erwartete. In voller Pracht saß da Elvira Zeiler, bewaffnet mit schwarzen Lederstiefeln bis fast zum Hals, wogendem Busen und fast nicht existenten Hotpants.

Sie sprang auf und strahlte über das ganze Gesicht, als sie ihn hereinkommen sah. Elvira war so etwas wie die Dorfmatratze. Es war einfach so, dass sie die Männer liebte – das behauptete sie jedenfalls bei nahezu jeder Gelegenheit. Praktischerweise liebten die Männer, wenn Not am Mann war, sie auch. Daher war es schon oft genug vorgekommen, dass brave Gatten ihr Ehegelöbnis zwischen den stämmigen Beinen von Elvira brechen mussten.

Die Dunkelziffer der betrogenen Ehefrauen war wahrscheinlich ungleich höher. Elvira war übergewichtig, und ihre Schminke sah aus, als wäre sie noch nie abgewischt worden, sondern einfach Schicht um Schicht neu dazugekommen. Zehn Kinder waren durch sie auf die Welt gezwungen worden, keines aber war ihr geblieben. Jugendamt und verantwortungsbewusste Nachbarn – allen voran Martha Brant – wussten dies zu verhindern. So beklagte Elvira immer dann, wenn sie nicht über ihre Liebschaften sprach, ihr ungerechtes Schicksal, ging allen auf die Nerven, wenn sie wieder einmal mit ihrem Leben haderte, lebte von der Sozialhilfe und verehrte Hans Maler.

Dieser war nicht unbedingt erfreut, dass Elvira ausgerechnet ihn in ihr liederliches Herz hatte schließen müssen, konnte aber als öffentliches Organ nicht viel dagegen tun. Regelmäßig kam sie mit dem Bus aus Lember angereist und war auf der Dienststelle zu finden, um einen Diebstahl, eine unsittliche Belästigung, eine Kindesentführung und so weiter anzuzeigen. Selbstverständlich nur bei dem Beamten ihres Vertrauens: Hans Maler. Er besaß wirklich unendliche Geduld mit ihr. Im Gegensatz zu den anderen tat sie ihm eher leid. Für ein bisschen Aufmerksamkeit von vielen Männern sexuell ausgenutzt, von den Kindern öffentlich verspottet und von den meisten Frauen wie eine Geächtete gemieden, war sie trotzdem immer freundlich und schien sich durch nichts unterkriegen zu lassen. Außer es überkamen sie ihre »Schlechtes-Schicksal-Phasen« –, aber das hielt sich normalerweise in Grenzen.

Daher nahm sich Hans gerne die Zeit, um ein paar Worte mit ihr zu wechseln, selbst wenn ihm ein paar der Gutmenschen schon ein Verhältnis mit ihr angedichtet hatten. Allerdings war die angespannte Lage heute nicht die beste Grundlage für freundliche Worte und unendliches Verständnis. Dementsprechend genervt reagierte er auf ihr strahlendes Gesicht, als sie ihn sah: »Elvira, heute nicht. Ich habe andere Sorgen. Bitte, überspann den Bogen nicht. Lass mich einfach in Ruhe. Es hat nichts mit dir zu tun.«

»Aber Hans! Heute habe ich wirklich etwas ganz Wichtiges. Ehrlich. Bitte, glaub mir.«

»Das sagst du doch jedes Mal. Heute nicht.« Er versuchte, sich an ihr vorbeizudrängen, aber sie fasste ihn aufgeregt am Arm.

»Ehrlich, Hans. Wenn du das hörst, dann wirst du mir glauben!«

»Elvira, geh zu einem Kollegen. Du nervst.« Er versuchte sie abzuschütteln.

»Hans, so hör doch! Gestern hat jemand versucht bei mir einzubrechen. Als ich schon eingeschlafen war, hab ich ein Geräusch gehört. Ich bin so gegen neun ins Bett gegangen – ich denke, es muss so gegen zehn oder halb elf gewesen sein. Auf

Zehenspitzen bin ich aufgestanden und ins Wohnzimmer geschlichen, da hab ich einen Schatten auf meiner Terrasse gesehen. Ich wollte sofort die Polizei holen, aber dann lief der Räuber weg. Da mir das Sozialamt das Telefon abgestellt hat, wusste ich nicht, was ich machen sollte. Ich habe mich nicht auf die Straße getraut.«

Elvira wohnte in einer Erdgeschosswohnung des einzigen Siedlungshauses der Gemeinde, mitten im Ort direkt an der Dorfstraße. Aber Hans ließ sich von dieser Geschichte nicht beeindrucken, viele ähnliche waren im schon aufgetischt worden. Dementsprechend gereizt und barsch reagierte er darauf.

»Das ist doch lächerlich. Wer soll bei dir einbrechen wollen? Du hast doch nichts! Oder glaubst du, jemand wollte dir die Jungfräulichkeit stehlen?«

Beleidigt ließ sie ihn los. »Gut, dann nicht. Dabei hätte ich wirklich deine Hilfe gebraucht. Mach dir bloß keine Vorwürfe, wenn mir etwas passiert. Adieu, Hans! Vergiss mich einfach!« Sie drehte sich um und stolzierte wie eine Diva auf dem roten Teppich mit hoch erhobenem Kopf aus der Dienststelle.

Hans schüttelte den Kopf über den theatralischen Abgang. Bis zum nächsten Treffen würde sie sich schon wieder beruhigt haben. Kurz blitzte irgendwo in seinem Hinterkopf ein flüchtiger Gedanke auf, dass an der Story doch was dran sein könnte, doch die winzige Alarmglocke, die gerade zu klingeln beginnen wollte, wurde sofort von der Sorge um Renate zum Schweigen gebracht. Es gab Wichtigeres zu tun, als den Hirngespinsten einer Elvira Zeiler nachzugehen.

***

Da die vermisste stellvertretende Bürgermeisterin bis zum Abend nicht wieder aufgetaucht und auch keinerlei Erpressungsanrufe eingetroffen waren, organisierten die Gemeinde und die Polizei Suchtrupps. Jeder im Ort half mit, wenn er konnte, das war selbstverständlich. Den größten Suchtrupp betreute natürlich Inge Plottino. Er bestand aus einer Gruppe schwarz gekleideter Damen, bewaffneten Krähen nicht unähnlich, die alle Stirnlampen am Kopf trugen und einen Rucksack mit Stricken, Decken, einen Verbandskasten, Jausenbroten und vor allem viel Kaffee mitführten.

Die ganze Nacht hallte der Name »Renate« durch die Dunkelheit, und auch den ganzen nächsten Tag suchte man nach ihr.

Aber es half nichts. Sie war wie vom Erdboden verschluckt. Der Anblick des Häufchens Elend namens Gregor ließ die Suchtrupps nicht müde werden. Für ihn wäre es leichter gewesen, sich aktiv an der Suche zu beteiligen. Der eigens für diesen Vermisstenfall hinzugezogene Gruppeninspektor Krüger war da aber anderer Meinung. Sollte eine Lösegeldforderung eingehen, so musste Seidlinger für das Telefonat verfügbar sein. Er versuchte, den verzweifelten Ehemann, sonst groß und elegant, nun in sich zusammengesunken und mit verquollenen Augen, zu beruhigen. Man würde alles unternehmen, um seine Frau so rasch wie möglich zu finden.

Gregor nahm seine dunkle modische Brille ab, wischte sich über die Augen und straffte sich. Es half nicht, sich gehen zu lassen. Er beschloss, fest dran zu glauben, seine Renate in kürzester Zeit wieder in den Armen halten zu können. Aber wer die Gegend mit all ihren Almen, Tälern, Höhlen und Hütten kannte, der wusste, dass es die sprichwörtliche Suche nach der Nadel im Heuhafen war. Trotzdem setzte das Einsatzteam Hundestaffeln ein, die Bergrettung schwärmte aus, die Wasserrettung half mit, und sogar Suchzettel in den nächsten Orten und Städten wurden verteilt. Und doch brachte nichts und niemand ein Ergebnis. Die Moral der Suchenden sank von Stunde zu Stunde. Nebenbei musste sich die Polizei eingestehen, dass an der Mordtheorie von mindestens einem der Bewohner von Lember eventuell doch etwas dran war und man die Untersuchungen wieder aufnehmen musste.

Langsam und träge plätscherte die Zeit dahin und schien nicht voranschreiten zu wollen, bevor sie nicht Mensch und Tier alle noch vorhandene Energie geraubt hatte. Man war wie in einer Zeitschleife gefangen, in der jeder immer und immer wieder die gleiche Stunde erlebt. Hoch motivierte Suchmannschaften verließen voller Hoffnung das kleine Örtchen. Zerknirschte Suchmannschaften kamen müde und ohne Mut wieder heim. So wäre es wohl noch lange weitergegangen. Keiner wagte es, sich der Realität zu stellen und sie zu akzeptieren. Das Warten tropfte dahin, und so war es besser, in Bewegung zu bleiben und sich mit Suchen zu betäuben.

Daher kam es völlig überraschend und unerwartet, als sich die Ereignisse an einem Donnerstag, zwei Tage nach dem Verschwinden von Renate überschlugen. Unglücklicherweise wurde nämlich eine weitere Leiche gefunden.

25

Immerhin: Es war nicht Renate Seidlinger.

Aber trotz vieler Feinde, die sie »Schmarotzerin«, »entbehrlich für die Gesellschaft« und »eine Frechheit für jede Lemberer Mutter« genannt hatten, war der Tod dann doch eine Nummer größer als jede Beschimpfung, die Elvira Zeiler im Laufe ihres unglücklichen Lebens hatte über sich ergehen lassen müssen. Höchstens einige besonders entehrte Ehefrauen hatten sich (nur rein gedanklich, versteht sich) schon in diese mörderischen Abgründe begeben.

Gefunden worden war die Tote ausgerechnet von Hans Maler. Irgendwie war ihm ihre geplante Anzeige wieder in den Sinn gekommen und wie manche dieser lästigen Melodien nicht mehr aus dem Kopf gegangen.

Elvira hatte am Dienstag, als sie bei ihm auf dem Revier aufgetaucht war, von der Entführung von Renate noch nichts wissen können. Was, wenn an der Beschwerde über einen versuchten Einbruch doch etwas stimmte? In einer Nacht eine Entführung *und* ein versuchter Einbruch, schien doch ein bisschen zu viel Zufall. Außerdem würde Elvira ganz gut in das bisherige Schema der (womöglich) Ermordeten passen, ähnlich wie Lackner, Watzinger und auch Holzer war sie vielen Menschen hier ein Dorn im Auge. Dass ihm das nicht gleich aufgefallen war … Gut, an dem Tag hätte er vermutlich nicht einmal kapiert, dass seine Frau ihn betrügt, wenn er sie mit einem anderen im Bett erwischt hätte. Ein komischer Vergleich, aber er war wohl an den Gedanken mit Elvira gekoppelt. Jedenfalls nagten Zweifel an ihm. Und wenn etwas von Brechts Lehren hängen geblieben waren, dann diese, dass es keine Zufälle gab.

Irgendwann hielt Maler das Grübeln nicht mehr aus, also beschloss er, nach einem harten Tag des Suchens nach Renate, über seinen Schatten zu springen und kurz bei Elvira vorbeizuschauen. Als er gegen sechzehn Uhr des dritten Tages nach der Entführung bei dem Wohnbau ankam, parkte er das Polizeiauto vor dem Haus und sah, dass in der Wohnung Licht brannte, was dafür sprach, dass sie zu Hause war. Also war die Sorge wohl umsonst gewesen. Umso besser. Müde wie er war, ließ er sich fast von der Versuchung hinreißen, gleich wieder nach Hause zu fahren. Aber wenn er sich schon so nah vor dem Ziel befand, schadete ein kurzer Blick sicher nicht. So konnte er sich auch gleich für seine ziemlich ruppige Art neulich entschuldigen.

Als Maler nach heftigem Klingeln an der Wohnungstür nichts erreichte, versuchte er die Tür zu öffnen. Diese war nicht verschlossen, sondern nur angelehnt, und so trat er ein. Laut rief er nach Elvira. Er konnte nur hoffen, dass sie seinen Besuch nicht falsch verstand und ihm um den Hals fiel, während sie ihn unter nassen Küssen begrub.

Elvira würde dies aber nie wieder tun, denn sie lag mitten in ihrem schmuddeligen Wohnzimmer auf dem Boden, den Blick ein letztes flehendes Mal auf Maler gerichtet. Nie wieder würden ihn diese Augen anhimmeln, nie wieder würden sie strahlen, denn da lag sie, dumpf und anklagend, verkrampft und: sichtlich tot.

Ihre Wohnung glich einem Schlachtfeld. Da sie jedoch zu Lebzeiten schon als Chaotin bekannt gewesen war, war es schwer zu sagen, ob im Todeskampf oder noch im Leben diese Verwüstung angerichtet worden war. Auf dem Wohnzimmertisch lag eine halb leere Packung Pralinen, daneben stand eine geöffnete Flasche Wein. Auf der Kante des kleinen Wohnzimmertisches sah er Blut und Haare, Elvira war wohl im Fallen noch dort aufgeschlagen. Ob sie das das Leben gekostet hatte oder etwas anderes, konnte man schwer sagen. Nun aber lag sie da, im Tode noch ein allerletztes Mal ihre Beine gespreizt.

Maler war entsetzt. Damit hatte keiner rechnen können. Sollte er ein schlechtes Gewissen haben, weil er sie nicht ernst genommen hatte? War ihm durch die Sorge um Renate sein Polizistenverstand abhandengekommen? Schaudernd kamen ihm die letzten Worte der Toten in den Sinn: »Mach dir bloß keine Vorwürfe, wenn mir etwas passiert.« Er hatte ihr nicht geglaubt. Aber sie hatte doch recht gehabt. Ein Einbruch, ein Überfall. Am Montagabend hatte es der Kerl schon einmal bei ihr versucht und war dann wieder gekommen. Denn, dass es sich bei dem Täter um einen Mann handeln musste, stand hier selbstverständlich außer Frage. Frauen tun so was nicht. Und er hätte es verhindern können, wenn er ihr nur geglaubt hätte. Aber er hatte ihr ja nie geglaubt.

Bevor er den Tatort sichern und sich weitere Gedanken machen konnte, klingelte sein Diensttelefon. Er drückte den Anruf weg – im Moment war ihm nicht unbedingt nach Telefonieren zumute.

»Ach Elvira, was hast du nur gemacht?«, seufzte er und betrachtete die arme Frau vor ihm auf dem Boden.

Wieder klingelte sein Telefon, wieder drückte er den Anrufer weg. Er konnte Elviras kläglichen Anblick nicht mehr ertragen und beschloss, sich vorerst einmal in der Wohnung umzusehen. Doch der Anrufer blieb hartnäckig. Es klingelte wieder und wieder. Verärgert und genervt nahm Maler schließlich den Anruf entgegen und schnauzte ohne Gruß in den Hörer: »Es ist hoffentlich verdammt wichtig, sonst setzt es was!«

»Wie bitte? Maler, sind Sie das? Wir werden uns zu gegebener Zeit unterhalten, wie man sich korrekt am Telefon meldet! Aber gut, ist ja nun auch nicht so wichtig. Renate Seidlinger hat sich bei uns gemeldet.« Der Anrufer am anderen Ende war Gruppeninspektor Krüger.

»WAS ist passiert?« Obwohl er bereits beim ersten Mal den so ersehnten Satz verstanden hatte, konnte Hans Maler seine Überraschung nicht unterdrücken.

»Noch mal zum Mitschreiben, Herr Maler: Renate Seidlinger hat angerufen. Gerade eben.« Krüger verfluchte innerlich diese langsamen Landpolizisten.

»Gott sei Dank. Oh, das ist wirklich eine gute Nachricht. Ich habe hier nämlich ein ganz anderes Problem. Geht es ihr gut? Wo ist sie?«

»Dass es ihr gut geht, glaube ich nicht. Sie müssen kommen, wir brauchen Sie hier dringend in der Einsatzzentrale. Für Erklärungen habe ich jetzt keine Zeit.«

Maler verstand nur Bahnhof. Bis auf die Tatsache, dass sich die sogenannte »Einsatzzentrale« am Dienstag im »Fliegenden Hirsch« eingerichtet hatte und seitdem von dort aus operierte.

»Gruppeninspektor Krüger, ich kann nicht weg von hier, ich habe eine Tote gefunden. Frau Elvira Zeiler, Kirchweg 13a. Wenn Renate in Sicherheit ist, dann sollte ich doch eher an diesem Tatort alles erledigen und sichern, oder?«

»Was, noch eine Tote? Wie ist das passiert?«

Krüger konnte diese neue Nachricht kaum glauben. »Also, Genaueres kann ich noch nicht sagen. Aber wenn ich eine schnelle Einschätzung der Lage abgeben soll, dann würde ich vermuten, sie ist nicht auf natürliche Weise ums Leben gekommen. Dezent ausgedrückt.«

»Was bitte ist in diesem Ort los? Herrscht sonst wo eine Grippewelle, gibt es hier eine Epidemie ganz anderer Art: Morde. Ist das ansteckend?«

»Das ist nicht witzig. Was soll ich jetzt machen? Ich habe mir das ja auch nicht ausgesucht. Ich bin natürlich kein Profi, aber ich weiß nur, dass hier etwas nicht stimmt.«

Krüger stöhnte. »Nicht schon wieder! Nun, egal – wir brauchen Sie hier. Alle, die die Entführte gut kennen, müssen jetzt mithelfen. Der Bürgermeister und die Kollegen sind auch schon da. Es zählt jede einzelne Minute. Lassen Sie sich etwas einfallen, wir brauchen alle Beamten hier. Es hat einen Anruf der Entführten gegeben, aber wir haben die stellvertretende Bürgermeisterin noch nicht gefunden. Wir müssen nun sämtliche Kräfte bündeln, um in diesem Fall weiterzukommen. So lange sie noch lebt. Ihre Tote läuft ja nicht mehr weg, nicht wahr?«

Maler war ratlos. Sonst waren immer ein Kollege, seine Frau oder Brecht anwesend, mit denen er sich austauschen konnte. Ratlos kratzte er sich am Kopf, bis er daran dachte, dass keiner zuschaute, also ließ er es wieder bleiben. Er schauderte und warf einen letzten Blick auf die tote Elvira. Dann schaltete er das Licht aus und lehnte die Tür an. Einen Schlüssel konnte er nämlich auf die geforderte Schnelle keinen entdecken. Dann machte er sich auf zur Einsatzzentrale.

Unterwegs begegneten ihm die »Kampfkrähen« unter der Führung von Inge Plottino. Dieser wenig schmeichelhafte Name für die Landfrauen stammte von Brecht. Der Damensuchtrupp war wie die Polizei den halben Tag im Einsatz gewesen, um nach Renate zu suchen. Jetzt kamen sie vom Martinswirt, wo sie zusammen einen Tee und einen Schnaps getrunken und die Lage besprochen hatten. Die Anstrengung und Aufregung der letzten Tage steckte ihnen sichtlich in den Knochen. Die müde Inge Plottino würdigte Maler keines Blickes. Alle wollten nur mehr nach Hause.

Die glorreiche Idee, die dem Polizisten nun kam, würde er vielleicht irgendwann bereuen. Im Moment fand er sie genial. Es galt einen Tatort zu sichern, bevor Spuren verwischt werden konnten. Maler lief den Damen nach, baute sich vor Inge und ihrer Mannschaft auf und rief: »Halt!« Die Vorsitzende des hyperaktiven Vereins wäre in ihrer Müdigkeit fast gegen die ausgestreckte Hand von Hans Maler geknallt und reagierte dementsprechend gereizt.

»Maler, schleich dich!«

»Ich beschlagnahme euch im Namen des Gesetzes!«

Das saß. Verwirrt blickten sich die sechs übrigen Damen, die bis zum Schluss durchgehalten hatten, an.

»Es geht um einen Notfall. Für die Dauer von vierundzwanzig Stunden ernenne ich Sie zu Hilfspolizisten.«

Keine konnte später sagen, ob die höfliche Anrede von jemandem, den man schon seit dem Sandkasten kannte, oder das Wort »Hilfspolizisten« die Müdigkeit aus den Knochen trieb, aber plötzlich waren alle hellwach.

»Folgen Sie mir«, bellte Maler, und alle gehorchten widerstands- und kommentarlos, sogar Inge Plottino.

Bei Elvira Zeiler angekommen, riss er die Tür auf. Er achtete penibel drauf, nichts mit der Hand zu berühren, und drehte das

Licht an. Der Schrei aus sechs Kehlen wurde von einem lauten »Psst!« aus dem Mund ihres neuen Chefs erstickt.

»Das hier ist Elvira Zeiler, und sie ist tot.« Beide Tatsachen waren hinlänglich sichtbar und wurden von den Damen mit ungläubigem Nicken kommentiert. »Renate Seidlinger hat sich gemeldet«, fuhr Maler fort. »Meine Person ist in der Hauptkommandozentrale unabkömmlich. Darum seid ihr hier zuständig. Was nicht heißt, dass ihr den Tatort zertrampeln sollt. Haltet euch zurück. Bewacht alles, beobachtet alles, berichtet alles. Außerdem wird nichts, aber auch gar nichts angefasst, ist das klar? Selbstverständlich herrscht für euch die gleiche Schweigepflicht wie für uns Polizisten auch. Verstanden?«

Alle – sogar seine sonst eher rebellische Frau (mit der er später noch ein Wörtchen über ihren heimlichen Einsatz bei diesem Suchtrupp reden würde) – nickten unisono. Einer Leiche so von Angesicht zu Angesicht zu begegnen, war schon eine gruselige Sache, und somit konnte Maler, als er auch schon einige Meter entfernt war, immer noch keinen Mucks der ansonsten nicht um Worte verlegenen Damenschaft hören.

26

In der Zentrale empfing ihn emsiges Treiben und ein aufs Äußerste angespannter Anton Brecht. Der »Fliegende Hirsch« glich in diesem Moment dem NASA-Hauptgebäude beim Start eines Spaceshuttles. Überall waren auf die Schnelle Leitungen verlegt worden, und man stolperte jeden halben Meter über Kabel, Mehrfachstecker und Ähnliches. Telefone läuteten pausenlos. Es befanden sich ungefähr zwanzig Personen im Raum, die Gespräche annahmen, Schachteln auspackten, Ordner in provisorisch aufgestellte Regale legten, Papiere hin und her trugen und eifrig durcheinanderliefen. Große Pinnwände, die nachlässig an die Wand gelehnt worden waren, ließen den Raum kleiner wirken. Sie schienen darauf zu warten, dass jemand sie mit Material behing, denn noch waren sie leer bis auf die einsame schwarze Überschrift ganz oben: »Entführungsfall Seidlinger – Lember«. Zusätzlich zu den trüben Funzeln des Wirtshauses standen grelle Scheinwerfer herum und tauchten den Gastraum in ein helles Licht, und es herrschte eine brütende Hitze, die die diversen angenehmen und unangenehmen Körperdüfte zu einem undefinierbaren Geruch vermengten, der nun durch den »Fliegenden Hirsch« waberte. Jeder wollte den anderen übertönen, und so vernahm man neben dem Klingeln der Telefone, dem Summen der aufgestellten Computer und dem stetigen Schlagen der Türen lautes Rufen und Schreien.

Maler beglückwünschte insgeheim jeden, der es auch nur annähernd schaffte, in diesem Chaos halbwegs den Überblick zu bewahren. Nun aber zog ihn der Bürgermeister barsch am Arm mitten in den Raum, wo mehrere eilig zusammengeschobene Tische unter Maschinen und Papieren kaum mehr zu erkennen waren. »Stell dir vor, Hans, Renate hat sich gemeldet! Es ist nicht zu fassen.« Er positionierte sich vor einem der Monitore und gab einem Mann, der davor saß, mit der Hand ein Zeichen.

In diesem Moment ertönte die so vertraute Stimme der stellvertretenden Bürgermeisterin vom Band. Leise, gepresst, gehetzt. Schlagartig setzten die Stimmen und Geräusche aus, als die Aufnahme startete: »Bitte. Helft mir. Ich ... ich weiß nicht, was hier passiert ... Man hält mich fest, meine Füße sind gefesselt. Ich weiß nicht genau, aber ich bin in einer alten Hütte. Mir ist so schwindlig. Die Hütte ist von Jägern oder Holzfällern oder so was. Ich kann, glaube ich, vom Fenster aus den Hochkönig sehen. Ich weiß nicht genau ... Vielleicht die übergossene Alm? Ganz nah. Den Königsjodler kann ich erkennen – ja, es ist der Königsjodler! Da, da ... kommt jemand. Oh Gott, bitte helft mir. Bitte ...!«

Aus. Nervtötendes Tut-tut-tut. Brecht durchbrach als Erster das folgende ratlose Schweigen und wandte sich an Gruppeninspektor Krüger. »Kann man den Anruf zurückverfolgen? Oder das Handy orten, von dem sie angerufen hat? Es war doch ihres, oder?«

»Ja, es war ihre Nummer. Die haben wir natürlich sofort versucht zu erreichen. Schon seit sie verschwunden ist. Das Handy war bisher ausgeschaltet, darum war eine Ortung nicht möglich. Ihr Gatte hat uns gesagt, dass sie das Telefon, wenn sie heimkommt, immer ausschaltet, dann will sie nicht erreichbar sein. Anscheinend rufen lästige Leute zu jeder Tages- und Nachtzeit an.«

Maler warf einen kurzen Blick auf Brecht, das klang so ganz nach ihm. Der fühlte sich natürlich nicht angesprochen, und Krüger schien nichts von dem kleinen Zwischenspiel bemerkt zu haben, denn er fuhr fort: »Die Ortung ist natürlich in vollem Gange, aber wenn sie das Handy jetzt wieder ausgeschaltet hat, ist es wahrscheinlich nicht möglich. Der Anruf war zu kurz. Das prüfen meine Leute noch. Aber das Zeug, von dem sie da spricht – sagt ihnen das etwas? Königsjodler, übergossene Alm. Klingt ziemlich phantastisch. Oder wie ein Code. Wir werden Fachleute zum Decodieren aus der Stadt kommen lassen müssen. Vielleicht steht sie auch unter Drogen. Das wäre auch eine Möglichkeit.«

»Blödsinn!« Jetzt war Brecht in seinem Element. Endlich hatte er die Oberhand über den so gescheiten Herrn Krüger erlangt. Wobei ihm dieser kleine Triumph im Moment nicht so wichtig war. Renate, die er sehr schätzte, ging vor. »Der Hochkönig ist ein bekannter Berg hier ganz in der Nähe, der Königsjodler ein bekannter und äußerst schwieriger Klettersteig darauf. Und die übergossene Alm kennt jedes Kind. Wenn Renate diese Orte sieht, dann kann man so ungefähr sagen, in welchem Gebiet sie sich befindet.«

»Aha, das ist ja schon ein Ansatz. Hier auf dem Land ist wohl jeder ein Bergsteiger?«

Nichts war Brecht und Maler, die lieber gemeinsam ein Bierchen tranken, ferner als anstrengendes Klettern. Aber das musste ja der Schnösel aus der Stadt nicht wissen. »Auf dem Land«, was dachte sich dieser Stadtheini eigentlich?

Auch die stellvertretende Bürgermeisterin war nicht unbedingt eine begeisterte Kletterin. Aber Renate kannte diese Ansicht des Hochkönigs ganz gut, da sie damals bei der Eröffnung des Steigs dabei gewesen war. Der Bürgermeister, der unter Höhenangst litt, dies aber nie zugeben würde, hatte unter Vortäuschung eines anderen wichtigen Termins Renate zur Einweihung geschickt. Ihr war wohl darum die Ansicht des Klettersteigs noch gut in Erinnerung. Die beiden Herren »vom Land« beschlossen, Krüger im Moment einfach nicht zu beachten.

»Hans, wer kennt denn das Gebiet, von dem aus man das alles sieht? Gibt ja unzählige Plätze, die in Frage kommen würden. Und wir müssen uns beeilen, wer weiß, wie lange wir noch Zeit haben.«

»Also auf Anhieb fällt mir nur der Oberförster ein. Ich hole ihn so schnell wie möglich her«, erklärte Maler, schon im Begriff wegzugehen, ohne seinen Vorgesetzten Krüger um Zustimmung gebeten zu haben.

Nachdem man endlich eine Spur verfolgen konnte, verfielen die Leute des Sondereinsatzkommandos sofort wieder in eifrige Aktivität. Krüger koordinierte die Einsatzkräfte, Brecht koordinierte Krüger. Noch schien die Vermisste zu leben, die Frage war, wie lange noch. War man vorher bemüht gewesen, die dahinschleichende Zeit mit zerstreuenden Aktivitäten zu füllen, wäre es jetzt wohl allen lieb, man könnte die davonjagenden Minuten aufhalten.

Eine Stunde später war Oberförster Fred Achter mit einigen seiner Jägerkollegen eingetroffen. Alle in Grün gekleidet, die Gewehre geschultert und mit Hut und Fernglas bewaffnet, standen sie breitbeinig da. Da es um Leben und Tod ging, wollte Achter so viele Meinungen wie möglich hinzuziehen, nachdem man ihm die Tatsachen erklärt hatte. Konzentriert hörte sich die versammelte Jägerschaft die Telefonbotschaft an und beratschlagte intensiv. Der Oberförster kannte das Gebiet wie seine Westentasche – aber Zeit, um sich zu irren, hatte er eben nicht.

Brecht mischte sich ein. »Es ist wohl klar, dass die Hütte ziemlich abgeschieden ist, meine Herren. Andererseits muss sie sehr wohl gut mit dem Auto erreichbar sein.«

Das war schon richtig, trotzdem verzog Achter genervt das Gesicht. Der Bürgermeister war wohl auch noch Entführungsspezialist und Jäger. Aber es ging um Höheres, darum schwieg er.

Nach langen Diskussionen konzentrierte man sich auf zwei Gebäude. Achter fasste die Ergebnisse noch einmal zusammen: »Das erste ist eine Hütte, die langsam, aber sicher verfällt. Früher wurde sie von Holzknechten zum Übernachten genutzt. Jetzt aber nicht mehr. Da heutzutage die Forstarbeiter schon mit den Autos auf einem der vielen Forstwege in den Wald fahren können, ist es ihnen lieber, am Abend nach Hause zu kommen. Das zweite Gebäude ist ebenfalls eine ehemalige Hütte von Forstarbeitern, wird aber ab und zu – ganz selten – auch noch von den Jägern besucht. Wenn es zu spät wird, schlafen sie dort oder bewahren Futtermittel darin auf. Diese Hütte ist noch ein bisschen intakter, aber selbst bei uns Jägern nicht so bekannt. Beide Gebäude liegen abseits der gängigen Wanderrouten. Allerdings führt bei beiden ein Forstweg vorbei – es wird ja Holz geschlagen, und wir Jäger müssen ja auch im Winter hinkommen, um die Tiere zu füttern.«

Er machte eine kurze Pause und suchte den Blick seiner Kollegen. Sie nickten zustimmend, und selbst Brecht hatte dem nichts mehr hinzuzufügen.

»Die anderen Hütten schließen wir aus, da sie in privatem Besitz sind – da könnte jederzeit der Besitzer auftauchen, die würde der Entführer nicht aussuchen. Es sei denn, der Entführer wäre selbst der Besitzer. Was aber doch eher unwahrscheinlich ist.«

»Warum?«, fragte Brecht.

»Weil der Entführer dann einer von uns wäre.« Der Jäger kratzte sich an der Nase und lächelte schief. »Außerdem schließen wir aus, dass die Hütte bewirtschaftet ist. Da wäre es zu gefährlich, entdeckt zu werden. Es gibt außerdem sehr viele bewirtschaftete Hütten. Die abzuklappern wäre reiner Wahnsinn. Es ist ja ein großes Skigebiet ganz in der Nähe, und im Sommer wird viel gewandert. Sollte sich der Entführer wirklich eine Hütte in Privatbesitz ausgesucht haben, dann würde es schwieriger für uns werden. Wir fangen am besten einfach irgendwo an. Sollte diese Suche nichts ergeben, können wir ja weitersehen.«

Auf einer großen Karte des Gebiets zeigte er die ungefähre Lage der beiden Hütten. Man beschloss, sich aufzuteilen und beide Gebäude gleichzeitig zu stürmen. Je ein Jäger würde ein Einsatzteam der Polizei begleiten, um so schnell wie möglich vor Ort zu kommen. Die Männer in Grün (allerdings die aus dem Wald) beratschlagten über die beste Art, zu den Hütten zu gelangen, die inzwischen mit einem Hubschrauber eingetroffenen Sondereinsatzkommandos der Polizei besprachen sich ebenfalls kurz. Obwohl bereits Nacht war, beschloss man nicht zu warten, sondern den Einsatz so bald wie möglich zu starten. Die Dunkelheit bot einerseits den Schutz, um möglichst ungesehen zur Hütte zu gelangen, erschwerte andererseits jedoch den Einsatz, da man nicht oder schwerer den gewünschten Überblick bewahren konnte.

Brecht war froh, dass er Inge Plottino und ihre Garde schon einige Zeit nicht mehr gesehen hatte, die wären wahrscheinlich der Meinung gewesen, sie müssten Teil der Operation sein. Es war nur etwas verwunderlich, sie nicht wie üblich herumschwirren und nerven zu sehen. Aber genau so schnell wie der Gedanke gedacht worden war, war er schon wieder verschwunden. Im Grunde konnten alle nur froh darüber sein. Es gab bedeutend Wichtigeres.

Obwohl Eile geboten war, verstrich die halbe Nacht mit Koordinierungen und was auch immer. Dem Bürgermeister ging es viel zu langsam, allerdings war er dann doch klug genug, hier die Profis werken zu lassen. Brecht wollte die Truppe zu der alten Jagdhütte, Maler das andere Team begleiten. Trotz heftiger Proteste der Einsatzleitung war der Bürgermeister nicht von diesem Vorhaben abzubringen. Renate würde es sicher zu schätzen wissen, eine vertraute Person zu sehen, nach dem Schock, den sie mit größter Wahrscheinlichkeit erlitten hatte – das zumindest behauptete Brecht. In Wahrheit wollte er nur dabei sein, um wenigstens bei einem Team nach dem Rechten sehen zu können.

Man versuchte ihn mit einer kugelsicheren Weste auszustatten, was nicht ganz gelang, da diese Dinger offensichtlich für Zwerge gemacht worden waren. Daher zog er die Weste zwar an, ließ sie aber vorne wie ein Gilet lässig offen stehen. Immerhin versprach er hoch und heilig, sowieso während der ganzen Aktion im sicheren Auto zu bleiben. Die Teams machten sich auf, um noch vor Einbruch des Morgens auf dem Berg zu sein. Dann würde man die Dunkelheit vor Sonnenaufgang nutzen, um Renate Seidlinger aus den Händen des Entführers zu befreien. Hoffentlich lebend.

So Gott wollte, dass man sie überhaupt fand.

27

Mit Stolz darf ich Ihnen mitteilen, dass ich mich selbst übertroffen habe. Meine Säuberungsaktion ist ein totaler Erfolg, finden Sie nicht auch? Elvira Zeiler hat mir nichts getan. Ganz im Gegenteil, es tat mir fast leid, wie diese dummen Lemberer sie ausgenutzt, für ihre eigenen niederen Zwecke (und Lüste) missbraucht und dann auch noch verachtet haben. Aber sie war eine Schmarotzerin. Dreck. Und der muss bekanntlich weg.

Darüber, wie ich das Ganze eingefädelt habe, muss ich mir einfach auf die Schulter klopfen. Denn auch wenn Brecht es immer wieder denkt: Ich überlasse nichts dem Schicksal.

Aber genug davon – es wäre doch langweilig, würde ich zu viel verraten. Dennoch sollte ich mir wirklich einmal Gedanken darüber machen, ob ich mich nicht der Schauspielerei zuwende. Oder dem Geschichtenerzählen. Heute back ich, morgen brau ich …

28

Renate Seidlinger lebte. Noch. Sie lag auf einem harten Gestell, das bei jeder Bewegung ächzte, und sah so gut wie nichts, denn ihre Augen waren verbunden. Muffiger Gestank drang in ihre Nase. Und überall war die Dunkelheit. Ihr Herz klopfte bis zum Hals, und es war unmöglich herauszufinden, was am meisten schmerzte: der Kopf, vom Chloroform, mit dem sie betäubt worden war; die vielen blauen Flecke von den Schlägen; die Stiche und Schnittwunden, die leicht vor sich hin bluteten; die Fußgelenke, die von den zu engen Handschellen schon ganz wund waren; oder doch die Lederriemen, mit denen sie gefesselt war und die tief in ihr Fleisch schnitten? Alles vereinte sich zu einem einzigen pochenden Schmerz.

Es war eiskalt. Todeskalt.

Sie glaubte, alleine zu sein, aber neben ihrem eigenen heftigen Schnaufen und Schluchzen hörte sie es ächzen, stöhnen, heulen und meinte, Schatten über und um sich herum wahrzunehmen.

Wahnsinn.

Ob das ihrer Phantasie zuzuschreiben war, ihrer Angst, dem Wind und ächzendem Holz, die ihr Spiel mit ihr trieben, oder ob sich irgendetwas im Raum mit ihr befand, vermochte sie nicht zu sagen.

Sie schrie lauthals auf, als sie etwas Feines, Weiches, Warmes wie ein dünner Lufthauch streifte und über ihren geschundenen Körper hinweghuschte. Ein fast liebevolles Streicheln, schmerzhafter als jede Folter.

Unerträgliche Ungewissheit.

Es blieb ihr im Moment nichts anderes übrig als zu beten, dass man sie so schnell wie möglich fand, bevor sie Verstand und Leben verlor.

Was hatte sie am Telefon gesagt? Sie wusste es schon fast nicht mehr, hoffte aber, dass ihre Hinweise klar genug gewesen waren. Hoffnung. Manchmal war alles, was blieb, die Hoffnung.

So hatte sie sich ihren Tod nicht vorgestellt. Was war nur schiefgelaufen? Sie war der festen Meinung gewesen, schon ihre Retter zu hören.

Hatten sie ihre Ohren betrogen? War sie einer falschen Hoffnung verfallen? War der Anruf zu unklar gewesen? Konnte man sie in dem Gebiet nicht finden? Aber was hätte sie sonst noch angeben sollen?

Ein neuer, kalter Luftzug aus Richtung Tür ließ sie erschaudern. Panik stieg in ihr auf, als plötzlich ein leises Knarren an ihr Ohr drang. Sie erschrak und riss den Kopf in Richtung des Geräusches.

Leises Trappeln war zu hören, ein Klicken wie von einem Schloss, dann wieder vorsichtige kleine Schritte. Die Ungewissheit war schon schlimm genug, aber nichts im Vergleich zur Tatsache, dass sie nichts sehen konnte. Doch plötzlich meinte sie, einen Lichtstrahl unter der Augenbinde zu erhaschen. War das der Schein einer Taschenlampe? Im nächsten Moment war das Licht wieder weg. Schemenhafte Schatten zuckten vor ihren Augen.

Sie war nicht allein. Sie spürte es. Die Geräusche waren gedämpft und körperlos, dafür aber umso bedrohlicher. Irgendetwas war ganz in ihrer Nähe. Sie konnte die andere Existenz beinahe riechen. Unmerklich spannte Renate ihre Muskeln an und versteifte sich.

Auf alles gefasst, schrie sie dann aber doch gellend auf, als sie ein lautes »Sicher!« hörte.

29

Nachdem man die Umgebung der Hütten gesichert und diese selbst mit Hilfe einer Wärmebildkamera gescannt hatte, wurde gestürmt.

Tatsächlich konnte man Renate in der Jagdhütte des Teams von Brecht finden. Dieser war natürlich nicht im Auto geblieben, sondern an vorderster Front dabei. Tapfer bewachten hüfthohe Brennnesseln das schon leicht verwitterte Holzhaus. Die Zufahrt, ein schmaler Weg, der gerade für ein Auto Platz bot, lag frei. Im hinteren Teil umsäumten Bäume das Gebäude.

Mit ein bisschen Vorstellungskraft und ein paar Eimern Farbe wäre daraus ein passables Hexenhäuschen geworden. Dem Dach mit dem gemauerten Kamin fehlten schon einige Bretter sowie die größten Teile der Dachrinne. Die kleinen Fenster mit den typischen hölzernen Kreuzen schienen die Besucher anzustarren. Mit der groben Holztür in ihrer Mitte erinnerten sie fast an ein Gesicht, bei dem die Fenster unergründlich schwarze Augen und die Tür den offenen klaffenden Mund darstellten. Dieser Mund war nicht ganz offen, aber angelehnt, und tief vermummte Gestalten mit Gewehren zogen ihn nun vorsichtig auf. So viel konnte man gleich erkennen: Renate Seidlinger lag auf einem alten Bettgestell. Die Füße gespreizt, war sie mit Handschellen um die Knöchel an die unteren Bettpfosten gefesselt. Die Hände waren mit Lederriemen an die Pfosten hinter ihrem Kopf gebunden. Sie lag da, festgezurrt in Form eines X, und konnte sich nicht bewegen. Kaum Spielraum in den Fesseln, waren die Gelenke schon wund gescheuert. Sie trug nicht mehr als ihre Unterwäsche und sah hundeelend aus. Nachdem die Hütte gesichert worden war, wurde als Erstes die stellvertretende Bürgermeisterin, die laut schrie, vom Einsatzleiter beruhigt, indem er ihr vorsichtig die Augenbinde abnahm. Geblendet blinzelte sie in das plötzliche Licht vieler Taschenlampen, die Wimperntusche verschmiert, die Augen gerötet. Bleich und verheult konnte sie ihre Rettung wohl gar nicht glauben.

Vorsichtig nahm man ihr die Hand- und Fußfesseln ab, erstens, um ihr nicht noch mehr Schmerzen zu bereiten, und zweitens, um keine Spuren zu verwischen. Sofort danach verschwanden die sichergestellten Teile in Plastiktütchen, während der mitgebrachte Arzt eine Erstuntersuchung an der Frau durchführte.

Das Blut aus vielen Schnitten an ihrem Körper war zwar mittlerweile getrocknet, aber die Vielzahl und die Menge an blauen Flecken, die Arme und Beine überzogen, boten ein Bild des Schreckens. Renate Seidlinger saß auf dem Bett und verschränkte krampfartig die Arme vor der Brust – um ihre Blöße zu bedecken oder auch, weil sie schon ganz blau vor Kälte war und heftig zitterte.

Vor dem Bett war ein blutiges Messer gefunden worden, daneben eine Flasche Chloroform und ein alter dreckiger Lappen. Außerdem, ganz unpassend wie es schien, ein kleiner Haufen Knochen. Brecht nahm alles in sich auf, während um ihn herum heftiges Treiben herrschte. Der zweite Trupp war über den Erfolg informiert worden und hierher unterwegs. Renates Handy war nicht zu sehen, aber das würde man alles noch beizeiten suchen.

Wichtig war, dass man sie lebend gefunden hatte, auch wenn der Entführer bereits ausgeflogen war. Die Tür der Hütte hatte offen gestanden, und ein Auto schien auch keines in der Nähe zu sein. Trotzdem würde das Gebäude noch einige Zeit unter Beobachtung stehen. Viel versprachen sich die Ermittler nicht davon, denn nach dem Einsatz war der Täter sicher gewarnt. Aber sollte er hier auch nicht mehr auftauchen – den würde man auch noch kriegen. Da waren sich Gruppeninspektor Krüger und seine Leute sicher. Es war nur wichtig, alle Spuren möglichst zeitig auszuwerten.

Alles in allem war es eine hektische, aber doch erfolgreiche Nacht gewesen. Da nun die Zeit für die Spurensicherung gekommen war, gab es für Brecht nichts mehr zu tun. Er ging zu Renate und flüsterte unbeholfen einige beruhigende Worte, sie anzufassen wagte er nicht. Dann beschloss er, die Geschundene den Profis zu überlassen.

Mit einem letzten erleichterten Blick sah er sich um, nahm noch einmal den Anblick der verwahrlosten Hütte in sich auf, die Flasche mit dem Chloroform, das Messer, den Lappen, die kleinen Knochen, das schmutzige Bett mit der verzweifelten Renate drauf, die gerade vom Arzt untersucht und vorsichtig von einem der Polizisten beruhigt wurde, bevor er sich zum Gehen umwandte. Obwohl er beruhigt war, dass das Ganze so glimpflich ausgegangen war, begleitete ihn doch das nagenden Gefühl, etwas Wichtiges übersehen zu haben.

30

Es stellte sich bald heraus, dass Renate Seidlinger keine bleibenden Schäden davontragen würde. Die Blessuren waren lästig, schwer, zahlreich und äußerst schmerzhaft, würden aber wieder verheilen. Der Täter hatte wohl irgendein Spiel mit ihr treiben oder ihr eine Information entlocken wollen. Die Verletzungen sahen verdächtig nach dem Beginn einer perversen Folter aus. Genaueres war jedoch noch nicht bekannt gegeben worden, und die Ärzte hatten eine sofortige Vernehmung verboten.

Schon nach einigen Tagen konnte Renate aus dem Krankenhaus in Schwach wieder entlassen werden. Hartnäckig weigerte sie sich, für die Protokollierung der Tat zum Landeskriminalamt in die Stadt zu fahren. Um sie nach dem Schock zu schonen und da sie außerdem doch noch ziemlich geschwächt war, erhielt sie die Erlaubnis, ihre Aussage im »Fliegenden Hirsch« zu erledigen. So wurde das Stüberl des Gasthauses erstmals Zeuge einer Verbrechensschilderung. Gefasst, aber bleich und heftig atmend begann sie zu erzählen.

»Nach der Gemeindesitzung war ich total aufgebracht. Da war zuerst einmal dieser Zettel mit den Verdächtigen vom toten Holzer, der da so überraschend aufgetaucht ist. Dann kam dazu, dass ich das Gefühl hatte, der Bürgermeister vertraut mir und dem Maler nicht mehr. Sonst hat er immer alles mit uns besprochen. Und nun macht er so etwas Wichtiges im Alleingang? Das hämische Grinsen der Plottino werde ich so schnell nicht vergessen. Und dann hat der Hans den Bürgermeister auch noch in Schutz genommen«, fügte sie mit einem Seitenblick auf den Dorfpolizisten hinzu. »Ja, und dann habe ich wütend mein Handy ausgeschaltet und hinten in die Hosentasche meiner Jeans gesteckt. Ich dachte mir, dass du sicher noch mal anrufen würdest, Anton, um in Ruhe über alles zu reden. Das wollte ich an diesem Abend einfach nicht.«

Es folgte ein Blick zu Brecht. »Als ich mit dem Auto durch Lember gefahren bin, habe ich aus dem Augenwinkel bei der neuen Wohnbausiedlung eine Bewegung gesehen. Ganz langsam bin ich zurück, und da sehe ich doch einen Schatten auf der Terrasse von Elvira Zeiler. Zuerst dachte ich, es sei irgendein Verehrer, aber die Person wollte offensichtlich die Balkontür aufbrechen. So hat es jedenfalls für mich ausgesehen. Sicher, das war dumm, was ich dann gemacht habe, aber in so einer Situation denkt man nicht nach. Denn da bin ich ausgestiegen, habe zuerst laut gerufen und bin dann hingelaufen. Sofort wollte der Einbrecher fliehen, und ich bin ihm nach. Da hat dann auch Elvira aus dem Fenster gesehen. Also er weg, ich hinterher, und auf einmal war er wie vom Erdboden verschluckt.«

Renate Seidlinger hielt kurz inne und sammelte sich. Die Erinnerung an die grausige Nacht schien immer noch allgegenwärtig. »Überall habe ich gesucht, dann überlegte ich mir, es sei doch besser, die Polizei zu rufen, und ging zum Auto zurück. In der Aufregung dachte ich, das Handy ist wie immer in meiner Handtasche, es war mir entfallen, dass es ja in meiner Hosentasche steckte. Also sitze ich im Auto und suche, als auf einmal aus dem Dunkel vom Hintersitz eine Hand auftaucht. So erschrocken bin ich noch nie! Da habe ich geschrien, was das Zeug hält, aber es war zu spät. Ich habe nur einen ätzenden Geruch von einem Tuch, das mir auf die Nase gepresst worden ist, wahrgenommen. Dann war alles dunkel.«

Die Erzählung schien sie sehr mitzunehmen, denn während Brecht, Maler, Krüger sowie vier andere Kollegen und Kolleginnen von der Polizei gespannt lauschten, schluckte Renate trocken. Sofort sprangen die Männer – bis auf Brecht – auf, um ihr ein Glas Wasser zu holen. Als Maler, der am schnellsten beim Waschbecken war, mit der Flüssigkeit wiederkam, nahm sie einen Schluck und fuhr dann fort: »Als ich wieder aufgewacht bin, lag ich auf einem harten Gestell. Meine Augen waren verbunden, aber die Hände und Füße konnte ich bewegen. Mein Kopf tat total weh, mein Hals war ganz trocken, ich konnte kaum schlucken, und mir war wirklich hundeübel. Da ich nichts hören konnte, dachte ich, ich sei alleine. Gerade, als ich mit viel Mühe die Hände gehoben hatte und die Augenbinde abnehmen wollte, hörte ich ein raues Flüstern an meinem Ohr und spürte etwas Hartes, Kaltes an meinem Hals: ›Wenn du deine Hände nicht lässt, wo sie sind, dann stirbst du gleich. Verstanden?‹«

Die Anwesenden starrten Renate mit weit aufgerissenen Augen an. Das war ja schlimmer als jede Krimisendung im Fernsehen!

»Ich war noch total benommen und habe nicht gleich reagiert, da verpasste mir jemand mit dem Messer einen leichten Schnitt. Hier ungefähr.« Sie zeigte auf einen Verband am Hals. »Sofort habe ich genickt – oder jedenfalls habe ich es versucht. Dann hat die Stimme gezischt: ›Und jetzt zieh dich bis auf die Unterwäsche aus!‹ Warum ich das tun sollte? Bis jetzt habe ich keine Ahnung. Wissen Sie, wie schwer das ist, wenn man ein Messer an den Hals gehalten kriegt und sich ausziehen soll? Das ist ein Winden und Ziehen und Zerren. Aber das hat sich dann doch als Glück herausgestellt. Denn in dem ganzen Hin und Her ist es mir gelungen, das Handy aus der Hosentasche zu ziehen und unter meinem Körper zu verstecken.«

Renate sah in die Runde. Bewunderndes Kopfnicken war der stille Applaus für ihre waghalsige Tat. »Als ich fertig war, hat mir die Stimme die Handschellen um die Füße gelegt und an die Bettpfosten geschlossen. Meine Hände allerdings waren noch nicht gefesselt. Dann wieder dieses Raunen: ›Solltest du dich bewegen, dann weißt du, was passiert. Also bleib, wo du bist. Ich beobachte dich die ganze Zeit.‹ Danach passierte lange nichts. Ich lag da und wartete. Die ganze Zeit war mein Entführer um mich, schien mich zu beobachten. Es war schrecklich.«

Renate Seidlinger verstummte. Auch im Auditorium war kein Mucks zu hören. Nach einer halben Minute, die sich zäh wie Kaugummi hingezogen hatte, atmete Renate einmal tief durch und setzte dann ihre Erzählung fort.

»Irgendwann habe ich gehört, dass dieser Mensch die Hütte verlassen hat. Obwohl gelähmt vor Angst, war mir trotzdem klar, dass dies meine einzige Chance war. Also habe ich das

Handy herausgeholt und die Binde kurz vor den Augen weggezogen. Die Hütte war leer, die Tür angelehnt. Sehen konnte ich niemanden.«

Sie nahm einen Schluck aus dem Glas. Auf die Frage von Krüger, ob sie eine Pause benötige, schüttelte sie den Kopf. »Nein, bitte lassen Sie es mich zu Ende bringen. Ich will, dass dieses Monster gefasst wird. Obwohl ich nicht weiß, ob ich Ihnen überhaupt helfen kann. Ich habe ja nichts gesehen. Aber der Notruf hat Gott sei Dank geklappt. Zum Glück war es noch hell, sodass dass ich den Berg erkannte. Wäre es ein anderer als der Hochkönig mit dem Königsjodler gewesen, wäre es aus gewesen. Die sehen für mich ja alle gleich aus. Daran konnte ich mich aber genau erinnern. Es war meine erste Einweihung als stellvertretende Bürgermeisterin, und ich war damals so aufgeregt. Gerade als ich meine Nachricht beendet hatte, hörte ich das Zuschlagen einer Autotür und Schritte. Vor Schreck habe ich das Handy fallen lassen und die Augenbinde heruntergezogen. Da ich wusste, wenn er das Handy fand, wäre es aus, habe ich zitternd danach getastet und es noch schnell unter die dünne Matratze geschoben. Dennoch … dieses Monster hat wahrscheinlich Verdacht geschöpft, weil ich so geschluchzt habe – und mich geschlagen. Geschnitten. Mich gefoltert! Aber ich habe einfach immer nur den Kopf geschüttelt und nichts gesagt. Als die Stimme mit mir fertig war, hat sie mir mit Lederriemen die Hände gefesselt.«

Sie schluchzte auf und machte eine kurze Pause. Brecht stand auf und stellte sich neben sie, legte kameradschaftlich eine Hand auf ihre Schulter. Das schien sie zu beruhigen, und sie fuhr fort. »Die Stimme war noch im Raum. Plötzlich läutete ein Telefon. Im ersten Schreck dachte ich, es sei meines, und schloss geistig mit meinem Leben ab. Aber mein Entführer verließ die Hütte. Dann hörte ich wieder diese Autotür, das Starten des Motors und das Wegfahren des Fahrzeugs – das war grauenvoll. Auf einmal war da diese schreckliche Stille, diese Angst, hier alleine und einsam sterben zu müssen. Ohne Hoffnung auf Hilfe. Das war schlimmer als die Folter. Es war so kalt.« Ihre Stimme war nur mehr ein Flüstern. »So unendlich kalt. Dann habe ich irgendwann etwas gespürt. Ganz weich und zart – nur ein Hauch. Wieder dieser Schock. Ist mein Foltermeister zurückgekehrt? Oder noch schlimmer – etwas anderes? Nach einiger Zeit habe ich mir gedacht, es kann nur irgendein Tier, ein Eichkätzchen oder so, gewesen sein, das da auf mir herumgeturnt ist. Es war einfach schrecklich.« Sie fing an zu weinen.

Nach einer längeren Pause ergriff Krüger als Erster das Wort. »Frau Seidlinger. Sie sind wirklich tapfer. Wir können uns gar nicht vorstellen, was Sie durchgemacht haben. Aber glauben Sie, es wäre Ihnen möglich, uns ein paar Fragen zu beantworten?«

Renate schnäuzte sich und nickte.

»Haben Sie irgendeine Ahnung oder einen Verdacht, wer Sie entführt hat?«

»Nein, ich war total benommen. Sehen konnte ich ja auch nichts. Aber auch, wenn ich nicht weiß, wer mich entführt hat, dann weiß ich doch, dass sie dafür büßen wird!«

Alle waren verwirrt – sie? Was sollte das nun heißen?

Renate sah auf und sagte bestimmt: »Ja, doch – eines weiß ich mit absoluter Sicherheit: Es war definitiv eine Frau!«

Das schlug ein wie eine Bombe. Alle sprachen durcheinander. »Sind Sie sicher? Sie haben die Person nicht gesehen. Wie kommen Sie darauf?«

»Allein die Stimme. Auch wenn sie nur geflüstert hat, war es doch mit Sicherheit die Stimme einer Frau. Dann das Gehen. Wenn die Augen verbunden sind, kann man sich nur auf seine anderen Sinne verlassen. Es waren die Schritte einer Frau. Außerdem habe ich gesehen, dass der Entführer eine Frauenarmbanduhr trug. Einmal war die Hand direkt unter meinem Gesicht. Da die Binde ein kleines bisschen verrutschte, konnte ich die Uhr erkennen.«

»Gut beobachtet!«, lobte Krüger. »Es wäre wohl zu viel verlangt, wenn sie uns auch noch den Namen sagen könnten?«

Renate lächelte bitter. »Ja, das wäre es. Wenn ich es könnte, wäre ich wahrscheinlich gar nicht mehr hier.«

Ein kurzer Moment des Schweigens erinnerte alle daran, wie

tödlich die ganze Angelegenheit für Renate Seidlinger hätte enden können.

»Haben Sie eine Ahnung, warum man Sie am Leben gelassen hat?«

»Nein, es war wie ein Spiel. So als ob sie mir zeigen wollte: Ich könnte, wenn ich möchte. Aber das ist nur eine Vermutung.«

»Ist Ihnen noch irgendetwas aufgefallen – egal was?«

»Im Moment fällt mir nichts mehr ein. Aber vielleicht hat ja Elvira etwas mehr gesehen oder eine Ahnung, warum man bei ihr einbrechen wollte. Das Ganze hängt doch irgendwie mit dem Vorfall bei ihr zusammen, denken Sie nicht auch?«

Es wurde still im Raum. Man hatte beschlossen, Renate noch nichts von Elvira Zeiler zu erzählen, da sie selbst noch zu geschockt war. Renate schien in ihrem Zustand die Verlegenheit der anderen nicht zu bemerken, denn sie fragte: »Wo ist überhaupt mein Auto?«

Krüger antwortete kurz und bündig. »Man hat es noch nicht gefunden, jedoch vor der Hütte waren Reifenspuren zu sehen, bis knapp zur Haustür und dann wieder weg. Aber ich denke, es ist genug für heute. Wäre es möglich, wenn wir uns morgen um die gleiche Zeit nochmals hier treffen könnten? Dann hat Frau Seidlinger etwas Ruhe. Es ist übrigens ein Polizist abgestellt, der ihr Haus bewacht. Bitte machen Sie sich keine Sorgen. Wir werden den Täter fassen, Frau Seidlinger. Ganz sicher.«

31

Natürlich war das Verbrechen Thema Nummer eins in Lember. Es hatten sich auch schon einige Zeitungen und sogar ein lokaler Fernsehsender eingefunden, um über die Geschehnisse zu berichten.

Frau Brant machte das Geschäft ihres Lebens und konnte sich trotzdem wenig darüber freuen, denn dadurch blieb kaum Zeit für die neuesten Gerüchte. Neidisch blickte sie auf die Grüppchen, die da in ihrem Laden zusammenstanden und heftig diskutierten. Es blieb ihr nichts anderes übrig, als die Ladenkasse zu malträtieren, als wäre diese an ihrer Misere schuld.

Frau Plottino – die wohl den Status »Hilfspolizist« nie mehr hergeben würde – wurde es nicht müde, die Geschichte von der gefährlichen Elvira-Zeiler-Aktion zu erzählen. Wäre es nach ihr gegangen, würde das Ganze den idealen Stoff für eine dramatische Verfilmung hergeben. Dies war ihrer Meinung nach die Realität und tausendmal besser als das, was sie in den Fernsehkrimis so oft sah. Bis ins kleinste Detail erzählte sie daher von »ihrem« Abenteuer. Die versicherte Schweigepflicht mochte für andere ein Versprechen sein, aber nicht für eine Inge Plottino.

»Ach, es war schrecklich! Mit der Toten. Wie sie dalag. Einfach schrecklich. Aber es ist mir gelungen, die Nerven zu bewahren. In so eine Situation kommt man ja nicht jeden Tag. Und dann war es ja offensichtlich, dass sie ermordet worden ist. Woher ich das weiß? Bitte entschuldigt, aber ich habe viermal einen Erste-Hilfe-Kurs mitgemacht. Das schult dann schon das Auge. Ich habe sofort auf Gift getippt. Es war ja wirklich kein schöner Anblick. Und die offene Pralinenpackung auf dem Wohnzimmertisch … Wie wir ja mittlerweile wissen, hat sich mein Verdacht bestätigt. Sie ist vergiftet worden, die arme Elvira! Wie der Lackner und die Watzinger. Gift! Schon wieder. Das verfolgt uns hier in Lember. Sind wir verflucht?«

Die anwesende Zuhörerschaft stöhnte unisono auf, einige

Köpfe wurden geschüttelt, dann legte Inge eine neue Platte auf und berichtete von der Rettung Renates, als wäre sie an vorderster Front dabei gewesen.

War bis vor Kurzem noch jeder von jedem verdächtigt worden, konnte und wollte jetzt keiner mehr so richtig glauben, dass auch nur eine Person in Lember fähig wäre, derartige Verbrechen zu begehen. Denn eines war nicht mehr von der Hand zu weisen: der alte Lackner, Holzer Martin, die Watzinger und Elvira Zeiler gingen allesamt auf das Konto eines grauenhaften Mörders. Eines Mörders, der dann auch noch versucht hatte, eine belastende Zeugin, die ausgerechnet die beliebte stellvertretende Bürgermeisterin war, zu beseitigen. Spätestens das nahm man im Ort dann doch persönlich.

Von besonderem allgemeinem Interesse wurde für ganz Lember das Begräbnis von Elvira Zeiler. Zu Lebzeiten zwar zumindest gegrüßt, aber sonst gemieden und geächtet, ja von vielen aufgrund ihres Sexuallebens und als Sozialschmarotzerin sogar gehasst, wollte jetzt so ziemlich niemand ihre Beisetzung verpassen. Ihre ehemals heftigste Gegnerin – Inge Plottino – stand als Erste und von Kopf bis Fuß in Schwarz gekleidet vor dem Friedhofseingang. Keine Kamera und keine Reporter wären an ihr vorbeigekommen oder hätten vermutet, dass sie nicht die engste Hinterbliebene der Verstorbenen war.

»Na, Inge. Du hast dich wohl im Begräbnis geirrt?« Henni Schönauer konnte sich diese Bemerkung nicht verkneifen.

»Du brauchst gar nicht zu reden, Schönauerin. Deine Freundin war sie auch nicht. Du wolltest sie ja nicht einmal mehr bedienen, die Elvira!«

»Aber ich bin Geschäftsfrau. Und da man sich seine Kunden nicht aussuchen kann, brauche ich auch nicht jeden zu mögen. Dazu hat man Angestellte. Es ist aber natürlich selbstverständlich, auf ein Begräbnis zu gehen. Und du?« Sie genoss es offensichtlich, der Plottino öffentlich eines auszuwischen.

Diese wurde dadurch jedoch in keinster Form verlegen. Vorsichtig schaute sie nach links und rechts, beugte sich zu Henni und flüsterte verschwörerisch hinter vorgehaltener Hand: »Ich bin ebenfalls beruflich hier. Wie du vielleicht weißt, helfe ich der Polizei. Man hat mich sogar zur Polizistin ernannt. Aber ich werde eher für geheime Aktionen eingesetzt. Da uns bei der Polizei bekannt ist, dass Täter gerne beim Begräbnis seiner Opfer zusehen, bin ich auf einem Beobachtungsposten. Hier schau, für alle Fälle habe ich eine Kamera mit. Aber pst, das ist natürlich geheim!«

So geheim, dass die Polizei selbst zwar noch nichts von ihrem Glück wusste, aber dafür erfuhr fast jeder aus Lember davon. Ob er wollte oder nicht. Köpfe wurden geschüttelt, schallendes Lachen erklang, beistimmendes Gemurmel ertönte – jede Reaktion auf diese »Neuigkeit« war zu hören. Davon ließ sich aber Inge nicht abhalten, die Dummköpfe würden schon noch neidisch dreinschauen, wenn sie den Täter fasste. Und das stand sowieso außer Zweifel.

Brecht, der das große Geheimnis von Inge zufällig mitbekam, überlegte, ob er sie sich vorknöpfen sollte, ließ es dann aber doch bleiben. So war sie wenigstens beschäftigt und konnte am wenigsten Unheil anrichten. Dummes Weib. Er hatte bei Gott Wichtigeres zu tun. Und so feilte er geistig noch an seiner pathetischen Grabrede für Elvira Zeiler, eine ehrsame und brave Bürgerin von Lember, schmerzlich vermisst, weil eine große Lücke in die Gemeinschaft gerissen und so weiter und so fort.

Nicht nur fast jeder Lemberer, sondern auch aus den umliegenden Gemeinden waren viele Trauergäste gekommen. Da selbst bei Elvira diese Menge die Zahl ihrer Freier überstiegen hätte und sie sonst kaum jemanden kannte, war dies als interessant zu verbuchen. Sogar die Musikkapelle war vollzählig angetreten, was sonst nur bei der Beisetzung eines Vereinsmitglieds zu erreichen war. Schade – dieses Schauspiel und das plötzliche Interesse an ihrer Person waren der armen Frau zu Lebzeiten verwehrt geblieben.

Zum Leidwesen der Besucher passierte aber leider gar nichts Spektakuläres während der Bestattung, sah man vom hartnäckigen Schluckauf des Geistlichen ab, der unter unzähligen Hicks und Hacks seine zusammengezimmerte und geheuchelte Rede hielt, und so mussten sie wenigstens ihre langen Gesichter und ihre Traurigkeit nicht spielen.

Brechts Grabrede hingegen war erschütternd und so berührend, als ob er eine wirklich gute Freundin verloren hätte. Inge Plottino weinte direkt vor dem offenen Grab herzzerreißend zu seinen Worten. Damit war zumindest die Wahrscheinlichkeit in die Zeitung oder sogar ins Fernsehen zu kommen am größten.

Die meisten Begräbnisbesucher versammelten sich nach der Beerdigung im Wirtshaus. Um – ja, um was zu tun? Zu feiern wäre doch etwas pietätlos ausgedrückt, aber im Endeffekt lief es darauf hinaus. Wie eben bei fast jeder Trauerfeier. Man rechtfertigte den meist ganz lustigen Leichenschmaus oft mit dem Spruch: »Ach, das wäre dem oder der sicher nicht recht, wenn wir hier sitzen und weinen würden. Sie oder er war ja auch so lustig zu Lebzeiten.« Mit ein bisschen Alkohol und Lachen ließ sich die Trauer gleich viel leichter zu Grabe tragen.

Einzig Brecht eilte, ohne sich umzuziehen, zur provisorischen Kommandozentrale, denn heute sollten die Ergebnisse der Spurensicherung eintreffen. Im »Fliegenden Hirsch« war noch nicht viel los, und es herrschte ungewohnte Stille. Es hatten sich wohl auch einige Polizisten der Trauergemeinde angeschlossen oder waren in einem der Nebenzimmer auf einen Kaffee versammelt.

Der Bürgermeister durchquerte den Raum und kam direkt an einer riesigen Pinnwand vorbei, auf der nun bereits einige Fotos hafteten. Nach einem flüchtigen Seitenblick darauf sog er heftig die Luft ein. Sich in Gedanken einen Mord vorzustellen und dann die nackte Realität zu sehen, waren zwei grundverschiedene Dinge. Das hatte er schon bei der Leiche von Emma Watzinger feststellen müssen. Auf der Wand befanden sich Fotos von den Opfern, also von Matthias Lackner, Emma Watzinger, Martin Holzer, Elvira Zeiler und auch von der Gott sei Dank noch lebenden Renate Seidlinger. Darunter standen Fakten,

Daten und Zahlen. Von den Opfern und den Tatorten. Ganz nüchtern. Einfach so. Tot. Weg. Aus.

Renate würde nicht erfreut sein, Fotos von sich hier zu sehen. In Unterwäsche. Und mit zerschundenem Gesicht. Er studierte die Bilder, und wieder fing sein Gewissen an zu nagen. Was war ihm entgangen? Ein Detail auf einem der Tatortfotos? Er konnte es nicht genau definieren und kam auch nicht mehr dazu, sich näher damit zu befassen, denn eine Hand legte sich auf seine Schulter. Zwar besaß er Nerven aus Stahl (zumindest laut eigener Aussage), aber hier zuckte er doch erschrocken zusammen. Es war allerdings nur sein Freund Maler, der ihn jetzt kopfschüttelnd ansah.

»Lass es! Ich habe die Fotos wieder und wieder angesehen. Sie haben nichts zu erzählen. Komm, wir holen uns einen Kaffee, und dann gehen wir zu Krüger. Er ist schon da.«

Wie selbstverständlich holte Hans für sich und Brecht einen Kaffee, und sie machten sich auf den Weg in das Stüberl, in dem sich der Gruppeninspektor meistens aufhielt. Dort lagen überall Papiere, Statistiken, Ordner und Mappen mit Zahlen drauf herum. Krüger studierte gerade einen langen Computerausdruck und winkte genervt auf die Stühle.

Einige Zeit sagte keiner etwas, bis es dem Bürgermeister reichte. Ein solches Benehmen war er nicht gewohnt. Auch wenn die Situation noch so außergewöhnlich war, erwartete, nein, *forderte* er Respekt voreinander. Vor allem vor sich.

»Also, Herr Gruppeninspektor, Sie wollen uns auf die Folter spannen? Gut, das ist Ihnen nun zur Genüge gelungen. Bitte, können wir jetzt anfangen, es warten leider auch noch andere Aufgaben auf mich.«

Krüger sah irritiert auf, aber mittlerweile war er an die Art des Bürgermeisters gewöhnt, und so zuckte er nur mit den Schultern. »Die Auswertungen sind da. Noch nicht die von den anderen Opfern, aber die von Renate Seidlinger. Und ein Teil von Elvira Zeiler. Aber da sind wir auch noch nicht ganz fertig. Wir haben wenig gefunden. Frau Seidlinger hatte wie berichtet noch Chloroform im Blut, man hat sie also betäubt. Das war bisher nichts Neues, das haben wir ja schon vermutet. Gut, jetzt ist es bestätigt.«

Brecht kommentierte diese Aussage erst einmal nicht. Was eigentlich so gar nicht seine Art war.

»Fingerabdrücke waren im Bereich des Bettes keine zu ermitteln. Irgendjemand hat alles abgewischt. Keine auf den Handschellen, auf dem Messer – nichts. Im restlichen Raum haben wir aber wieder massenhaft Abdrücke gefunden. Wir schätzen, dies sind alte Abdrücke von den Jägern und den Holzarbeitern. Aber das wird noch ausgewertet. Wenn nicht ein Wunder passiert, dann ist da wahrscheinlich nichts Verwertbares dabei. Auch wenn der Täter Spuren hinterlassen hat, wird es schwierig werden, sie zuzuordnen. Es ist unmöglich, alle Personen zu finden, die sich je in der Hütte aufgehalten haben.«

»Also nichts, was uns weiterhelfen könnte«, warf der Bürgermeister ein. »Es ist doch wirklich zum Aus-der-Haut-fahren!«

»Herr Brecht, ich bin noch nicht fertig. Wenn Sie mich nicht dauernd unterbrechen würden, dann könnte ich ja fortfahren und Ihnen doch noch etwas Neues mitteilen. Jetzt wird es erst interessant. Wir haben zwei Haare gefunden. Eines bei Frau Zeiler und eines an Frau Seidlinger. Sie sind identisch.«

Brecht grunzte zufrieden. »Gut, das ist also der Beweis für das, was die Spatzen bereits von den Dächern pfeifen: Dieselbe Person, die Renate entführt hat, hat auch Elvira umgebracht.«

»Richtig. Wenn dies allerdings das Haar des Täters ist, dann ist die Person wissenschaftlich eindeutig – ein Mann.«

32

»Nein! Nein! Und nochmals nein! Ich irre mich nicht. Das war eine Frau. Das weiß ich einfach.« Renate Seidlinger war aufgebracht.

Als die Abordnung, die aus Krüger, Maler und Brecht bestand, zu ihr nach Hause gefahren war, hatten sie dort niemanden angetroffen. Die Seidlingers wohnten am Ortsrand von Lember in einem neu erbauten Einfamilienhaus. Nach mediterranem Stil errichtet, rümpfte so mancher Mitbürger aus dem Ort die Nase über die ungewöhnliche Bauart. Renate und Gregor aber gefiel ihr Haus. Auch die Nachbarn hatten sich mittlerweile an die terrakottafarbene Villa gewöhnt. Eine dieser Nachbarinnen war auch sofort zur Stelle gewesen und hatte die drei Herren darüber informiert, dass Renate es im Moment nicht aushielte in ihren vier Wänden und vorübergehend zu ihrer Freundin Anita Frei gezogen sei. Gregor wäre bei der Arbeit. Ob sie nicht vielleicht helfen könne und um was es denn gehen würde?

Nachdem man die Dame elegant (jedenfalls Krüger und Maler, Brecht war eher barsch) abgewimmelt hatte, begab man sich ans andere Ende des Ortes zur Wohnung der Familie Anita und Hermann Frei. Dort fand man Renate Seidlinger dann auch wirklich vor. Der zu ihrer Sicherheit abgestellte Polizist, der jetzt Posten vor der Tür der Freis bezogen hatte, war noch nicht dazugekommen, den Umzug seinem Vorgesetzten zu melden.

Als Anita Frei die drei Männer sah, wollte sie ihnen aus Rücksicht auf ihre Freundin zuerst den Eintritt verweigern. Nach kurzer Diskussion über die Dringlichkeit hatte sie die Männer dann doch zu Renate begleitet, die auf einer knallgelben Couch im Wohnzimmer lag und gedankenverloren aus dem Fenster sah.

Man sah Renate die körperlichen und geistigen Strapazen der letzten Zeit an. Trotzdem musste mit ihr geredet werden, und so erklärte Gruppeninspektor Krüger ohne Umschweife, was bei den Untersuchungen ans Tageslicht gekommen war. Renate war bei der Eröffnung der neuen Erkenntnisse aschfahl geworden und hatte sich aufsetzen müssen.

»Nein! Nein! Ich irre mich nicht. Es war eine Frau. Das weiß ich einfach. Das kann nicht sein. Das kann einfach nicht sein«, murmelte sie immer wieder kopfschüttelnd.

»Das ist aber so. Wir haben alle Tests auswerten lassen, und das Ergebnis ist glasklar. Das Haar stammt von einem Mann. Und es ist das gleiche Haar wie bei Elvira Zeiler. Müsste schon ein Zufall sein, dass dieser Mann sowohl mit Frau Zeiler als auch mit Ihnen kürzlich Kontakt hatte.« Krüger beobachtete Renate genau.

Maler trat auf sie zu und versuchte, die total aufgebrachte Frau zu trösten. »Komm, Renate. Reg dich doch nicht so auf. Kein Mensch behauptet, dass du dich irrst oder lügst. Es kann doch sein, dass wir von zwei Personen ausgehen müssen. Einem Mann *und* einer Frau.«

Aber Renate ließ sich von dieser Logik nicht trösten.

Anita Frei stand wie ein Fels hinter ihrer Freundin und beobachtete das Geschehen skeptisch. »Sie sehen doch, wie fertig sie ist. Kann das nicht alles warten?«

»Nein, Frau Frei. Kann es nicht. Wir haben es hier mit einem Täter zu tun, der mindestens eine Person getötet und eine zweite entführt hat. Mit ziemlicher Sicherheit wäre Ihre Freundin das nächste Opfer gewesen. Außerdem wird es immer wahrscheinlicher, dass auch die drei Personen vorher nicht eines natürlichen Todes gestorben sind. Wobei das derzeit nicht bewiesen ist.« Noch war Krüger nicht bereit, beim Todesfall Watzinger seine Fehleinschätzung zu revidieren.

Brecht sah zu und überlegte laut: »Was haben nur alle diese Personen gemeinsam, damit man sie als Opfer ausgesucht hat?«

»Gute Frage. Wir haben auch schon angefangen uns damit zu beschäftigen. Diesbezüglich wollten wir aber sowieso noch mit Ihnen sprechen, Herr Brecht. Sie kennen die Menschen hier im Ort und ihre Hintergründe.«

Bevor Brecht antworten konnte, kam ihm Anita Frei zuvor. »Das ist nicht schwierig. Bei Lackner, Watzinger und Elvira Zeiler sind die Ähnlichkeiten offensichtlich.«

Erstaunt wandten sich alle an Anita Frei. Diese fuhr mit eisiger Miene unaufgefordert fort. »Sie waren total unbeliebt im Ort, und so mancher hasste sie regelrecht. Die beiden ersten waren Unruhestifter und haben mit ihren Streitereien und Prozessen sogar einige in den Ruin getrieben. Elvira kannte jeder durch ihre Bettgeschichten. Das waren ja keine Kleinigkeiten, das war Ehebruch allererster Güte. Außerdem waren viele der Meinung, sie sei eine Sozialschmarotzerin. Hat sich die Kinder machen lassen, und dann durfte sie keines behalten. Dafür haben wir auch noch gezahlt. Sie hat doch immer mit irgendwelchen Vaterschaftstests gedroht, um damit einige ›ehrenwerte‹ Bürger bluten zu lassen. Diese Menschen waren ein Übel für den Ort. Und so haben es die meisten hier auch gesehen.«

So trocken und nüchtern beschrieben, waren doch alle erstaunt, dies aus dem Mund einer eher ruhigen, besonnenen und scheinbar immer lächelnden Anita Frei zu hören.

Krüger jedoch war noch nicht überzeugt. »Entschuldigen Sie bitte. Das sind doch keine Gründe, um jemanden umzubringen.«

»Nein? Das müssten Sie doch gerade besser wissen! Ich denke, man hat schon wegen weniger gemordet. Aber Sie haben nach Gemeinsamkeiten gefragt. Und das sind sie. Außerdem ticken die Uhren in einer kleinen Gemeinde wie Lember anders als in einer Stadt. Dort gibt es Viertel, in denen vorwiegend Gleichgesinnte leben. Hier die Reichen, dort die Chinesen, dort der Mittelstand, hier die Sozialhilfeempfänger. Da kommt man sich nicht so oft und leicht in die Quere. Bei uns muss man miteinander auskommen. Tut man das nicht, braucht es entweder Nerven aus Stahl, oder man muss wegziehen. Manchmal ist es eine Belastung, wenn das halbe Dorf im Wohnzimmer sitzt. Jede deiner Handlungen wird kommentiert und diskutiert. Es ist nett, sich zu treffen und um das gegenseitige Wohl bemüht zu sein, aber es ist gleichzeitig eine Last.«

»Du tust ja so, als ob wir hier alles Monster wären!« Maler war nicht einverstanden. Er fühlte sich wohl in Lember.

»Du hast recht, Hans. Ich lebe auch gerne hier. Die Vorteile überwiegen. Aber mal ehrlich, geht es dir nie auf die Nerven, immer beobachtet zu werden?«

»Ja gut, aber da muss man durch. Man macht das ja nur, weil man um den anderen besorgt ist.«

»Mich würde es manchmal interessieren, wie viele von uns oft nur eine Rolle spielen. Und dann projizieren sie ihre eigenen Unzulänglichkeiten auf andere. Wenn es jemandem nicht so gut geht, dann hat man großes Mitgefühl mit anderen – in Wahrheit ist man froh, nicht selbst betroffen zu sein. Aber das ist wahrscheinlich das Wesen der Menschen.«

Auch Renate Seidlinger kannte ihre Freundin so nicht. Sie war ihr heimliches Vorbild. Groß, schlaksig und mit praktischem Kurzhaarschnitt schien sie sich kaum um die Meinungen anderer zu kümmern. Sie passte in kein Schema, weder von ihrer legeren, eigenwilligen Kleidung her noch von ihrer fast schon esoterischen Lebensweise. Ihre Familie war genauso verrückt wie sie und pflegte ein ruhiges, leicht chaotisches, aber sichtlich harmonisches Miteinander. Die Senioren liebten sie, und auch sonst respektierte man allgemein ihre Meinung, obwohl ihr so manche Dame im Ort hinter dem Rücken schon eine Typberatung empfohlen hatte.

Krüger wusste davon nichts, ihn interessierte nur seine Arbeit, und so fasste er seine Skepsis zusammen: »Aber wie passen Holzer und Seidlinger in das Bild?«

Brecht war dieser Gedanke auch schon durch den Kopf gegangen. »Wenn wir schon von dieser Verbindung zwischen den Opfern, wie Anita es meint, ausgehen, würde Holzer auch in dieses Schema passen. Wie auch noch einige andere hier im Ort. Trotzdem denke ich, dass Holzer und Renate zufällig Opfer wurden. Vielleicht haben sie etwas gesehen oder gehört oder wissen beziehungsweise wussten etwas.«

»Aber warum ist dann einer tot, und der andere lebt noch?«

Auf diese Frage von Anita Frei wusste keiner eine Antwort. Noch nicht.

33

Jetzt galt es zu recherchieren: wer, was, wann, wo und mit wem? Vor allem überlegte das Ermittlungsteam, von jedem Mann eine DNS-Probe zu nehmen. Krüger kannte nur zu genau den langen und mühsamen Weg, Indizien zusammenzutragen, Alibis zu kontrollieren, Verhöre zu führen. In der Kleinarbeit aber sah er den größten Fortschritt zu Aufklärung derartiger Verbrechen. Sie führte fast immer zum gewünschten Erfolg. Das kannte er aus jahrelanger Arbeit in diesem Bereich.

Brecht war da anderer Meinung. Man sollte eine Art Pressekonferenz für Bürger und Medien geben. So schnell wie möglich eine Masse an Menschen erreichen, um Informationen zu erhalten. Sollte der Mörder letztendlich aus Lember stammen, dann muss jemandem etwas aufgefallen sein. Vielleicht wusste derjenige es einfach noch gar nicht.

Krüger knirschte zwar mit den Zähnen, nahm aber die energisch vorgetragene Idee des Bürgermeisters zur Kenntnis. Gerne hätte er ihn einfach hinausgeworfen. Vor allem nach der Aktion mit dem angeblichen »Zettel von Holzer«.

Die Ermittler hatten sich nach dem Bekanntwerden des spektakulären Funds den großen Durchbruch erhofft. Schließlich war die Rede von einem Zettel mit Namen möglicher Täter! Als der Bürgermeister daraufhin befragt worden war, hatte er der Polizei ohne Reue von seiner Finte erzählt. Den Zettel gab es gar nicht. Und jetzt war Renate wieder da, und es war ihr mehr oder weniger nichts passiert. Also was sollte diese unbedeutende Aktion mit dem Zettel schon ausmachen? Außer, dass man dank der erwarteten kopflosen Reaktion vielleicht doch den wahren Täter noch überführen konnte. Das fiel dem Gruppeninspektor schwer zuzugeben – dass die Umsetzung zwar beschissen, die Idee aber gar nicht so schlecht gewesen war.

Er musste akzeptieren, dass Brecht klug war und haarscharf

kombinierte. Er war ja auch nicht unsympathisch. Leicht ironisch und mit gutem »Schmäh« ausgestattet, konnte man mit ihm sicher auch gemütlich ein Bierchen trinken. Trotzdem gingen ihm die leicht aufgeblasene Art und dieses »An-sich-Reißen« aller Aktivitäten gehörig auf die Nerven. Die schienen sowieso schon zum Zerreißen gespannt.

Krüger war aber klug genug, um zu wissen, dass er in diesen kleinen Landgemeinden – fast schon in sich geschlossene Wohngemeinschaften – auf den Bürgermeister, den Leithammel sozusagen, angewiesen war. Die interessantesten und meisten Informationen bekam man nun einmal von ihm.

Dennoch missfiel Krüger der Schritt an die Öffentlichkeit als die ideale Lösung. Einmal verbreitete Informationen ließen sich nicht mehr zurücknehmen. So eine Aktion würde sehr, sehr gut überlegt und geplant werden müssen. Außerdem bedeutete es sehr viel Arbeit, denn die meisten Hinweise, die in den folgenden Tagen bei ihnen eingehen würden, wären nutzlos. Wenn nicht sogar alle.

Während der Gruppeninspektor darüber grübelte, wusste diese Öffentlichkeit aber ohnehin schon bestens Bescheid. Bis auf einige wenige noch geheime Details wurde in der Zentrale für Öffentlichkeitsarbeit – im Geschäft der Brants – eifrig gearbeitet.

Die meisten Bewohner von Lember betrieben weiterhin Wirklichkeitsverdrängung, indem sie einfach negierten, dass jemand aus den eigenen Reihen als Verdächtiger in Frage kam. Für Inge Plottino und ihr Team war der Täter nach wie vor eine Frau. Denn nur einem weiblichen Wesen konnte die etwas zweifelhafte Ehre zugewiesen werden, noch unentdeckt zu sein. Ein Mann wäre da eindeutig weniger raffiniert vorgegangen. Für den männlichen Part, das Haar, hatte man hingegen keine Erklärung gefunden, dieses Rätsel würde man aber auch noch lösen. Vielleicht war sogar dem Labor ein Fehler unterlaufen. Man hörte und las doch immer wieder von der Überlastung dieser Untersuchungsstätten.

Krüger gab den Damen in Bezug auf ihre Vermutung, der

Täter sei dennoch eine Frau, nicht einmal unrecht. Die Vorgehensweise und die Art, wie die Tötungen stattgefunden hatten, wiesen laut Lehrbuch auf eine Frau hin. Es war ihnen in der Polizeischule allerdings auch immer wieder eingetrichtert worden, dass Beweise niemals lügen. Und die menschliche DNS ist die Königin der Beweise.

Wie mit den Kollegen beschlossen, sammelten die Beamten nun fleißig Alibis und bereiteten eine groß angelegte Überprüfung aller Männer im Ort vor. Ersteres war mühevoll und hatte noch wenig gebracht. Vor allem, da man ja noch überhaupt keinen Ansatzpunkt besaß, wo oder bei wem man anfangen sollte. Daher klapperten die Ermittler zunächst das nähere Umfeld der Opfer ab, das heißt von Elvira Zeiler und Renate Seidlinger. Als das nichts Verwertbares brachte, bezog man auch die vermeintlichen Opfer Watzinger, Lackner und Holzer mit ein. Trotz genauesten Untersuchungen konnte aber auch hier nicht festgestellt werden, ob jemand bei ihrem Tode nachgeholfen hatte.

Dennoch: Krüger und sein Team glaubten nicht mehr an einen Zufall. Die Bewohner Lembers erschwerten allerdings die Befragung. Ein Teil behauptete entweder gleich, er wüsste von nichts, der andere Teil redete viel, hatte aber im Grunde ebenso wenig zu sagen. Nach zwei weiteren ereignislosen Tagen war auch der Einsatzleiter so weit, um den nächsten Schritt zu wagen. Unter anderem auch, weil die Angst um das Wohl von Renate Seidlinger wuchs. Es war ihr zwar nichts mehr passiert, aber man konnte ja nicht wissen.

So bat er Brecht zum Gespräch.

»Herr Brecht. Nach einigen Überlegungen denken wir, dass Ihre Idee von einer Pressekonferenz keine so schlechte ist.«

Brecht schwankte zwar innerlich zwischen »Na, seid ihr endlich zur Vernunft gekommen?« und »Ha, hat eure Methode nichts ergeben!«, sagte aber laut: »Gut. Wurde auch Zeit. Das nehme ich in die Hand. In kürzester Zeit habe ich das auf die Füße gestellt – da kenne ich mich aus. So können wir alle Bürger und die Medien gleichzeitig informieren und um Mitarbeit bitten. Irgendjemand muss doch etwas gesehen haben – und weiß es vielleicht noch gar nicht. So geht es meiner Meinung nach auch schneller. Auf keinen Fall will ich mir nachsagen lassen, wir hätten nicht alles versucht.«

34

Nach einer Rekordzeit von nur zwei Tagen war alles für die Pressekonferenz organisiert. Medienprofi Brecht hatte nicht zu viel versprochen und gute Arbeit geleistet. Beziehungsweise leisten lassen, denn wie immer brauchte es einen Oberbefehlshaber und einen Befehlsempfänger, dem man delegieren konnte. Der Veranstaltungssaal beim Martinswirt war zu diesem besonderen Anlass gerammelt voll. In den ersten Reihen saßen – wie man es aus dem Fernsehen kannte – die Medien. Das waren zuerst einmal der winzige Regionalsender, drei Zeitungen aus der Umgebung, sogar eine Zeitung aus der Stadt, und in der Mitte der Redakteur des ortseigenen Gemeindeblättchens. Dieser war ein enger Freund von Brecht und somit spezialisiert auf objektive Berichterstattung. Dahinter saßen die Bewohner von Lember, allen voran die Damen rund um Inge Plottino und Frau Brant. Auch weniger bekannte Zuschauer aus den umliegenden Gemeinden, einige Lokalpolitiker und eine Handvoll Touristen ließen es sich nicht nehmen, dem erhofften Spektakel beizuwohnen.

Renate Seidlinger war nicht anwesend, ihre Freundin Anita Frei saß dafür ganz hinten im Saal.

Vorne standen auf der kleinen Bühne eine Front aneinandergereihter Tische, mit weißen Tischtüchern, ausnahmsweise bestückt mit Krügen voll Wasser und nicht mit Bier. Hinter den Tischen hatten Bürgermeister Brecht, Gruppeninspektor Bernd Krüger vom Landeskriminalamt, Exekutivbeamter Hans Maler in voller Uniform und die bereits bekannte Inspektorin Anna Tanner, ebenfalls vom Landeskriminalamt, Platz genommen. Weiterhin befand sich ein Herr unter ihnen, den niemand kannte. Auf dem professionell aussehenden Namensschild vor ihm stand »Dr. Dr. Mag. Senf«. Er war der aus der Stadt angereiste Gerichtsmediziner. Zur Wahrung des Gesichts hatte man auch den ortsansässigen Arzt zur Konferenz geladen. Dieser Platz blieb aber leer. Der Arzt hatte etwas von »Senf dazugeben« und »Schnösel« gemurmelt und sein Kommen entschuldigt.

Brecht waren das eindeutig zu viele Leute auf der Bühne. Er und Krüger – eventuell noch Hans Maler, weil er von Anfang an dabei gewesen war, das hätte vollauf genügt. Hier war Krüger aber hart geblieben. Mit seiner Laune daher nicht gerade auf dem Höhepunkt, betrachtete Anton Brecht das aufgeregte Stimmengewirr, das verzweifelte Gerangel um die letzten Plätze, das Zufächeln um Luft und das, seiner Meinung nach, »ständige Gerenne aufs Klo der Weiber«. Mit der Geduld am Ende wartete er nicht, bis die Polizeibeamten das Wort ergriffen, sondern fauchte in das Mikrofon, das vor ihm stand: »So, Ruhe jetzt! Wir fangen an!«

Schon aus Gewohnheit gehorchten ihm alle. Nach fünfzehn Jahren Amtszeit waren seine Schäfchen gut erzogen.

Sich räuspernd fuhr er etwas ruhiger und nun, da er die volle Aufmerksamkeit aller hatte, ganz der Bürgermeister, der er vorgab zu sein, fort: »Meine Damen und Herren von der Presse und den Medien, liebe Kollegen aus der Landespolitik, meine geschätzten Bürgerinnen und Bürger von Lember, werte Kollegen«, hier hatte er die Unverschämtheit auf Krüger zu deuten, »ich darf Sie im Namen der Anwesenden zu unserer Pressekonferenz im Mordfall Elvira Zeiler und im Entführungsfall Renate Seidlinger begrüßen. Zum besseren Verständnis darf ich nochmals vorstellen, wer hier oben sitzt. Postenkommandant Hans Maler. Er ist für die Sicherheit in und um Lember verantwortlich, und ich darf einmal sagen, er macht dies zu meiner vollsten Zufriedenheit.« Brecht bedachte Maler mit einem gütigen Lächeln, und dieser schien um zehn Zentimeter zu wachsen.

Der Bürgermeister blickte wieder ins Publikum. »Rechts von mir die Beamten Anna Tanner und Bernd Krüger vom Landeskriminalamt, Herr Dr. Dr. Mag. Senf von der Gerichtsmedizin. Ja, und ich bin ja bekannt, aber für die Presse darf ich mich auch kurz vorstellen. Mein Name ist Anton Brecht, ich bin der Bürgermeister von Lember, Obmann des Sportvereins,

Berater der Bürgermeisterkonferenz des Landes und einiges mehr. Nachdem mich die Polizei von Anfang an in meinen Ermittlungen unterstützt hat, dürfen wir Sie nun über den Stand dieser informieren.«

Da er das heftige Winken von Krüger, ihm das Wort zu erteilen, einfach ignorierte, gab dieser schlussendlich resigniert auf, was Brecht zum tiefen Luftholen und erneuten Redeschwall anfeuerte. »Es haben sich in unserer sonst so friedlichen und geliebten Gemeinde einige unwahrscheinlich brutale Verbrechen zugetragen. Die Details dürfen Ihnen dann noch Gruppeninspektor Krüger und Herr Dr. Senf mitteilen. Aber wir möchten nun um Ihre Hilfe bitten. Wenn Ihnen in letzter Zeit etwas aufgefallen ist, wenn Ihnen jemand eigenartig vorkam, was auch immer – bitte melden Sie sich bei uns. Jedes noch so kleine Detail ist wichtig. Und nun darf ich das Wort weitergeben an Gruppeninspektor Krüger. Danke für Ihre Aufmerksamkeit.«

Mit ausgebreiteten Armen nahm der Bürgermeister den verhaltenen Applaus entgegen und deutete auf den Gruppeninspektor. Dieser schüttelte den Kopf, wurde aber sofort professionell, als er das Mikro zu sich heranzog. Gut, dass er schwierige Menschen von seinen vielen Einsätzen her gewöhnt war.

»Meine Damen und Herren, auch wir von der Polizei danken Ihnen für Ihr Kommen. Im Folgenden darf ich Ihnen nun den Fortschritt schildern.«

Dann rollte jemand eine Pinnwand herein, auf der Fotos und Zeichnungen zu sehen waren. In der nächsten halben Stunde erklärten er und der Gerichtsmediziner die Todesursache von Frau Zeiler, die Verletzungen von Frau Seidlinger (wobei man die Fotos in der Unterwäsche netterweise nicht mitgebracht hatte) und von den gerichtsmedizinischen Untersuchungen.

Bald schon wurde es unruhig im Saal und Krüger sah, dass die Leute anfingen, sich zu langweilen. Statt der erhofften Neuigkeiten sprach man von Fakten, die schon längst bekannt waren. Pikante Details blieben aus.

Bevor der Bürgermeister während einer nicht enden wollenden Litanei medizinischer Begrifflichkeiten einschlief, hüpfte

Inge Plottino plötzlich auf, unterbrach den Gerichtsmediziner mitten im Satz und erklärte kurzerhand: »Meine Herren! Sehr interessant, aber das wissen wir schon alles. Ich eröffne nun die Fragestunde und erlaube mir auch gleich die erste Frage zu stellen.« Bevor jemand auf der Bühne seine Überraschung überwinden konnte, fuhr sie zufrieden fort: »Man ist ja zwischenzeitlich offensichtlich von einem Mann und einer Frau als Täter ausgegangen. Gibt es hier schon neue Erkenntnisse?«

Krüger ergriff das Wort. »Also – äh – danke für die Wortmeldung. Es ist bewiesen, dass ein Mann vor Ort war. Wie Sie ja wissen, wurde ein Haar vom gleichen Mann an beiden Tatorten gefunden. Hierzu gibt es dann später noch einen Aufruf.«

So schnell ließ sich die Vorsitzende der Landfrauen aber nicht abwimmeln. »Nun, das kann sein, aber wenn eine Frau sagt, sie hat eine Frau erkannt, dann hat sie eine Frau erkannt! Außerdem waren wir mit unseren Ermittlungen schon so weit, um eindeutig feststellen zu können, dass der Täter eine Frau sein muss.«

Brecht wurde es zu blöd. »Natürlich muss eine Frau dabei gewesen sein. Kein Mann wäre so dämlich, irgendwelche dummen Hühnerkochen bei jeder einzelnen Leiche und einem Entführungsopfer zu deponieren!«

Bevor Brecht erkannte, was er getan hatte, fuhr Krüger herum: »Herr Brecht! Was erlauben Sie sich? Das gehört zu den geheimen Ermittlungsakten.«

Brecht war sein Ausrutscher sichtlich peinlich, es war nämlich ausgemacht gewesen, nicht zu erzählen, dass in der Hütte im Wald wieder Knochen gefunden worden waren. Auch bei Elvira Zeiler waren derlei Spuren sichergestellt worden. Den wachhabenden Damen war es nicht aufgefallen, denn die Knochen waren auf dem Balkon platziert gewesen.

Brecht stand auf, und um seine nicht ganz lupenreine Bemerkung schnell vergessen zu machen, erklärte er: »Gut. Gut, aber eines soll hier jeder wissen: Wir werden den finden, der diese Knochen hingelegt hat, denn das ist unser Mörder!« Er rief den letzten Satz laut und theatralisch in den Saal – und sah, wie in der Mitte der Zuhörerreihen eine Frau aufsprang, sich an den Hals griff, aufschrie, die Augen verdrehte und umfiel.

Weder bevor man zum Speicheltest für die Männer aufrufen noch die Pressekonferenz als beendet erklären konnte, brach ein Tumult aus. Die Kamera und die Fotoapparate in der ersten Reihe wurden in Richtung des aktuellen Geschehens herumgerissen und klickten und summten wie wild. Alle Anwesenden waren aufgesprungen und liefen hektisch durcheinander. Die einen wollten helfen, die anderen nichts wie raus aus dem Saal. Keiner wusste im Grunde, was los war, aber jeder reagierte irgendwie.

Auf der Bühne war ebenfalls alles auf den Beinen, und Krüger schrie Dr. Dr. Mag. Soundso an, er solle der armen Frau doch helfen. Worauf dieser antwortete, er sei nur zuständig, wenn sie auch wirklich tot sei. Ob denn dies nun auch der Fall wäre?

Was war passiert? Bei Brechts pathetischem Vortrag war ausgerechnet Kaufhausbesitzerin und Hexenküchenbetreiberin Martha Brant aufgeregt aufgesprungen – und dann einfach umgefallen. Sie war aber leider nicht tot, wie Herr Dr. Dr. Mag. Senf dann doch bereit war festzustellen, sondern mit größter Wahrscheinlichkeit nur in Ohnmacht gefallen. Der schnell herbeigerufene Rettungswagen lud die Ohnmächtige und Inge Plottino, die aufs Mitfahren bestanden hatte, ein und düste ins Krankenhaus.

Die Vorsitzenden der Pressekonferenz versuchten Ruhe in das Chaos zu bringen, aber nachdem dies nicht möglich war, vertagte man den Fortgang der Konferenz auf einen späteren Zeitpunkt. Keiner konnte sich die Reaktion der sonst so zähen Martha erklären. Allgemein war man aber froh und atmete vorerst auf, denn der erste Gedanke war wohl bei allen gewesen, es würde ein neues Opfer geben.

Im mittlerweile leeren Saal blieben nur mehr Brecht und Maler zurück. Diese saßen völlig erledigt auf den Stühlen der vorderen Reihe und wussten nicht so richtig, wie sie die Vorgänge der letzten Stunde bewerten sollten.

»Na danke, das war vielleicht eine Aktion. Ich habe mir gedacht, jetzt haben wir ausgerechnet bei unserer Pressekonferenz die nächste Tote. Was muss die so ausflippen? Es war doch nicht so dramatisch, was ich da gesagt habe. Diese blöden Knochen verfolgen mich.«

Maler wischte sich den Schweiß von der Stirn, den ihm seine unbequeme und warme Uniform bescherte. »Mich verfolgt diese blöde Uniform, wobei ich nicht sagen möchte, meine Uniform ist blöd, sondern nur, dass sie heiß ist. Also, Anton, ich meine nur, also es tut mir leid …«

»Lass gut sein, Hans. Machen wir Schluss für heute.«

35

Punkt sieben Uhr am nächsten Morgen. Das Wetter war trüb, regnerisch und kalt und versprach schon dadurch einen unangenehmen Tag. Das heftige »Dingelingelingeling« der Türglocke brachte die allmorgendlich gepflegte Streitidylle der Familie Brecht durcheinander.

Erbost erhob sich der Hausherr, als es sofort darauf ein zweites Mal stürmisch läutete. Er versuchte den privaten Bereich strikt vom Beruf zu trennen. Das war bisher gut gelungen, denn ohne Aufforderung oder Dringlichkeitsstufe zehn hätte es wohl niemand gewagt, den Bürgermeister zu Hause zu stören. Doch bevor Brecht auch nur einen Ton des Missfallens äußern konnte, war seine Frau aufgestanden und zur Tür geeilt.

Draußen standen zwei nicht unbekannte Personen. Ganz dunkel gekleidet, die großen schwarzen Handtaschen und jeweils einen riesigen schwarzen Schirm fest an den Körper gepresst, warteten da Martha Brant und Inge Plottino.

Brecht, der hinter seiner Frau über die Schulter spähte und die Störenfriede sofort erkannt hatte, bemerkte süffisant: »Ach, die Zeugen Jehovas. Sag ihnen, wir sind bestens versorgt, und mach die Tür zu.«

Maria Brecht drehte sich verärgert zu ihm um. Manchmal fehlte ihm schon jedes Taktgefühl. »Guten Morgen, Martha, guten Morgen, Inge. Ist etwas passiert? Wollt ihr zu mir oder zu Toni?«

Es muss hier wohl nicht erwähnt werden, dass Toni nicht gerade die Lieblingsform seines Namens für Anton Brecht darstellte.

Irgendwie verlegen sahen sich die beiden Besucherinnen an. Verlegenheit bei Inge Plottino war neu für Brecht und bewegte ihn dazu, erstaunt etwas näher zu treten.

Sie schluckte, kniff die Augen zusammen, sah Brecht trotzig an und erklärte etwas zu laut: »Guten Morgen. Äh, entschuldigt den frühen Besuch. Können wir vielleicht kurz reinkommen? Wir wissen natürlich, dass es sehr früh ist, aber wir wollten mit Anton sprechen, bevor er ins Büro geht.«

»Du kannst natürlich auch dabei sein, Maria«, fügte Martha rasch hinzu.

Brecht wollte zum Protest ansetzen, aber seine Frau hatte schon die Tür weiter geöffnet und bat die beiden Damen herein. »Natürlich könnt ihr das. Nicht wahr Anton?« Schnell schoss sie einen warnenden Blick auf den Bürgermeister ab.

Dieser war offensichtlich nicht erfreut, aber da er nicht oft diesen speziellen Blick erntete, gab er nach. Außerdem war es wirklich interessant, was die zwei Krähen um diese Zeit bei ihm wollten. Das musste sie viel an Überwindung gekostet haben. So brummte er etwas von »Schuhe ausziehen«, »kurz« und »unnötig«, ging aber ins Wohnzimmer voran.

Dort setzten sich die beiden Besucherinnen sittlich hin, die Taschen auf dem Schoß, die Röcke fest über die Knie gestreift, und schwiegen erst einmal. Um das Eis zu brechen und die Gebote der Gastfreundlichkeit zu wahren, bot ihnen Maria Kaffee an, den die Besucherinnen erleichtert annahmen. Fast schien es, als wäre alles recht und billig, um nicht den wahren Grund ihres Erscheinens erläutern zu müssen. Eine kurze Galgenfrist wurde gewährt. Trotz der schwierigen Situation konnten es sich die Damen nicht verkneifen, sich verstohlen im Raum umzusehen. Man bekam ja nicht jeden Tag das Allerheiligste des Ortsoberhauptes zu sehen.

Brecht war mit verschränkten Armen im Türrahmen stehen geblieben und beäugte die Szene in seinem Wohnzimmer skeptisch. Wenn es nach ihm gegangen wäre, hätten die keinen Kaffee bekommen. Als alle bedient waren und die Atmosphäre einen Hauch lockerer zu werden schien, räusperte sich Inge Plottino und fing endlich an zu erklären. War auch gut so, denn die Ungeduld ließ den Herrn des Hauses mittlerweile nervös auf den Fußballen auf und ab wippen.

»Danke, dass ihr uns hereingelassen habt. Es ist uns nicht

leicht gefallen, aber es ist sehr wichtig. Eigentlich betrifft es Martha, aber irgendwie möchte ich sie nicht alleine lassen in dieser schwierigen Situation.« Beruhigend tätschelte die ungewöhnlich verlegene Plottino Martha Brant das Knie, was diese mit einem giftigen Blick quittierte. »Gestern bei der Pressekonferenz ist Martha ja zusammengebrochen. Selbstverständlich bin ich dann mit ihr ins Krankenhaus gefahren. Das gehört sich für eine Freundin. Zuerst dachte ich ja, sie ist tot, aber dann wäre sie ja jetzt nicht hier.«

Ein etwas nervöses Lachen erklang. Es blieb das einzige. Schnell fuhr Inge Plottino fort, als keiner einfiel. »Als sie aufgewacht ist, war sie total aus dem Häuschen und konnte sich gar nicht beruhigen. Martha, willst du selbst erzählen?«

»Nein!«

»Gut, dann mache ich das besser. Also, sie erklärte mir immer wieder, dass sie das nicht gewollt habe und sie es wirklich, wirklich bereue.«

Jetzt hatte die Plottino die ungeteilte Aufmerksamkeit der Brechts.

»Du bist die Mörderin, Martha?« Maria Brecht war entsetzt und hätte um ein Haar ihren Kaffee verschüttet.

Brecht bedeutete seiner Frau mit einer ungeduldigen Handbewegung zu schweigen. »Blödsinn, dann wäre sie nicht hier. Sei jetzt ruhig, Frau.«

»Ich bin doch keine Mörderin!« Ein Hauch der bekannt schrillen und leicht überheblichen Stimme der alten Martha Brant schimmerte kurz durch. Dann schien sie sich zu erinnern, warum sie gekommen war, und fiel wieder in sich zusammen.

»Nein, nein, keiner würde glauben, du könntest auch nur einer Fliege etwas zuleide tun«, beeilte sich Inge Plottino zu betonen und tätschelte wieder Marthas Knie. Im Geiste würden wohl einige dieser letzten Bemerkung widersprechen – Brecht und Tausende Fliegen inklusive. »Also, es ist so: Wir wollen hier einen Mörder fassen. Das ist ja eine Tatsache. Sonst wäre die Polizei nicht hier. Und wenn ich beziehungsweise wir Frauen nicht so hartnäckig gewesen wären, mit der Spurensuche und unserem Verdacht, wäre sicher einiges nicht bemerkt worden. Da bedarf es dann schon manchmal unkonventioneller Mittel.«

»Verdreh jetzt nicht die Tatsachen, Inge. Die Polizei ist wegen eines bestätigten Mordes und einer Entführung hier. Und ihr habt die Ermittlungen eher behindert als gefördert. Aber egal, was ist los?«

»Das kann man wirklich sehen, wie man will.« Inge Plottinos spitze Erwiderung deutete an, dass sie sich nicht so schnell geschlagen gab. Das war sie ihrem Ruf schon schuldig. »Um es kurz zu machen: Martha hat, was unsere Ermittlungen angeht, wohl etwas missverstanden. Sie dachte wohl, ich hätte angedeutet, unsere Ermittlungen würden mehr Beweise brauchen, damit wir gehört werden. Was natürlich wirklich total falsch – aber auch so was von falsch! – ist. Absolut in keiner Weise würde ich nur daran denken. Jedenfalls liegt es mir fern, Beweise zu manipulieren. Also, kurz gesagt, Martha hat diese Hühnerknochen bei den Tatorten hingelegt.«

Es folgte eine unheilschwangere Pause.

Inge Plottino war das Schweigen offensichtlich als Erste unangenehm. »Ehrlich! Sie hat sich nichts dabei gedacht. Wir waren uns ja sicher, es würde einen Mörder geben. Und es hat sich ja auch als richtig herausgestellt. Und es ist ja kein Schaden entstanden. Ganz im Gegenteil. Und es hat der Polizei vielleicht sogar geholfen. Und …« Weiter kam sie nicht, bevor eine Flucht angebracht erschien.

36

Auf Brechts Ruf waren in der Kommandozentrale im »Fliegenden Hirsch« alle zusammengeeilt, nicht einmal einen Kaffee wagte man zu holen, so wütend war er am Telefon gewesen. Ohne ein Wort zu sagen, tigerte er mit eisiger Miene im Raum auf und ab, während er leise vor sich hin fluchte. Hätte es in seinem Zuständigkeitsbereich gelegen, würden nun sowohl Martha Brant als auch Inge Plottino in Handschellen und am besten auch mit Fuß- und Mundfesseln bestückt hier sitzen. So waren sie zwar anwesend, machten aber ganz den Eindruck, als ob sie, nach der ersten befreienden Beichte, das Ganze nichts mehr anging.

Sofort nach Gruppeninspektor Krügers Erscheinen begann das Gespräch. Brecht hatte es telefonisch geschafft, ihn aus einer Sitzung mit seinem Chef und einigen anderen ranghohen Offizieren zu holen, und schon war er hier. Des Bürgermeisters Arm schien lang zu sein, denn die Order, sich unverzüglich nach Lember zu begeben, war von oberster Stelle gekommen. Um genau zu sein direkt aus dem Büro der Landesregierung. Das musste ja ungemein wichtig sein.

»Wir sind heute hier, weil mir die beiden Damen dort drüben ein besonderes Frühstück serviert haben.« Brecht nickte abfällig in Richtung des Verbrecherduos Brant/Plottino. Er war noch immer stinksauer. »Um es kurz zu machen: Frau Martha Brant hat beschlossen, die Ermittlungen auf eigene Faust voranzutreiben, und zwar auf Geheiß von Frau Inge Plottino, wie ich hier nicht unerwähnt lassen möchte. Jedenfalls hat Frau Brant diese ominösen Hühnerknochen, die uns schon einige Zeit verfolgen, an den sogenannten ›Tatorten‹ platziert.« Er ließ diese Worte zuerst einmal bei den Anwesenden wirken.

Bevor Inge Plottino schon wieder ihren Senf dazugeben konnte, wollte Krüger – noch immer ungläubig – von Martha Brant wissen: »Wie bitte? Sie haben die Knochen hingelegt?

Warum? An allen Tatorten? Wie haben sie das gemacht? Das kann doch nur der Mörder selbst getan haben, sonst ist das nicht möglich. Nein, nein, das ist doch nur wieder so eine Aktion von euch Weibern, um angeblich der Polizei zu helfen. Wichtigtuerei ist das, sonst nichts, jawohl!«

Bevor man sie aufhalten konnte, fuhr Inge Plottino erbost von ihrem Stuhl auf. »Was für eine Frechheit! Was heißt hier ›So eine Aktion von euch Weibern?‹ Wichtigtuerei? Haben wir nicht wiederholt der Polizei geholfen? Haben wir darum gebeten, als Hilfspolizisten angeheuert zu werden? Und dann passiert Martha, ich betone Martha, und nicht allen anderen, ein klitzekleines Missgeschick. Entstanden durch ein Missverständnis. Nicht mehr. Und was macht ihr Männer? Ihr werft uns sofort alle in einen Topf, und all die Hilfe und guten Taten sind ganz schnell vergessen!«

Ausnahmsweise war auch einmal bei dem sonst gutmütigen Hans Maler das Maß voll. »Halt jetzt die Klappe, Inge! Mach es nicht noch schlimmer. Immer müsst ihr euch einmischen, du und die Martha, ja sogar meine Frau. Das kann man doch nicht machen. Nein, das geht nicht! Oder heißt es, du bist die Mörderin, Martha?«

»Ich bin doch keine Mörderin!« Wenigstens Martha Brant war es annähernd so etwas wie unangenehm. Wobei ihr hier weniger die Tat an und für sich peinlich war. Eher dachte die Ladenbesitzerin an den guten Ruf ihrer Person und des Geschäfts.

»Also gut, dann erklären Sie jetzt genau, was Sie gemacht haben, und wir beraten dann weiter.« Krüger seufzte wieder einmal, und leicht resigniert versuchte er, etwas Ruhe in die Runde zu bringen.

Zögernd sah Martha Brant zu Krüger und dann zu ihrer Busenfreundin Inge. Als diese aufmunternd nickte, drückte die Ladenbesitzerin ihre Tasche an sich, richtete sich kerzengerade in ihrem Stuhl auf und begann zu erzählen. »Inge war so überzeugt, dass wir es hier mit einem Mörder zu tun haben. Ja, und wir anderen ja auch. Alle! Und dann haben alle von einem Beweis gesprochen. Da habe ich mir gedacht, das schadet doch nicht, wenn man wirklich einen Beweis, oder nennen wir es *Hinweis*, für einen Mord findet. Denn wenn es keinen Mörder gibt, dann kann auch die Polizei keine Beweise finden. Oder?«

Brecht ließ sich nicht so leicht beruhigen. »Herrgott noch mal, Weib! Du hast also die Knochen hingelegt, um bei den noch ungeklärten Todesfällen der letzten Zeit einen Mord vorzutäuschen, oder wie oder was? Sprich!«

»Brauchst nicht so zu schreien! Also, wenn ich ehrlich bin, dann habe ich bei dem Lackner und dem Holzer die Knochen hingelegt. Gut, und die bei der Emma waren auch von mir – aber auf ganz andere Weise wie die anderen.«

»Welche andere Weise?«

Martha zögerte und dachte kurz nach. »Bleibt das hier in diesem Raum? Haben hier alle so eine Verschwiegenheitspflicht?«

»So etwas Ähnliches. Also, los jetzt.«

»Bei der Emma Watzinger, da war das so: Ich bin ja bekannt für meine Hexenkunst.«

»Bitte?!« Krüger verfiel fast in Schnappatmung.

»Ja, das können Sie schon glauben, Sie ungläubiger Herr aus der Stadt. Meine Tränke und Salben sind berühmt, gell, Inge?«

»Mrmpf.«

»Ja, es kommen Leute zu mir, das würde keiner glauben. Hochgestellte Persönlichkeiten. Aber da bin ich verschwiegen. Die kommen für Liebesschwüre und Flüche und alles Mögliche.«

Kein normaler Mensch wäre zu ihr gekommen, denn am nächsten Tag hätte es das ganze Dorf gewusst. Aber ein paar Verrückte fand man überall.

»Und die Watzinger war eben eine meiner Kundinnen.«

»Aber ihr habt euch doch überhaupt nicht verstanden, du und die Emma!« Sogar Inge war das neu.

»Darum habe ich es dir ja nicht erzählt. War mir dann doch etwas peinlich. Sie war der festen Meinung, verfolgt zu werden. Und sie hat behauptet, das Böse sei bei ihr eingezogen. Irgendwie sind wir einmal im Geschäft ins Gespräch gekommen. Jedenfalls wollte ich ihr helfen. Nachdem ich mich mit meiner geistigen

Führerin besprochen habe, habe ich Emma diese Hühnerknochen gegeben und gesagt, sie müsse sie unter einem heiligen Platz beim Bild eines geliebten Menschen in Kreuzform legen. Das würde dem Bösen verbieten, ins Haus zu kommen. Ja, und von da an hat sie regelmäßig bei mir diese Hühnerknochen geholt.«

Krüger war sprachlos, er hatte noch nie so viel Blödsinn gehört.

Brecht weniger, denn er kannte die liebe Frau Brant: knickrig und eine vollkommen weltfremde Selbsteinschätzung. Deswegen aber nicht weniger gefährlich, da sie doch ein Sprachrohr für die Ängste und den Aberglauben in der Gemeinde war. Es glaubten zwar die wenigsten an ihre Hexenqualitäten, aber man konnte ja nie wissen. Brecht wollte sie auf jeden Fall nicht so einfach davonkommen lassen.

»Und ich nehme an, du hast das aus lauter Nächstenliebe gemacht?«

»Entschuldige mal, man muss ja auch von etwas leben! Ihr kauft ja alles bei diesen großen Märkten in den anderen Orten. Ihr denkt wohl alle, ich weiß das nicht. Ha! Wobei man von dem bisschen, das man da für die Hexerei bekommt, eh nicht leben könnte. Außerdem habe ich diese Knochen mit einem kräftezehrenden und langwierigen Zauber besprechen müssen.«

»Hat aber nicht viel geholfen, oder? Sonst würde sie ja noch leben, die tote Frau Emma Watzinger?«

»Weil sie nicht richtig daran geglaubt hat.«

Krüger hatte so langsam genug. Gab es hier nur Verrückte? Folgen von Inzest, oder wie? So etwas war ja wirklich nur auf dem Lande möglich. »Also, meine Herrschaften, bleiben wir bei den Fakten. Die Knochen bei Frau Watzinger waren von Ihnen, haben aber nichts mit dem Verbrechen direkt zu tun? Fasse ich das richtig zusammen?«

»Ja. Und da alle so aufgeregt darüber waren und Inge Beweise gebraucht hat, habe ich mir gedacht, es schadet ja nicht, wenn die beim Lackner auch auftauchen würden. Gott sei Dank hat der Bürgermeister sie dann gefunden.«

Die Ader auf der Stirn des Bürgermeisters schwoll bedenklich an. Sofort fuhr Krüger mit der Befragung der Ortshexe fort. »Und dann, beim Martin Holzer? Das würde mich jetzt interessieren. Wie konnten Sie vorher wissen, dass er stirbt?«

»Konnte ich ja gar nicht. Obwohl ich mich in letzter Zeit auch vermehrt mit Hellsehen beschäftige. Weil ...« Sie sah wieder die Ader des Bürgermeisters und hob beschwichtigend die Hände. »Jaja, ist ja gut, ich rede schon weiter. Also, ich konnte es nicht wissen, aber ich habe mir vorsichtshalber immer einen kleinen Vorrat von den Dingern mitgenommen. Wegen dem Mörder. Der könnte ja immer und überall zuschlagen, hat die Inge jedenfalls behauptet. Zuerst dachte ich, ich könnte die Knöchelchen gleich in der Früh dort hinlegen, als wir zum toten Martin kamen, aber da wollte der Bürgermeister unsere Hilfe nicht. So bin ich später zurück zum Tatort, und als keiner da war, habe ich sie hingelegt. Inge hat sie dann gefunden. Sie hat sich so darüber gefreut, gell, Inge?«

»Mrmpf.«

»Weiter!«

»Und bei der Elvira war es ja dann des Schicksals Fügung. Da hat uns der Hans ja zu Aushilfspolizisten ernannt. Sonst wäre es schwer geworden. Als wir dann denn Tatort untersucht, äh, gesichert haben, sind wir in jeden Raum gekommen. Ich dachte, der Balkon wäre am unverfänglichsten, und das ist auch schnell gegangen. Da hat mir der Hans geholfen. Also indirekt.«

Ein Todesblick von Hans Maler knallte auf das süße Lächeln der Brant.

»Wie haben Sie es geschafft, die Knochen in der Hütte im Wald zu deponieren? Das wäre interessant.« Krüger war noch nicht zufrieden.

»Habe ich nicht. Die sind nicht von mir.«

Pause.

»Was heißt, die sind nicht von Ihnen? Das sollen wir glauben? Die sollen plötzlich aus dem Nichts aufgetaucht sein?«

»Mir egal, was Sie glauben. Es ist so. Diese Knochen sind nicht von mir.«

»Und wie wollen Sie das beweisen?«

»Ganz einfach: Sie sind mit Sicherheit nicht mit einem Zauber besprochen.«

Alle verdrehten die Augen, sogar Inge Plottino. Selbst wenn Martha Brant eine wichtige Mitstreiterin im Kampf gegen den Bürgermeister und das Böse sowie eine unerschöpfliche Quelle an Informationen war: Sie sah offenbar nicht nur aus wie eine Krähe, dieser Vogel wohnte wohl auch in ihrem Kopf.

»Mehr haben Sie nicht dazu zu sagen?«

»Nein. Äh – also doch. Wie sieht das nun mit der Belohnung aus? Ich habe ja Beweise geliefert.«

Krüger blieb erstaunlich gelassen. »Ich bin mir noch nicht sicher, was ich mit Ihnen beiden machen werde. Behinderung der Staatsgewalt, Vortäuschung falscher Tatsachen, Manipulieren von Beweisen … das klingt schon nach ein paar Jährchen im Gefängnis.«

Bis jetzt eher trotzig, erschraken die beiden Damen nun doch. Bevor sie aber in Zeter und Wehklagen ob der Ungerechtigkeit der Justiz ausbrechen konnten, wollte der Gruppeninspektor das Verfahren abkürzen.

»Vielleicht überlege ich es mir noch. Doch jetzt wollen wir beratschlagen, was diese Dummheit nun für unsere Ermittlungen bedeutet. Und vor allem, wie es weitergehen soll.«

Er schaute in die Runde und wartete. Die Runde wartete auch und sah dann zu Inge Plottino und Martha Brant. Diese erwiderten ganz unschuldig die Blicke der anderen. Als die Damen allerdings keine Andeutungen machten zu gehen, bellte Brecht: »Ohne euch zwei! Ihr habt schon genug angerichtet. Raus jetzt, sofort! Bevor ich mich wirklich vergesse.«

37

Die brisante Neuigkeit wollte zuerst einmal von allen verdaut werden. Da Brecht schon einen kleinen Wissensvorsprung besaß, fasste er sich als Erster und ergriff das Wort: »So wie es aussieht, müssen wir bei den letzten Todesfällen trotzdem von Morden ausgehen, oder? Auch wenn die Knochen als Beweismittel wegfallen.«

Krüger antwortete seufzend: »Das sehen Sie ganz richtig. Wobei, im Grunde kann man froh sein, wenn sich herausstellen würde, dass es keinen mordenden Wahnsinnigen hier gibt, sondern nur einen ›normalen‹ Mörder, der ein paar lästige Dorfbewohner beseitigen wollte. Wobei die Betonung auf mordend liegt, denn Wahnsinnige gibt es hier genug.«

Brecht überhörte den letzten Satz, denn er stellte sich gerade vor, wie Inge und Martha auf die Bemerkung reagieren würden. »Lassen Sie das um Gottes willen nicht die beiden Furien von eben hören! Sonst schlachten die es noch aus und denken, sie haben uns mit ihrer Dummheit geholfen.«

Krüger lachte über den entsetzten Gesichtsausdruck des Ortskaisers. »Keine Angst. Mir haben die letzten Aktionen der Grazien schon gereicht. Aber zum Thema. Wenn im Fall Zeiler das gleiche Gift wie bei Emma Watzinger, also Arsen, verwendet worden wäre, könnte man den Mord an der Zeiler in die Serie aufnehmen. Aber wie die Untersuchungen ergeben haben, ist vom Täter dieses Mal ein Rattengift benutzt worden. Es heißt Parathion und wird auch ganz gerne ›Schwiegermuttergift‹ genannt. Ein nicht ganz alltägliches Mittel, aber früher durchaus geläufig. Vor allem hochgiftig, daher wurde es auch verboten. Aber bei vielen Bauern und Firmen gibt es weiterhin Restbestände. Hier wird noch ermittelt, woher der Täter das haben könnte. Aber das dauert. Mit den Giften wird das aber immer schwieriger. Durch das Internet kann man sich die schon besorgen, selbst wenn man ein totaler Laie ist. Aber vielleicht haben wir ja Glück. Jedenfalls gibt es keinen sichtlichen Zusammenhang zwischen all den Fällen. Einmal so und einmal wieder so, es ist zum Verrücktwerden.«

»Aber wer hat dann die Knochen beim letzten Tatort hinterlassen?« Maler fehlte nach wie vor der Durchblick. »An der Hütte, meine ich, wo die Renate gefangen war.«

Anna Tanner, sonst eher ruhig und im Schatten ihres Kollegen, erklärte: »Das ist klar. Die muss dann der wirkliche Mörder dort deponiert haben. Deswegen muss auch der Mörder von Lackner, Watzinger und Holzer der Entführer von Renate Seidlinger sein. Die hat ihn aber dabei erwischt, wie er bei Elvira Zeiler einsteigen wollte – die nun auch tot ist. Für mich sieht das schon nach ein und demselben Mörder in allen Fällen aus. Vor allem, weil beim Tatort in den Bergen Martha Brant keine Möglichkeit hatte, die Knochen zu hinterlegen. Das war schon klug von unserem Täter.«

»Klug? Warum?«, wollte Maler wissen.

»Na, weil er damit Verwirrung stiftet. Ob er die ersten Morde begangen hat oder nicht, es muss ihn amüsiert haben, dass jemand dort mit den Knochen ein Zeichen gesetzt hat. Wenn nicht Frau Brant selbst – und entschuldigen Sie bitte, aber das traue ich ihr nicht zu – die Taten begangen hat. Derjenige, der das Zeichen setzte, muss ja einen Grund dafür gehabt haben. Kommt es raus, besteht für den Täter sogar die Möglichkeit, dass jemand anderer verdächtigt wird. Kommt es nicht heraus, dann kann er sich bildlich vorstellen, wie es demjenigen geht, der die Knochen hingelegt hat, wenn sie dann an einem echten Tatort gefunden werden und er dann verdächtigt wird.«

Ganz konnte Maler immer noch nicht folgen, aber das würde er natürlich nicht vor den anderen zugeben. »Aha, verstehe. Und jetzt?«

Dieses Mal antwortete Krüger. »Jetzt konzentrieren wir uns auf die Fälle Zeiler und Seidlinger.«

Brecht ärgerte sich noch immer, dass er sich so hinters Licht hatte führen lassen. »Wir haben durch diese Dummheit unnötig Zeit verloren! Aber das werde ich den Nebelkrähen heimzahlen.

Das erzähle ich auf der nächsten Gemeindeversammlung. Dann wissen es alle!«

Krüger zog die Augenbrauen zusammen. »Das werden Sie schön bleiben lassen, Herr Brecht. Sonst muss ich Sie von den Ermittlungen ausschließen. Sie haben sich ja schon bei der Pressekonferenz nicht an unsere Abmachung gehalten. Das meine ich sehr ernst!«

»Keine Sorge. Sie können sich sicher sein, dass die Weiber mit ihren Heldentaten schon selbst herumprahlen werden. Und außerdem, wenn ich das Thema nicht bei der Pressekonferenz angesprochen hätte, wären wir kein Stück weitergekommen.«

»Sind wir so auch nicht. Aber gut, lassen wir das.«

Könnte man in Lember jemandem hellseherische Qualitäten zuordnen, dann Brecht, denn es kam, wie er es vorausgesehen hatte. Die beiden Damen konnten ihren Mund nicht halten und erzählten ihren Anteil an der Geschichte fleißig jedem, der es hören wollte. Und auch den Wenigen, die es eigentlich nicht wollten.

Leicht verändert klang die Schilderung dann so, dass man nur der Polizei zu helfen gedacht hatte, dass dieser Hinweis über die Knochen die Ermittlungen weitergebracht hätte, dass alle dankbar sein könnten und so weiter und so fort. Wie rosig die Vergangenheit in der Retrospektive doch manchmal sein konnte.

38

Es ist einfach zu aufregend. Mein nächster Schritt ist bereits geplant, aber im Moment gibt es so viel zu sehen und zu hören, da warte ich gerne noch ein bisschen ab. Ganz offensichtlich hat niemand eine Ahnung, was das alles soll. Und vor allem: wer dahinter steckt. So war es aber auch geplant. Sogar der verehrte Herr Brecht ist dieses Mal nicht so versiert, um den Überblick zu bewahren.

Besonders amüsant finde ich, wie man der lieben Frau Brant die Information über diese dummen Hühnerknochen entlockt hat. Auf sie hätte ich eigentlich selber kommen können, diese Möchtegernhexe. Gerade die alte Vettel hat mich schon oft genug mit ihrem Gift, das sie täglich in ihrem Geschäft verspritzt, schwer verletzt. Geistig zumindest. Das Schlimmste: Man muss gute Miene zum bösen Spiel machen. Zu all diesen kleinen Bemerkungen, die unter dem Mäntelchen des »Ach, ich meine es ja so gut« nur darauf abzielen, den anderen zu treffen.

Jetzt weiß ich, dass es ausgleichende Gerechtigkeit gibt. Sollte ich mich vielleicht persönlich bei ihr bedanken? Mit einem kleinen … Zeichen?

Ein amüsanter Gedanke. Doch das hat Zeit. Erst einmal muss ich die Nebensächlichkeiten und Plänkeleien beenden und mich wieder der Hauptsache zuwenden. Denn wenn auch alle bisherigen Aktionen eher zufällig aussahen, muss ich doch in aller Bescheidenheit zugeben: Es gibt einen Plan.

Nie wieder wird mir jemand wehtun und denken, er käme ungestraft davon. Nie wieder.

39

In der Zwischenzeit war alles vorbereitet worden, um die Männer aus Lember mithilfe einer Speichelprobe zu überprüfen. Da man ja die Pressekonferenz vor drei Tagen nicht für genauere Instruktionen, wie eine solche Massenprobe vonstattenging, hatte nutzen können, waren mittlerweile durch eine Postwurfsendung sämtliche Haushalte in Lember informiert worden.

Auch wenn der Speicheltest zum freiwilligen Akt erklärt worden war, wagten doch die meisten Männer nicht, ein Kommen zu verweigern. Schon wegen ihrer Frauen, die sich und den Nachbarn die Unschuld des Gatten beweisen wollten.

Es wäre dem »Fliegenden Hirsch« eine Freude gewesen, zu irgendeinem Zeitpunkt vorher so viele Besucher in seinen sonst verlassenen und verwaisten Räumen empfangen zu haben. Am Tag der Speichelprobe stand also schon um acht Uhr morgens eine lange Schlange von Männern vor den abkommandierten Polizisten. Die Gesetzeshüter befanden sich am Ende des großen Saals gegenüber der Tür und warteten, mit langen Wattestäbchen bewaffnet, auf ihr erhofftes Opfer. Wie Schafe vor der Schlachtbank, leicht widerwillig murmelnd, wussten die meisten Anwesenden nicht so ganz, was da von ihnen erwartet wurde. Hauptsache, es tat nicht weh.

Brecht war mit der ganzen Prozedur schon fertig. Immer noch leicht irritiert. Für ihn war es selbstverständlich gewesen, dass er zu hundert Prozent über jeden Verdacht erhaben war. Aber Krüger war unerbittlich geblieben: »Entweder alle oder keiner.«

Also hatte sich auch der Ortschef persönlich mit dem Wattestäbchen etwas DNS abnehmen lassen. Vielleicht gar nicht so schlecht, dachte er bei sich, dann kamen wenigstens keine Zweifel auf. Damit es aber auch jeder sehen konnte, war er kurz nach acht aufgetaucht, unter lautem Grüßen an den Wartenden vorbeimarschiert und vor dem ersten Mann in der Reihe, dem Postzusteller Erich Plottino, wie selbstverständlich stehen geblieben. Er hatte die Hände in einer, wie er meinte, weltmännischen Geste mit geöffneten Handflächen Richtung Saaldecke gehoben und um Ruhe gebeten. Dann hatte er erklärt: »Liebe Freunde aus Lember. Dies ist ein wichtiger Tag für uns, um der Polizei zu helfen. Es freut mich, dass ihr gekommen seid – selbstverständlich wird sich unser aller Unschuld beweisen. Wir stehen das gemeinsam durch, und ich werde als Erster die Prozedur hinter mich bringen!«

Nach heftigem Applaus hatte er sich umgedreht und dem etwas verdutzten Beamten seinen weit geöffneten Mund hingehalten. Die Männer, die da noch in der Schlange standen und denen nichts anderes übrig blieb, als sich in Geduld zu üben, hatten ihre Verlegenheit überspielt, indem sie dumme Witze rissen.

»Von mir müsste man eine andere Probe nehmen. Weiter unten, da würden die im Labor schön staunen!«

»Du red nicht, Briefträger. Hast doch schon Schwierigkeiten, deine Frau zu befriedigen.«

»Blödsinn! Es heißt doch immer, man weiß nie, wie viele Kinder vom Postboten sind.«

»Also, ich könnte mir auch etwas Besseres vorstellen, als hier herumzulungern. Nicht einmal ein Bierchen bekommen wir.«

»Hoffentlich verwechseln die nicht mein Wattestäbchen mit deinem, Hintersteininger. Wäre echt peinlich, wenn ich auf einmal impotent wäre.«

»Nur, weil du vier Kinder hast, Scherzer, brauchst du nicht stolz zu sein. Ich will ja kein so ein Zuchtbulle sein.«

Und so weiter und so fort.

Der Tag verging, und die Menge der Wartenden lichtete sich. Gegen achtzehn Uhr war ein großer Teil der Daten erfasst, auch wenn noch nicht alle Männer getestet worden waren. Krüger schätzte nach diesem erfolgreichen Anfang, dass man schon nach zwei Tagen mit den Entnahmen der Proben fertig sein würde. Bis auf wenige, die sich auf Urlaub befanden oder beruflich unterwegs waren, waren alle eingeladenen Männer erschienen.

War er dabei?

Zwei Wochen würde die Auswertung dauern – trotzdem waren die Ermittler guter Dinge. Endlich passierte etwas, und man hoffte, den rechtmäßigen Besitzer der beiden Haare zu finden. Wenn nicht, wurde verglichen, wer bei dem Test durch Abwesenheit geglänzt hatte, und der konnte schon mal genauer unter die Lupe genommen werden. Und falls das alles umsonst war, würde man die Aktion einfach auf die weiteren Gemeinden um Lember herum ausdehnen.

Dank der turbulenten Pressekonferenz waren außerdem viele Hinweise bei der Polizei eingegangen. Telefonisch, schriftlich, aber vorwiegend persönlich, ja beinahe: flüsternd überbracht. Man ging jedem dieser Hinweise nach, mochte er auch noch so unmöglich klingen: dem Nachbarn, der in der Nacht etwas im Garten vergraben hatte; den Kindern, die gerne Tiere quälen; dem Briefträger, der sich so eigenartig benahm, seit die Ermittlungen begonnen hatten; der Nachbarin, die sich nackt im Garten sonnte und nie die Vogelbeeren zurückschnitt; Frau Brant, einfach weil sie Frau Brant war; dem Bürgermeister, der sich an keines seiner Wahlversprechen gehalten hatte und ohnehin nicht ganz für voll genommen werden durfte; dem Hintersteininger, weil er einfach komisch war – schon immer; den zwei Touristen, die in der Pension »Fritzi« untergekommen waren und so eigenartige Sachen fotografierten; dem Maier, weil er sich unerklärlicherweise so große Autos leisten konnte.

Wer nicht verdächtigt wurde, der war sowieso aufs Höchste verdächtig. Man befragte Zeugen, überprüfte Alibis, wertete Hinweise aus. Jeder schien bis obenhin beschäftigt, und doch wartete alles nur auf die Ergebnisse der Speicheltests.

Auch Brecht konnte sich nicht so richtig auf seine eigentliche Arbeit – das Regieren – konzentrieren. Ruhelos erschien er überall und nirgends. Immer ungeduldiger verfolgte er die Entwicklung in seinem Dorf, und seine Miene wurde von Tag zu Tag griesgrämiger.

Trotz der allgemeinen Betriebsamkeit schien es wie die Ruhe vor einem großen Sturm. Das gespannte Warten auf das vorhergesagte Gewitter. Da der Himmel noch wolkenlos war, wusste keiner, wann es losgehen würde. Niemand konnte sagen, wann und wo es sich mit stürmischer Gewalt über allem entladen würde. Würde ein Blitz einschlagen? Würde es eine Überflutung geben? Evakuierung? Verletzte?

Oder etwa: noch mehr Tote?

***

Und dann war er endlich da. Der Tag, an dem die Ergebnisse ausgewertet waren. Würde es zum erwarteten Gewitter kommen oder nur einen lauwarmen Schauer geben?

Die Zahl der nicht überprüften Männer in Lember war überschaubar, die meisten entschuldigt oder tatsächlich unfähig, die zur Last geworfenen Taten auch ausgeführt zu haben. So schloss man in etwa den gesamten männlichen Teil der Altersheimbewohner samt und sonders aus den Ermittlungen aus. Oder diejenigen, die beweisen konnten, während der Tatzeiten nicht in Lember, ja nicht einmal im Lande gewesen zu sein.

Krüger hatte telefonisch angekündigt, er wäre mit dem Ergebnis unterwegs nach Lember. Schon in der Früh versammelte sich die übliche Mannschaft im »Fliegenden Hirsch«. Maler, die aktiv an der Sache beteiligten Beamten, sogar Renate Seidlinger – alle waren anwesend. Nur der Bürgermeister und Krüger fehlten noch. Trotz des wichtigen Tages war der Ortschef in einer Sitzung unabkömmlich gewesen.

Als Krüger mit undurchsichtiger Miene hereinkam, sah man schon enttäuschte Mienen. War die Suche umsonst gewesen? All das Warten und Bangen … Dann sah er auf und sagte fast emotionslos: »Wir haben einen Treffer.« Jubel brach los, fast hätte man meinen können, er hätte zukünftige Vaterfreuden verkündet. Allerdings war die Entwicklung einer Geburt auch nicht unähnlich.

Da jeder vor Neugier fast platzte, wollte man sofort alles wissen. Dazu musste Krüger aber noch einige Herrschaften entfernen lassen, die sich ganz unauffällig eingeschmuggelt hatten. Da das Team der Ermittler aus etwa zwanzig Personen bestand, fiel einer mehr oder weniger im Alltagsgeschäft nicht so sehr auf. Frau Inge Plottino hatte es sich jedoch zur Aufgabe gemacht, mit klimpernden Wimpern ganz zufällig vorbeizuschauen und ein Küchlein hier, ein Törtchen da und Brötchen für Zwischendurch vorbeizubringen. Außerdem lieferte der Postzusteller Erich Plottino seit nunmehr einer Stunde Briefe an den Wirt des »Fliegenden Hirsch« aus, und Karin Prall, die den dreißigsten *definitiv entscheidenden* Hinweis geliefert hatte, lungerte an diesem Morgen ebenfalls im Gasthof herum. Während nun jeder auf den Bürgermeister wartete, mussten diese drei ungebetenen Zaungäste unter heftigem Protest das Gasthaus verlassen.

Als der Bürgermeister dann kam, war das Ergebnis der Speichelprobe doch schon bekannt gegeben worden. Wer zuerst kommt, malt zuerst, das war sogar in Lember so. Maler und Krüger waren im Hinterzimmer und diskutierten geraden den Einsatzplan, als Brecht erschien. Maler war es sichtlich unangenehm, seinen Freund übergangen zu haben, aber Krüger hatte nicht warten wollen. Hier war es seine Aufgabe als Leiter des Teams gewesen, ein Machtwort zu sprechen.

Darum platzte der Polizist gleich mit der Neuigkeit heraus, bevor Brecht auch nur den Mund öffnen konnte. Diese Taktik kannte er von seiner Frau. Wenn er wieder einmal ein Bierchen zu viel getrunken hatte und später als geplant nach Hause kam, erzählte er seiner eingeschnappten Holden immer ungefragt die neuesten Gerüchte. Das klappte immer, denn ihre Neugier siegte dann über den Frust.

»Du, wir haben ihn, Anton! Du errätst nie, wer es ist. Nie im Leben!«

Der Trick funktionierte.

»Wenn es so unmöglich zu erraten ist, dann bist es wahrscheinlich du.«

»Nein. Ich doch nicht. Es ist der Eisner.«

»Der *Eisner*? Unser Eisner Harald? Das kann ich nicht glauben.«

»Doch, das Ergebnis ist eindeutig. Und der Trottel war auch noch da und hat sich testen lassen.«

Eisner war Geschäftsführer des örtlichen Baumarkts im Nachbardorf und ein in der Gemeinde sehr beliebter Mann. Die Familie ging ihm über alles, er war immer gut drauf und Kommandant der Freiwilligen Feuerwehr. Seine Frau war Hausfrau und mit den drei mehr oder weniger wohlgeratenen Söhnen beschäftigt. Sie war nicht die Hellste und beteiligte sich wahrscheinlich nur aus Langeweile an den Aktionen von Inge Plottino. Aber auch sie war überall gerne gesehen, da sie viel für den Ort organisierte wie Kinderfasching, Muttertagskränzchen und dann und wann auch eine Singstunde im Altersheim.

»Also, meine Frau hat immer schon gesagt, die Familie ist zu gut, um wahr zu sein!« Maler nickte zufrieden, diese Perfektion war ihm immer schon sauer aufgestoßen. Zu viel Freundlichkeit und zu viel »heile Welt«-Getue verhießen meist nichts Gutes. Die Erfahrung hatte er zumindest schon oft bei seinen Einsätzen als Polizist machen müssen. Außen hui, innen pfui.

Brecht hingegen mochte solche platten Aussagen nicht, die kannte er von seiner Frau zur Genüge. Allerdings musste er seinem Freund in Gedanken zustimmen. Das Familiengehabe der Eisners war direkt schon kitschig. Händchen halten, Küsschen geben, tief in die Augen schauen – und das die ganze Zeit. Schatz hin und Mausi her, danke, bitte, du bist doch die Beste – nein du!, waren für ihn zu viel des Guten. Doch hier war er sicher nicht unbedingt ein Maßstab.

Dass er den Eisner Harald wegen einiger Streitereien zwischen der Gemeinde und dem Baumarkt nicht mochte, tat dabei nichts zur Sache. Da konnte er zwischen privat und Arbeit schon unterscheiden.

»Der Harald also. Aber warum?«

Krüger strahlte voller Tatendrang. »Nun, Herr Bürgermeister, das gilt es nun herauszufinden. Auf geht's zum großen Finale! Endlich.«

40

Mit Blaulicht und einem Einsatz, der CSI Miami blass aussehen ließ, verhaftete die Polizei Eisner nur wenige Stunden später in der Firma. Unter den Augen seiner Mitarbeiter führte man den Geschäftsführer, der nicht wusste, wie ihm geschah, ab. Natürlich in Handschellen, wie es sich gehörte. Nach der langen Wartezeit und den vielen Rückschlägen wollten Krüger und sein Team ein Zeichen setzen.

Natürlich würde der Verdächtige nicht im Gasthaus verhört werden. Das war zu gefährlich. Sonst müsste der »Fliegende Hirsch« – wenn Eisner sich schleichen sollte – womöglich noch in den »Fliehenden Hirsch« umbenannt werden. Also ging es ab in die Stadt ins Landeskriminalamt zum Verhör. Hier war es Brecht nicht erlaubt mitzukommen. Der nahm diese Weisung überraschend gelassen auf. Hauptsache, der Durchbruch in diesem lästigen Fall stand bevor.

Die Zeit verging und trotz intensiver Verhöre leugnete Harald Eisner hartnäckig, etwas mit dem Mord und der Entführung zu tun zu haben. Krüger fühlte, dass der Verdächtige nicht die ganze Wahrheit erzählte. Andererseits konnte man dieses Gefühl schon fast als Berufskrankheit bezeichnen.

»Herr Eisner, wir weisen Sie darauf hin, dass Sie das Recht auf einen Anwalt haben.«

»Brauche ich nicht. Ich bin unschuldig.« Eisner verschränkte trotzig die Arme vor der Brust.

»Dann erzählen Sie uns mal, was Sie an diesem Tag gemacht haben.«

»Welchem Tag?«

»Nun, fangen wir einmal mit dem Tag der Entführung von Renate Seidlinger an.« Krüger blieb geduldig.

»Da müsste ich in meinem Terminkalender nachsehen.«

»Das können Sie noch, jetzt aber reicht uns die Zeit so von

ungefähr neunzehn Uhr bis zwei Uhr in der Früh. Das werden Sie ja wohl noch wissen. Das ganze Dorf war ja auf den Beinen.«

»Ja, das weiß ich ganz genau. Denn das ist ein Dienstag. Und wie halb Lember weiß, ist mir der Dienstag heilig.« Eisner schien wieder etwas von seinem Selbstbewusstsein zurückgewonnen zu haben.

»Warum?«

»Dienstag ist Familientag. Da bin ich am Abend immer zu Hause. So wie auch an diesem Dienstag. Mein Beruf nimmt mich sehr ein, aber meine Liebsten dürfen nicht zu kurz kommen, darum versuche ich an einem bestimmten Tag in der Woche abends immer zu Hause zu sein.« Er fuhr sich durchs Haar, und seine Sonnenstudiobräune schien mit seiner Selbstsicherheit zurückzukehren.

»Gut, das wird Ihre Familie dann ja bestätigen können. Wir werden das überprüfen. Kommen wir nun zum Tag des Mordes – also dem Mittwoch. Wo waren Sie da? Gab es wieder etwas Besonderes? War vielleicht Nudeltag oder Knödeltag?« Krüger konnte als Einziger über den Scherz lachen.

»Wenn ich mich recht erinnere, dann bin ich in der Früh gegen circa sieben Uhr in die Firma gefahren. Den Tag habe ich mit Sitzungen, Besprechungen und der täglichen Arbeit verbracht. Nach der Mittagspause habe ich alleine in meinem Büro durchgearbeitet. Und dann bin ich nach Hause gegangen. Das muss so gegen zwanzig Uhr gewesen sein. Meine Frau ist dann auch gekommen, sie war unterwegs. Mehr war da nicht. In der Firma haben mich immer irgendwelche Leute gesehen – die werden das sicher bestätigen. Wie kommen Sie nur auf die hirnrissige Idee, ich wäre ein Mörder?«

»Sie haben Ihr Haus ab wann an diesem Tag nicht mehr verlassen?« Trotz der genauen Schilderung des Tagesablaufs ließ Krüger nicht locker.

»Ab ungefähr acht Uhr abends war ich zu Hause, wie gesagt. Von diesem Zeitpunkt an war ich nicht mehr vor der Tür. Vielleicht auch schon früher. Ich weiß das nicht mehr so genau – es war ein ganz normaler Tag wie jeder andere auch. Aber ab jetzt werde ich immer genau auf die Uhr schauen, damit ich ein genaues Alibi habe, Herr Kriminalinspektor.«

»Werden Sie nicht sarkastisch. Kann Ihre Frau Ihre Alibis für beide Tage hundertprozentig bestätigen?«

»Selbstverständlich.« Wieder dieser spöttische Übermut des Verhörten.

»Gut, denn Ihre Angestellten und sie werden auf das Genaueste befragt, da können Sie Gift darauf nehmen.«

Eine etwas unpassende Bemerkung in Hinsicht auf Elvira Zeilers Todesursache.

Irgendwann am Abend tauchte dann Frau Eisner im Landeskriminalamt auf. Von da an kam wesentlich mehr Leben in die Vernehmung. Sie lieferte das volle Programm: weinend und schluchzend, wie eine Furie schimpfend und letztendlich mit allem drohend, was ihr einfiel. Ihr Mann ein gesuchter Verbrecher? Ein Mörder? Einfach lächerlich!

Später gesellte sich auch noch der Firmenanwalt des Baumarkts dazu, der sich mit Harald Eisner besprach und ihm sofort einen Maulkorb verordnete. Die Verhaftung entsprach demzufolge nicht ganz den Erwartungen der Ermittler. Die waren der festen Meinung gewesen, wenn der Täter erst einmal ermittelt sei, würde alles Weitere ein Kinderspiel werden. Wie sich nun herausstellte, war dem nicht so. Eisner weigerte sich, die Taten zuzugeben, und seine Frau bestätigte zu allem Übel sein Alibi für die beiden besagten Nächte. Mit den Aussagen der Angestellten in der Firma dazugerechnet, schien Eisner weit über den vermuteten Zeitraum für den Mord und der Entführung ein Alibi zu haben.

Demgegenüber standen die beiden Haare, die bei den Opfern gefunden worden waren. Eisners etwas lapidare Erklärung, er sei in Lember sehr bekannt und stünde so gut wie mit jedem in Kontakt, glaubte wahrscheinlich nicht einmal er selbst. Die nächste Variante, man wolle ihm etwas unterschieben, zog auch nicht.

Aber so schnell gab Gruppeninspektor Krüger nicht auf. Er hoffte noch auf einige Fingerabdrücke, die gefunden worden waren. Noch nicht ihrem eigentlichen Besitzer zugeordnet, verglich man sie gerade mit denen von Eisner. Krüger wusste, wie langwierig ein Verhör sein konnte, aber er war Profi. Also wurde der Verdächtige in die Mangel genommen – wieder und wieder.

Als dann am nächsten Vormittag der Abgleich der Fingerabdrücke kam, sorgte er für noch größere Verwirrung als vorher. In der Wohnung von Elvira Zeiler fanden die Ermittler definitiv die Fingerabdrücke von Harald Eisner, und zwar in rauen Mengen, in der Hütte im Wald jedoch keinen einzigen von ihm. Sofort plädierte der Anwalt auf nicht schuldig, da sein Mandant in Funktion als »Unterstützer der Hilfsbedürftigen in der Gemeinde« wohl auch der armen alleinstehenden Frau zur Hand gegangen war. Sie hatte ja sonst niemanden.

Krüger hielt wie die meisten Polizisten nichts von Winkeladvokaten und Rechtsverdrehern, und von diesem Anwalt hielt er besonders wenig. Da saß er in einem Maßanzug, der obligatorische Aktenkoffer stand an seiner Seite. Ein ums andere Mal fuhr er sich durch seine mit Unmengen Gel nach hinten geklatschten Haare, während er im Anschluss umständlich nach einem Taschentuch in seiner Sakkotasche suchte, um sich die Finger daran abzuwischen. Krüger graute es, denn er hatte dem Typen zur Begrüßung die Hand gegeben. Ständig betrachtete der Anwalt sein Spiegelbild im gegenüberliegenden Beobachtungsfenster, und wohl jeder im Raum merkte, wie gerne er sich selbst beim Reden zuhörte.

Als er nun in seinem pathetischen Plädoyer die Unschuldserklärung und sofortige Haftentlassung für seinen Mandanten forderte, konnte sich Krüger einen etwas schärferen Tonfall nicht verkneifen. »Himmelherrgott, wir sind noch nicht vor Gericht! Ich entscheide nicht, ob Ihr Mandant schuldig oder unschuldig ist, wir sammeln hier nur die Beweise. Allerdings hat er bisher immer betont, nichts mit Frau Zeiler zu tun gehabt zu haben. Und nun findet man seine Fingerabdrücke in ihrer

Wohnung. Und mindestens ein Haar von ihm. Das klingt doch nicht mehr unbedingt nach Zufall. Dass am Tatort in den Bergen keine Fingerabdrücke von ihm gefunden wurden, beweist gar nichts. Vielleicht hat er Handschuhe getragen. Außerdem wird Ihr Mandant sichtlich nervös, wenn er auf die beiden Haare an den Tatorten angesprochen wird. Die kann man ja auch nicht wegdiskutieren, oder? Auch wenn er uns noch so eigenartige Erklärungen für diese eindeutigen Tatsachen liefert, noch ist das alles nicht sehr schlüssig.«

So schnell ließ der Anwalt nicht locker. »Wie würden Sie sich fühlen, wenn Sie wie bei einer Großrazzia abgeführt werden? In Handschellen, wie ein Schwerverbrecher? Ein Bürger, der bisher nur durch gute Taten aufgefallen ist und noch nie mit dem Gesetz in Konflikt geriet? Alle Angestellten in der Firma sahen zu. Das ist doch ein Schock, der gewisse Gedächtnislücken erklärt. Sowie eine selbstverständliche Nervosität. Außerdem verlieren alle Menschen überall Haare. Das kann auch Zufall sein. Oder Absicht. Aber von jemand anderem. Welchen Grund sollte mein Mandant haben, einen Mord zu begehen? Noch haben Sie ja keinen gefunden, wie ich mich recht erinnern kann, oder? Sie haben kein Motiv. Und ich brauche wohl nicht zu betonen, dass er ein Alibi hat. Ein Alibi, meine Herren, ein Alibi!«

»Ja, von seiner Frau.«

Aber auch wenn man es noch so anzweifeln mochte, der Anwalt hatte recht. Eisner war nun einmal zur besagten Zeit zu Hause gewesen. Das bereitete dem Ermittler nun doch einiges an Kopfzerbrechen. War das Alibi seiner Frau echt? Wenn nicht, wie sollte man das beweisen, und warum sollte sie lügen? Wenn ja, wer kam dann als Täter oder Täterin noch in Frage? Es war zum Haareraufen. Und davon hatte Krüger sowieso nicht mehr viele.

In der Zwischenzeit ging es natürlich rund in der sonst eher beschaulichen Gemeinde Lember. Das war doch endlich einmal eine richtige Sensation. Der Eisner? Der brave, nette, hilfsbereite Familienmensch Harald Eisner?

Schnell waren im Ort zwei Lager gebildet. Das eine zur Unterstützung der armen Frau Eisner. Man würde alles tun, um ihren guten Ruf zu bewahren. Und den ihres Mannes. Beide waren »welche von uns« und damit schon mit Sicherheit unschuldig. Eine ganze Gemeinde konnte sich doch nicht so irren. Da war man sich sicher, und die Unschuld würde sich schon noch bestätigen.

Das andere Lager war die »Ich-hab's-mir-schon-immer-gedacht«-Fraktion. Alles war möglich, und es tat doch gut zu wissen, dass auch nach außen so perfekte Menschen wie die Eisners ihre Schwächen und Fehler hatten. Das ließ die eigenen Unzulänglichkeiten gleich in einem ganz anderen Licht erscheinen.

Und nicht zu vergessen gab es eine dritte Partei, die einmal zu dieser und fünf Minuten später zu jener Meinung tendierte.

Obwohl nicht gerade deren Busenfreundin, half Inge Plottino der Familie Eisner. Dummerweise. Denn gerade das wurde Eisner, für den bisher die Unschuldsvermutung gegolten hatte, schlussendlich zum Verhängnis.

41

»Meine liebe Andrea, wie geht es dir?« Martha Brants Stimme triefte vor geheucheltem Mitgefühl.

»Danke, Martha. Den Umständen entsprechend. Du kennst mich und meinen Mann schon so lange. Kannst du dir vorstellen, dass er ein Mörder ist? Welchen Grund hätte er denn gehabt? Wir sind so glücklich zusammen. Der geht doch nicht einfach hin und bringt jemanden um.« Andrea Eisner sehnte sich so sehr nach Verständnis, dass sie Marthas Scheinheiligkeit einfach überhörte.

»Da hast du schon recht. Aber Gottes Wege sind unergründlich. Mach dir mal keine Sorgen, die Wahrheit wird schon zutage kommen.« Martha wollte mehr wissen.

»Jeder hasste doch die Zeiler. Das ist mit Sicherheit eine Intrige von irgendeinem betrogenen Weib. Und obendrein sind so viele auf uns neidisch. Da wäre es doch kein Wunder, wenn man es dem Harald anhängt.«

Eine Stellungnahme hierzu wurde der generell ziemlich neidischen Martha Brant erspart, denn Inge Plottino war gerade zu dem Duo gestoßen. »Guten Morgen, Inge.«

»Guten Morgen, ihr zwei. Andrea, wie geht es dir?«

»Danke, Inge. Den Umständen entsprechend. Du kennst mich und meinen Mann schon so lange. Kannst du dir vorstellen, dass er ein Mörder ist?« Andrea war die Meinung von Inge besonders wichtig.

»Ich kann mir alles vorstellen. Aber wenn ich ehrlich bin, glaube ich auch nicht, dass dein Harald etwas damit zu tun hat.«

Nun war Andrea aber doch ehrlich erstaunt. »Wirklich? Du glaubst ihm? Das ist mir sehr wichtig. Warum denkst du, dass er es nicht war?«

»Weil er keine Frau ist.«

»Oh, ja. Ich meine, nein – das ist er nicht.«

Andrea Eisner war etwas verwirrt, aber froh, dass man ihr

glaubte. Egal aus welchem Grund. Es hatte sie einiges an Überwindung gekostet, sich auf der Straße zu zeigen. In ihren vier Wänden war aber der Wunsch auf Meinungsaustausch zu stark geworden, und sie hatte beschlossen, eine Runde im Ort zu drehen. Nachdem sie sich besonders sorgfältig zurechtgemacht hatte, war sie mit einem entschiedenen Schritt vor die Haustür getreten. Die Meinung und das Bild der anderen waren Harald und ihr immer besonders wichtig gewesen, und man durfte sich auch in einer so schwierigen Zeit nicht gehen lassen. Vor allem, wo man doch zu Unrecht beschuldigt wurde. Gerade jetzt sollte das Bild von ihnen nicht anders sein als sonst. Natürlich spürte sie die komischen Blicke der anderen Dorfbewohner, aber man war ihr trotzdem nicht unfreundlich begegnet. Im Grunde erwartete sie das auch. Sonst würde es einen Skandal geben, wenn Harald wieder frei wäre. Die Eisners waren mächtig in Lember. Jedenfalls glaubten sie selbst fest daran.

Zufrieden hatte sie das Kinn gereckt und war in das Geschäft der Brant getreten. Die Feuerprobe sozusagen. Nun war sie mit den zwei gefährlichsten Damen im Ort (außer ihr selbst natürlich) in ein Gespräch vertieft. Und eine davon glaubte ihr.

»Aber es gibt auch andere Gründe, warum er unschuldig ist. Da will uns definitiv jemand etwas anhängen. Seine Unschuld wird sich mit Sicherheit beweisen. Er ist der beste Mensch auf der Welt.« Für Andrea Eisner eine Tatsache, die Inge Plottino offensichtlich noch nicht klar sah.

»Ach, du denkst, man will deinem Harald etwas anhängen? Von dieser Seite habe ich es noch gar nicht betrachtet. Martha, können wir da etwas tun, um zu helfen?«

»Schwer zu sagen. Vielleicht sollten wir wieder selbst zu ermitteln anfangen? Du weißt, wie die Polizei arbeitet. Hier könnten wir sicher helfen.«

Andrea Eisner wollte schon »Gott bewahre!« sagen, konnte sich aber gerade noch zusammenreißen. Stattdessen sagte sie mit einer Unschuldsmiene: »Das würdet ihr für uns tun? Das finde ich aber lieb. Trotzdem bin ich der Meinung, diese unselige Geschichte wird sich ganz von selbst regeln. Mein Mann hat kein Motiv für das Ganze, er hat den besten Anwalt – und er hat mich. Außerdem ist es einfach lächerlich. Ich wünsche nur demjenigen, der ihm das angetan hat, ganz viel Glück. Das wird er brauchen, wenn er erst mal gefunden ist und ich mit ihm fertig bin. Wer weiß, vielleicht werde ich dann zur Mörderin …«

»Aber Andrea, das darfst du gar nicht denken! Deine Kinder brauchen dich. Von ganzem Herzen wünsche ich euch, dass Harald nicht nur wegen Mangel an Beweisen freigesprochen wird. Stell dir vor, es bleibt dieser Makel. Das würde ich euch wirklich nicht wünschen, meine Liebe. Da ist man dann doch ein ganzes Leben lang gebrandmarkt«, sagte Martha Brant, wie immer selbstlos und voller Herzenswärme.

Inge dachte kurz nach. »Wenn wir dir helfen sollen, dann musst du auch uns helfen. Du musst uns alles genau erzählen.«

»Das ist nett von euch, aber lasst nur, es geht schon. Das wird sich alles von selbst klären.« Die Gattin des Verdächtigen bereute es offensichtlich, das Gespräch mit den Frauen gesucht zu haben.

»Nein, nein. Wir sind da eine ganz große Hilfe. Ohne uns wäre die Polizei auch nicht so weit gekommen. Also erzähl!«

»Ich weiß doch auch nichts. Ehrlich.« Langsam wurde es der Frau von Harald Eisner unangenehm. Mitgefühl war das eine – lästige Hilfestellung und Herumstochern in ihrem Privatleben waren etwas anderes.

»Ach komm, du warst doch bei der Polizei. Was ist da passiert?« Jetzt hatte auch Martha Brant Feuer gefangen. »Hat er ein Alibi?«

»Ja.«

»Und?«

»Und was?«

»Welches?«

»Welches was?«

»Nun komm schon, Andrea, es hat keinen Sinn, wenn wir dir alles aus der Nase ziehen müssen!« Inge war ganz in ihrem Element: sich hartnäckig in eine Sache festbeißen und dann nicht mehr locker lassen.

»Darüber darf ich nicht sprechen.«

»Blödsinn. Wenn ich will, bekomme ich es sowieso heraus.«

Andrea Eisner seufzte. Inge Plottino fand immer heraus, was sie wollte. Das war allgemein bekannt. Vielleicht war es auch besser, die zwei auf ihrer Seite zu haben. Sie wusste, wie gefährlich sie mit ihrer scharfen Zunge und ihrer Neugier sein konnten. Eine Bemerkung hier, eine Äußerung da, und schon war ein unwiederbringlicher Schaden angerichtet. War sie es sonst, die normalerweise in der Oberliga mitspielte, musste sie das erste Mal den bitteren Geschmack der Gegenseite erfahren.

»Gut. Also er hat natürlich ein Alibi. Wir verbrachten die Abende zusammen bei uns zu Hause.«

»Siehst du, es geht ja.« Trotzdem sah Martha etwas enttäuscht aus. Die Antwort fand sie offenbar langweilig.

Inge hingegen runzelte die Stirn. Sie sagte nichts mehr, drehte sich auf dem Absatz um und stürmte aus dem Geschäft.

»Wahrscheinlich hat sie schon die Fährte aufgenommen. Das ist unsere Inge.« Martha Brant war zufrieden und bemerkte nicht, wie Andrea Eisner der Inge Plottino nachdenklich und besorgt hinterherblickte.

42

Nun bin ich enttarnt. Gestatten: Harald Eisner mein Name, schlauester Mann aus Lember und Umgebung. Und so nebenbei Vierfachmörder.

Ha, das hätte er wohl gerne, der ehrenwerte Herr Eisner. Der Ach-so-nette-Familienvater und angesehene Geschäftsmann. Mr. Harald »die weiße Weste« Eisner. Dass ich nicht lache. Niemals in seinem Leben wäre diese Laus zu so einer Leistung fähig. Aber er soll leiden. Leiden. Leiden. Leiden.

Warum auch nicht? Er ist der größte Dreck von allen. Doch der Tod wäre zu einfach für ihn. Viel zu gnädig. Von den anderen habe ich uns alle nur erlöst – sie haben mir bis auf den Lackner nichts persönlich getan. Sie haben einen schnellen, na ja, mehr oder weniger schmerzhaften, aber nicht unnötig qualvollen Tod verdient.

Aber dieser Bastard ist das Böse in Menschengestalt. Er soll bluten. Was übrigens für einige andere in diesem Ort ebenso gilt. Natürlich ist er nicht der wahre Täter. Außerdem: Im Gegensatz zu mir könnte er das niemals alles planen. Primitiv ist dieser Mensch – mehr nicht.

Wenn ich fertig bin, dann ist Lember halb ausgerottet. Aber sauber. Und übermorgen hol ich der Königin ihr Kind.

43

Am Nachmittag des gleichen Tages, an dem das Gespräch der Damen Brant, Plottino und Eisner stattgefunden hatte, regnete es in der Stadt in Strömen. Die Menschen eilten mit eingezogenen Köpfen und grimmigen Mienen umher, und nicht einmal die Touristen konnten sich an der sonst so überwältigenden Einmaligkeit und Atmosphäre der Stadt erfreuen. Trotz hermetischer Abschirmung und Bewachung des Landeskriminalamts konnte die schlechte Stimmung der Umgebung nicht vor einem Eindringen in die Eingangshalle abgehalten werden.

»Was heißt, Sie können uns helfen, Frau Plottino? Es war ja schon ein Kreuz, wie Sie uns in Lember genervt haben, aber ab jetzt wird nicht mehr Miss Marple gespielt! Das hier ist die Realität. Hier wird nicht auf ›Ermittler‹ gemacht, wann und wie man Lust und Laune dazu hat. Verstehen Sie mich?«

Inge Plottino war dem Polizisten am Empfang so lange auf den Geist gegangen, bis er Gruppeninspektor Krüger fast auf Knien angefleht hatte, sich die Zeit zu nehmen und ihn von dieser Plage zu erlösen.

Diese verzweifelte Bitte holte den Gruppeninspektor mitten aus einer wichtigen Sitzung, und er war dementsprechend nicht erfreut, die kleine rundliche Frau mit der großen schwarzen Tasche aus Lember zu sehen. »Bitte, Frau Plottino, akzeptieren Sie es ein für alle Mal: Wir benötigen Ihre Hilfe nicht mehr! Danke für alles. Und auf Wiedersehen. Oder nein – besser nicht!«

Das war klar und deutlich und selbst für eine Plottino zu verstehen. Beleidigt drehte sie sich um und bemerkte nur noch spitz in Richtung dieses unverschämten Polizisten: »Dann müssen Sie sehen, wie Sie allein weiterkommen, Herr Gruppeninspektor. So behandelt man keine Dame – ja fast schon Kollegin!«

Gerade als Krüger Hoffnung schöpfte, diese impertinente Person endlich los zu sein, drehte sie sich noch einmal um und bemerkte laut und mit einem süffisantem Lächeln: »Ich hoffe nur, Sie finden jemand anderen, der das angebliche Alibi von Herrn Harald Eisner widerlegen kann!«

Eins zu null für Plottino.

***

Während man Inge Plottino in Salzburg plötzlich wie ein VIP behandelte, streifte Bürgermeister Anton Brecht immer noch ruhelos durch seine Gemeinde. Den leichten Regen und die Grüße seiner Ortsbewohner schien er nicht zu bemerken, so sehr war er in seine Gedanken vertieft. Meist endeten diese Rundgänge im »Fliegenden Hirsch«. So auch an diesem Tag. Dort war es ruhig geworden, seit die Kommandozentrale wieder in die Stadt verlegt worden war.

Brecht ließ, im Wirtshaus angekommen, seinen Blick durch den Menschenleeren Raum schweifen. Lediglich zwei Polizeibeamte waren in den letzten Tagen noch da gewesen, hatten die Hinweise und Indizien in große Ordner einsortiert, katalogisiert und registriert, das Büromaterial verpackt und alles in großen beschrifteten Kartons verstaut. Da es ohne ihren Chef, Gruppeninspektor Krüger, recht locker zuging, hatte sich keiner der Herren besonders beeilt, mit dieser ansonsten recht trostlosen Arbeit fertig werden.

Deswegen war der Bürgermeister nun verwundert, im Gastraum niemanden vorzufinden. Er schätzte, dass die beiden Drückeberger auf einen Kaffee im Hinterzimmer oder beim Martinswirt waren, wo es ihnen die dralle Kellnerin angetan hatte. Die Ordner und die Kisten standen und lagen auf Tischen und Boden, für jeden, der den »Fliegenden Hirsch« betrat, gut einsehbar. Na bravo. Zuerst war man etepetete darauf bedacht gewesen, alles so geheim wie möglich zu halten, und nun standen Tür und Tor unbewacht offen. So ziemlich das halbe Dorf hatte die Möglichkeit, sich auf diese Art heimlich an den Dokumenten zu bedienen, die immerhin einmal in einem Prozess gebraucht werden würden.

Sei's drum. Der Täter war ja gefasst. Oder?

Es war ihm selbst ein Rätsel, warum Zweifel an ihm nagten. Für Brecht zählten immer zuerst die Fakten und keine Befindlichkeiten. Darin war er gut. Er wusste wohl, dass ihn so mancher wegen seiner leicht aufbrausenden Art fürchtete. Nachdem der erste Sturm aber vorbei war, konnte er ganz klar an eine Sache herangehen. Dafür schätzte man ihn. Auch er hatte dieses »Bauchgefühl«, wie seine Frau es nannte. Glücklicherweise waren Kopf und Bauch meistens derselben Meinung.

In diesem Fall waren die Fakten jedenfalls klar. Und doch war da etwas Ungreifbares. Das erste Mal waren sich die zwei Stimmen in seinem Körper nicht einig. Da er mit einer Situation wie dieser nicht umgehen konnte, war er unruhig, und die Leute, die ihn kannten, gingen ihm schleunigst aus dem Weg. Er erblickte den Ordner mit den Hinweisen aus der Bevölkerung und begann ihn durchzublättern. Es belustigte ihn immer wieder, wer was angegeben hatte. Alte Nachbarschaftsstreits trugen die Menschen hier aus. Beste Freundinnen fielen einander in den Rücken. Ehepaare waren sich einander nicht mehr sicher – und das alles im Namen der Gerechtigkeit. So viel Neid und Missgunst waren in diesem einen Order zu finden, es schien einfach unglaublich und unmöglich, wenn man die Leute so gut kannte wie er.

Gedankenverloren flog sein Blick über die Seiten, und seine Gedanken kehrten zu Harald Eisner zurück. War es ihm wirklich zuzutrauen?

Schwer zu sagen. Sein Kopf würde Nein sagen. Brecht kannte den Mann gut. Er war bei der Feuerwehr sehr beliebt, und seine Ehe schien in Ordnung zu sein. Ab und zu waren schlüpfrige Gerüchte aufgetaucht, genauso schnell aber auch wieder verschwunden, da von den besagten Damen nie bestätigt. Er war durchaus ansehnlich, man konnte sogar sagen, er sah gut aus. Es gab sicher genug Frauen, die auf so gebräunte Typen mit italienischen Schuhen ohne Socken standen. Immer nach der neuesten Mode gekleidet, sportlich und mit einem eigenwilligen Stil. Ja, und reden tat jeder in Lember sowieso gerne und viel. Wenn jeder auf alles hören würde, was da so den Ort durchzog, müsste so mancher schon verrückt geworden sein. Von Wahrheiten zu Halbwahrheiten und Lügen – der Weg war kurz. Manchmal, aber nur sehr selten, wollte er schon gerne wissen, was man so über ihn sagte. Das tat aber jetzt nichts zur Sache.

Er konzentrierte sich wieder auf den Fall. Nach außen hin hatte Eisner immer den beinharten, klugen Geschäftsmann gemimt. In den Augen des Bürgermeisters war er allerdings immer ein Regenwurm geblieben. Ein Mensch ohne Rückgrat. Glitschig. Aalglatt. Das war bei den diversen Verhandlungen der Gemeinde mit der Firma von Harald gut zu erkennen gewesen. Brecht war zwar Politiker, aber für ihn galt immer noch der Handschlag eines gestandenen Mannes am meisten. Oft genug waren Versprechungen von Eisner dann von diesem selbst nicht eingehalten worden. Ohne Kommentar. Darauf angesprochen, stand er nie zu seinen Entscheidungen, sondern gab die Schuld immer anderen. Oder den Umständen.

Aber ob diese Einschätzung auch hier zutraf? Wenn jeder ohne Rückgrat ein Mörder war, dann wäre Lember ausgestorben. Die eine Hälfte wäre tot und die andere Hälfte im Gefängnis.

Nein, er dachte nicht, dass Eisner es getan hatte. Gift würde zwar zu ihm passen, aber Brecht schätzte ihn einfach nicht klug genug ein, dies alles so einzufädeln. Und warum auch? Der Grund – oder wie Krüger es nannte: das Motiv – war nicht erkennbar. Es fehlte weit und breit besagtes Motiv, warum Eisner zum Mörder hätte werden sollen. Elvira und Renate hatten nichts, aber auch wirklich absolut nichts miteinander zu tun. Und auch nichts mit Eisner. Außer, dass man sich kannte – aber das war wohl noch etwas zu wenig, oder? Zwischen den dreien gab es keine Verbindung.

Auf einmal lief es ihm kalt den Rücken hinunter. In seine geistigen Selbstgespräche versunken, waren seine Augen unbewusst über die Seiten des Ordners vor ihm gewandert. Seite um Seite. Bis plötzlich ein Teil seines Gehirns Alarm schlug. Er konzentrierte sich auf die Buchstaben vor ihm und sah die Aussage des Briefträgers, der behauptete, ihm wären schon des

Öfteren zwei eigenartige Gestalten mit einer Kopfbedeckung aus Aluminium – wie bei Außerirdischen – in Lember aufgefallen, die sich sehr verdächtig benahmen.

Das konnte es nicht gewesen sein, was Brechts Aufmerksamkeit erregt hatte, denn Erich waren nach seinen Sitzungen beim Martinswirt schon einige Male Außerirdische begegnet. Wie er danach immer mit weit aufgerissenen Augen berichtet hatte. Wahrscheinlich war es ohnehin nur einer, denn Plottino sah im Rausch immer alles doppelt.

Der Bürgermeister schlug die Seite um. Aussagen von Damen aus dem Gefolge von Inge Plottino waren auf dem nächsten Papier zu finden, die sich gegenseitig beschuldigten und …

Er war bei den Gesprächsprotokollen von Karin Prall angekommen. Laut deren Aussage war Frau Henriette Schönauer jeden Freitag beim Friseur anzutreffen. Aber am Freitag, den 13. Juli, war sie nicht dort gewesen. Das erschien Frau Prall auf das Äußerste verdächtig.

Brecht schüttelte den Kopf. Wie kam diese blöde Nuss auf die Idee, dass diese Nichtigkeit für die polizeilichen Ermittlungen relevant sein könnte? Und es ging noch weiter: An einem Donnerstag habe sie beobachtet, dass Frau Hintersteininger ihre Geldbörse im Geschäft Brant nicht dabei gehabt habe. Alle anwesenden Zeugen waren aufgeführt. Konnte es sein, dass die Brieftasche gestohlen und vielleicht für irgendein Verbrechen benutzt worden war?

Eine Brieftasche. Vermutlich war der Mörder damit bezahlt worden. Bar oder mit Scheck? Brecht musste schmunzeln, als sich sein Blick in einer weiteren Aussage von Karin Prall verfing.

Dann sackten ihm die Beine weg. Das Schmunzeln war plötzlich weggefegt, und wie im Schock ließ er sich langsam auf einen der Stühle nieder, von der plötzlichen Erkenntnis überwältigt. Das durfte nicht wahr sein.

44

In der Stadt verhörten die ermittelnden Polizeibeamten gerade mal wieder Harald Eisner. Eines seiner Alibis war geplatzt. Inge Plottino war sich absolut sicher, ihn am Abend der Ermordung von Elvira Zeiler in Lember gesehen zu haben.

Es wurde angenommen, dass Elvira die vergifteten Pralinen so zwischen sechzehn bis spätestens neunzehn Uhr an besagtem Mittwoch zu sich genommen hatte und daran gestorben war. Ob ihr jemand diese tödlichen Süßigkeiten mitgebracht oder geschickt hatte, war schwer zu sagen. Das einzelne Weinglas schien nicht auf einen Besucher zu deuten, aber der Mörder könnte sein Glas auch abgewaschen oder mitgenommen haben. Oder abstinent sein. Es war aber auch egal, man hatte das Alibi von Eisner lediglich zeitlich eingrenzen wollen. Nun jedoch hatte er definitiv gelogen. Das war alles, was zählte. Warum sollte er die Wahrheit verschweigen, wenn er nichts mit den beiden Verbrechen zu tun hatte?

Er war im Ort von einer Zeugin gesehen worden. Und das zu einem Zeitpunkt, zu dem er sich angeblich zu Hause befunden hatte – wollte man seinen und den Behauptungen seiner Frau Glauben schenken. Eben diese Zeugin, nämlich Frau Inge Plottino, berichtete voller Stolz von ihrer wichtigen Beobachtung. Sie liebte es, diese Situation bis ins letzte Detail auszukosten. Als die Damensuchmannschaft am Tag nach der Entführung von Renate Seidlinger wieder in Lember eintrudelte, war Inge jemand aufgefallen, der in einer kleinen Gasse neben dem Gemeindeamt eine Zigarette geraucht hatte. Einer Plottino entging nichts, auch nicht die kleinste Kleinigkeit, wie sie voller Stolz mitteilte. Jedenfalls konnte sie kurz das Gesicht von Harald erkennen. Gemerkt hatte sie sich das Ganze deshalb, weil ihr vorher nie aufgefallen war, dass Harald Eisner rauchte. Seine Frau war militante Nichtraucherin.

Der von der Plottino zugerufene Gruß war erstaunlicherweise nicht erwidert worden. Der sonst so überaus freundliche Mitbürger hatte sich stattdessen in das Dunkel der Gasse zurückgezogen. Vielleicht war es ihm unangenehm, nicht an der Suche nach einer wichtigen Bürgerin mitgeholfen zu haben, vielleicht hatte er sie aber auch nicht gehört. In diesem Augenblick überwogen bei Inge Plottino Müdigkeit und Frust nach der ergebnislosen Suche nach Renate Seidlinger.

Sollte es stimmen, was Inge Plottino behauptete, standen die Aussagen von Harald und Andrea Eisner gegen die von zwölf Damen aus Lember. Denn die Vorsitzende der Landfrauen war sich sicher, dass jemand aus der Gruppe den Gruß gehört hatte, den sie in Richtung Gasse abgefeuert hatte, denn einige hatten sich umgedreht und dann achselzuckend wieder weggesehen.

Wäre Krüger sonst eher geneigt gewesen, die Aussagen gewisser Damen und Herren aus der Ortschaft als Wichtigtuerei abzutun, sah er hier keinen Grund, warum die Plottino sich das ausdenken und all ihre heiß geliebten Damen zur Lüge bewegen sollte. Das sah dann aber schlecht für die Eisners aus. Die Gattin behauptete ja immer noch, Harald wäre um diese Zeit schon lange zu Hause gewesen und nicht mehr eine Sekunde vor die Tür gegangen. Zusammen habe man bei einem gemütlichen Fernsehabend und einem Glas Wein auf der Couch gelümmelt. Im Fernsehen sei eine Komödie gelaufen, und man habe sich köstlich amüsiert. Das konnte dann so aber nicht mehr stimmen.

Allerdings schien die neue Wendung den Verdächtigen nicht aus der Fassung zu bringen. Immerhin war sein Alibi geplatzt. Er begann, mit den aktuellen Beweisen konfrontiert, zwar zu schwitzen, blieb aber dabei, nichts mit den Taten zu tun zu haben.

Krüger und sein Team waren frustriert. Immer wieder dachten sie an den großen Durchbruch und kamen dann doch nur schrittchenweise weiter. Oder gar nicht. Dieser Fall war nervtötend, sogar für die erfahrenen Ermittler. Noch gab es nicht einmal ein klar ersichtliches Motiv. Jeder, den sie befragt hatten, gab dem Eisner das beste Zeugnis ab. Als Chef der Feuerwehr kam es des Öfteren vor, dass man in fremde Wohnungen und Häuser gelangte. Nur so konnte sich die Mehrheit die bewiesene Anwesenheit des Verdächtigen bei der Zeiler erklären.

Krüger kannte solche Fälle zur Genüge, aber hier war die Sache schon extrem verfahren. Man würde die Nuss knacken – wie immer. Doch es würde sehr, sehr viel Zeit brauchen. Es galt, Frau Eisner unter die Lupe zu nehmen wegen des falschen Alibis, einige Bekannte zu Eisner zu befragen und so weiter. Am besten holte er sich noch schnell einen Kaffee aus der Bäckerei gegenüber. Das Abwaschwasser mit dem gleichen Namen aus einem der Automaten im Landeskriminalamt würde seinen Frust nur verstärken. Dann würde er sich gleich noch ein Nusshörnchen mitnehmen, denn an mehr Mahlzeiten würde er wohl in den nächsten Stunden nicht mehr kommen. Mahlzeit.

***

Am nächsten Tag waren die Regenwolken verflogen, und die Stadt präsentierte sich wieder von ihrer besten Seite. Stolz überragte die frisch renovierte Burg die wunderbar erhaltene Altstadt, mit dem Dom und all den anderen viel besuchten Sehenswürdigkeiten. Die Fassade war vorwiegend in Pastellfarben gehalten und glänzte klar und sauber, wie reingewaschen durch den Regen. Die alten Häuser standen schon seit ewigen Zeiten Schulter an Schulter hier und blickten aus ihren vielen Augen gefällig auf die wuselnden, aber so vergänglichen Menschen herab.

Als Brecht ins Landeskriminalamt marschierte, besserte dies nicht gerade die Laune von Gruppeninspektor Krüger. Gerade war es ihm möglich gewesen, einer saftigen Standpauke seines Vorgesetzten zu entkommen, der ihm fehlendes Engagement in diesem Mordfall und der Entführung einer stellvertretenden Bürgermeisterin vorwarf. Krüger wusste aus Erfahrung, dass hier jede Rechtfertigung fehl am Platz war, denn der Chef wollte nur Dampf ablassen.

So war er zuerst sehr erfreut, mitten im schönsten Monolog des Vorgesetzten zum Empfang gerufen zu werden – bis er eben sah, um wen es sich bei seinem Besucher handelte.

Der Bürgermeister schien im Gegensatz zum Gruppeninspektor seine gerade noch steinerne Miene gegen die plötzliche Leichtigkeit des Seins ausgetauscht zu haben. Sich seines stattlichen Auftretens offensichtlich bewusst, grüßte er in der Eingangshalle medienwirksam freundlich nach rechts und links und schüttelte sogar einige Hände. Ganz der siegessichere Politiker. Die absolute Frechheit aber war: Der Bürgermeister war nicht alleine gekommen.

Hatte ihm schon der Besuch von Inge Plottino vor Kurzem gereicht, stand sie nun schon wieder vor ihm, begleitet von fünf weiteren bekannten Gesichtern aus Lember. Neben Inge sah er Martha Brant, wie immer ganz in Schwarz mit ihrer geheimnisvollen riesigen Tasche. Dicht an sie gedrängt, ihre ansonsten nicht unbedingt wohl gesonnene Busenfeindin Henriette Schönauer. Ebenfalls den langen Weg ins Landeskriminalamt auf sich genommen hatten Karin Prall und eine sehr blasse Andrea Eisner. Der einzige Mann in der Mitte wusste offensichtlich nicht so recht, wie ihm geschah. Wie immer etwas verwirrt, stand er hinter seiner Frau, und wie immer verließ sich Erich Plottino auf ihre Führung.

Sehr zu dessen Unmut erfuhr Krüger von Anton Brecht, dass man noch auf den »Rest« warten würde – wer immer das auch sein mochte. Waren diese Menschen alle hier, um ebenfalls auf Ergebnisse zu hoffen? Na, dann sollten sie sich warm anziehen. Hier bot sich die einmalige Gelegenheit, die soeben erhaltene Standpauke direkt weiterzuleiten.

Brecht behandelte Krüger wie einen alten, lange nicht gesehenen Freund. Der Gruppeninspektor hatte erwartet, dass er sofort mit Fragen vom Bürgermeister bombardiert werden würde, aber man plauderte über dies und das, und er hörte vom Ortschef sogar das eine oder andere Scherzchen. Wenn er wollte, verfügte der Bürgermeister über eine gehörige Portion Charme, die er jetzt großzügig versprühte. Krüger kam aus dem Staunen nicht heraus. Auf diese Entwicklung konnte er sich nun gar keinen Reim machen. Vorerst nicht. Jedenfalls bis Anton Brecht so ganz nebenbei erklärte: »Ach, übrigens – den Fall habe ich gelöst.«

Krüger stöhnte auf. Nicht auch noch das. Energisch zog er Brecht am Arm zur Seite und versuchte ihm zu erklären, dass er sich bitte ab jetzt aus den Ermittlungen heraushalten solle. Genauso wie der neugierige und unmögliche (das sagte er nicht, das dachte er nur) Rest aus Lember. Man habe den vermutlichen Täter, und ja, die Vernehmungen würden einiges zutage fördern.

Doch der gleiche Versuch war schon bei Inge Plottino kläglich gescheitert. Dementsprechend reagierte Brecht: »Das ist nicht genug.«

»Und was soll dieser Auflauf hier? Sind das alles Ihre Mörder und ich darf mir einen aussuchen?«

»Jetzt seien Sie doch nicht so zickig, Krüger. Sie übertreffen ja schon unsere Dorfgrazien da drüben. Die ganzen Lorbeeren dürfen ja Sie dann ernten. Ich möchte nur bei der Pressekonferenz anwesend sein, und ich sage auch kein Wort, versprochen.«

Das bezweifelte Krüger stark, aber so weit war man sowieso noch nicht. Allzu gut war ihm die letzte Pressekonferenz in Erinnerung, und um jeden Preis würde er eine erneute öffentliche Aktion mit dem Bürgermeister verhindern.

»Wenn Sie so genau Bescheid wissen, dann können Sie mir ja sagen, wer es war, und ich nehme ihn fest und erledige den Rest. Wie es sich gehört. Ermittlungen sind immer noch mein Beruf. Sie machen Ihren, ich meinen.«

»Nein, nein. Das machen wir ganz anders. Auch wenn ich froh bin, weil endlich Klarheit in diesem Fall herrscht, heißt das nicht, dass ich nicht sehr traurig bin, eine Person aus Lember der Polizei auszuliefern. Egal wen. Auch wenn Unaussprechliches passiert ist, kenne ich meine Wähler meist von klein auf. Wir haben Freude und Leid geteilt, und es fällt trotz der begangenen Verbrechen sehr, sehr schwer.« Sein Gesichtsausdruck kehrte kurz zum bekannten Ernst zurück, eine Mimik, die dem Gruppeninspektor geläufiger war als Brechts fröhliches Grinsen.

Krüger war nicht überzeugt. Er musterte sein Gegenüber genau und überlegte. Wenn Brecht sagte, er wusste etwas, dann tat er dies auch. Wenn er sich weigerte, es ihm zu sagen, dann würde der Bürgermeister in seiner Sturheit auch hier bei seiner Meinung bleiben. Diese Sturheit hatte Krüger ja schon ausgiebig kennenlernen dürfen. Er würde schon seine Gründe haben, so zu handeln. Und was, wenn der Bürgermeister durch einen Zufall wirklich den Mörder hatte ermitteln können? Würden Krüger und sein Team dann nicht ziemlich dumm dastehen? Er konnte sich sicher sein, dass Brecht dieses Missgeschick zu seinem Vorteil ausschlachten würde.

Da der verdächtige Eisner kein Wort – geschweige denn ein Geständnis – von sich gab, schien ein Schuss ins Blaue nicht zu schaden. Wenn nichts dabei herauskam, dann wäre der Bürgermeister der Einzige, der sich blamierte. Hoffte der Gruppeninspektor jedenfalls. Hauptsache, der Mörder würde endlich geschnappt.

»Und wie haben Sie sich das nun vorgestellt? Wie die berühmte und legendäre Pressekonferenz?«

»Geschätzter Krüger, ich bin immer noch der Meinung, unser Vorgehen war erfolgsgekrönt. Wir machen es so ähnlich wie bei genau dieser Versammlung damals, aber erst einmal ohne Presse. Die kommt dann später«, teilte der Bürgermeister dem verblüfften Gruppeninspektor selbstsicher mit. Ironie schien ihm fremd zu sein. Oder er ignorierte sie einfach.

Von seinem Handeln absolut überzeugt preschte er weiter vor: »Wir brauchen einen Raum, so circa für zehn Personen. Lassen Sie Sessel aufstellen, dann erkläre ich alles. Zu Trinken brauchen wir diesmal nichts. Der Eisner muss auch dabei sein. Das wird wohl möglich sein, nehme ich an. Wenn alles passt und alle da sind, werde ich sprechen.«

Krüger grinste zynisch. »Ah, das wird wohl so eine kleine Vorführung à la Hercule Poirot? Ein bisschen dramatisch, oder?« So etwas hätte er dem eher trockenen Bürgermeister gar nicht zugetraut.

»Aber nein. Das Ganze wird so ablaufen: Ich erkläre, wie sich die Tat zugetragen hat, und Sie verhaften dann den Mörder. Natürlich weiß ich, wer es war, aber es wird für so manchen Beteiligten ein Schock werden. Da könnte es zu unangenehmen Szenen kommen. Wobei ich nicht denke, dass es gefährlich wird. Aber man kann nie wissen. Stellen Sie am Besten einfach noch einen Polizisten in den Raum. Ich denke, es wäre gut, wenn der harte Kern der Beteiligten dabei ist. Sie haben ein Recht dazu, die Wahrheit zu erfahren, und durch mein jahrelanges Amt habe ich eine gewisse Menschenkenntnis erworben und kann in den Gesichtern oder dem Benehmen sehr viel lesen. Das ist der Grund, warum ich einige der wichtigsten Bewohner von Lember herbeordert habe. Außerdem ist es besser, manche erfahren die Wahrheit direkt, dann können sie sich keinen Blödsinn zusammenreimen und diesen weitererzählen.« An wen er hier dachte, war unschwer zu erraten.

»Ist das alles, oder wünschen sie noch einen Sekretär oder einen Hubschrauber?« Krüger blieb zynisch.

»Nein, danke. Das wäre alles.« Brecht blieb ungerührt.

»Gut, dann warten Sie hier – ich werde sehen, was sich machen lässt.« Kopfschüttelnd über sich selbst, ließ er die kleine Gruppe stehen. So etwas war ihm in seiner ganzen Laufbahn noch nie passiert. Aber warum nicht einmal ein bisschen etwas anderes ausprobieren? Etwas Effektvolleres als sonst? Es hieß doch immer, in der Realität wäre die Polizeiarbeit anders als im Fernsehen. Nun, hier kam die Inszenierung den Filmen im Kino und im Fernsehen ja schon sehr nahe. Er war fast ein bisschen neugierig, was ihm noch bevorstand.

Etwas Kopfzerbrechen machte ihm die Anwesenheit des Verdächtigen bei diesem ganzen Spektakel. Sollte hier etwas passieren, wie würde er das seinem Vorgesetzten erklären? Wie weit war er gesunken, um sich mit solch fragwürdigen Ermittlungsmethoden bei seinen Kollegen zum Gespött zu machen? Ach, egal. Außer seinem guten Ruf hatte er schließlich nichts zu verlieren. Aber der war sowieso dahin oder zumindest angekratzt, würde es ihm nicht bald gelingen, den Fall zu lösen.

Bei diesem Fall werden Seufzer wohl zu meinen ständigen Begleitern werden, dachte er nach einem besonders intensiven, dann begann er die Wunschliste von Brecht abzuarbeiten. Er hoffte, dass mittlerweile der Rest der Truppe eingetroffen sein würde, damit man bald anfangen konnte. Und er hoffte, dass der Bürgermeister von Lember wusste, was er tat.

45

Der Raum, in den man die mittlerweile komplette Gruppe nach einiger Zeit geführt hatte, war ein kleines Konferenzzimmer im obersten Stock des weitläufigen modernen Landeskriminalamts. Die meisten der Besucher sahen sich neugierig um. Wie oft würde man noch die Gelegenheit bekommen, in diese streng bewachten heiligen Hallen vorzudringen? Stellte für viele Dorfbewohner schon jede Fahrt in die Stadt ein Erlebnis dar, war dies um vieles aufregender. Man war ja unschuldig, also wollte man dieses Abenteuer bestmöglich genießen.

Keiner wusste, was man von dieser Aktion halten sollte. Der Bürgermeister hatte sie zusammengetrommelt und war mit dem Großteil von ihnen im Kleinbus der Gemeinde in die Stadt gefahren. Der Rest war mit dem Auto gefolgt. Noch so intensive Fragen auf dem Weg in die Stadt hatten den Ortschef nicht aus der Fassung gebracht, und so hatte schließlich sogar Inge Plottino aufgegeben und sich lieber mit den anderen Damen beraten. Heftigste Spekulationen waren aufgestellt worden, um gleich darauf wieder verworfen zu werden, während Brecht am Steuer gesessen und unentwegt den Kopf über die Theorien der Mitreisenden geschüttelt hatte.

Im Konferenzzimmer im oberen Stockwerk angekommen, standen alle etwas ratlos herum. Dem Bürgermeister wäre ein einfacher Stuhlkreis lieber gewesen, aber er musste mit einem Tisch in der Mitte und unbequem aussehenden Plastikstühlen drum herum vorliebnehmen. Krüger war es nicht möglich gewesen, in der Eile etwas Besseres aufzutreiben. Sonst schmückten nur ein einsames Flipchart und ein großes Panoramafenster den Seminarraum. Weder die lieblose Einrichtung, die von einem grauen Linoleumboden und weißen kahlen Wänden angemessen erwidert wurde, schien zu längerem Verweilen einzuladen noch der Hausherr selbst, dessen Gesichtsausdruck Wasser zu Eis gefroren hätte.

Die Stimmung war eine Mischung aus interessierter Erwartung und blasierter Gereiztheit. Vom Kopfende – generell der Platz des Vorsitzenden – verscheuchte Brecht gerade Inge Plottino, um selbst Platz zu nehmen. Krüger und Maler hatten sich selbstverständlich die Positionen rechts und links von ihm geangelt. Karin Prall versuchte verzweifelt, das Fenster zu öffnen, um etwas Luft in den stickigen Raum zu lassen. Martha Brant, Henni Schönauer und Andrea Eisner saßen am anderen Ende des Tisches, so nahe wie möglich an der Tür.

Gerade öffnete sich diese, und Frau Eisner sprang auf, als zwei Polizisten ihren Gatten hereinführten. Man platzierte ihn hinter dem Tisch – so weit wie möglich von der einzigen Fluchtmöglichkeit, der Tür, – entfernt. Die beiden Justizbeamten stellten sich hinter Eisner. Auf Handschellen war auf Geheiß von Gruppeninspektor Krüger verzichtet worden.

Seine Frau wechselte schnell den Platz und setzte sich neben ihn, um seine Hand aufs Heftigste zu tätscheln. Eisner war bleich, unrasiert und sichtlich abgemagert. Ohne seine übliche gesunde Bräune war er kaum mehr wiederzuerkennen. Feindselig starrte er in die Runde, offensichtlich unsicher, wie er die Lage einschätzen sollte.

Renate Seidlinger und Anita Frei hatten sich mit steinernen Mienen unbeteiligt neben ihren Stühlen aufgebaut, als ob sie das Ganze nichts anginge. Gregor Seidlinger stand wie zum Schutz hinter seiner Frau. Als Harald Eisner den Raum betrat, zuckte Renate Seidlinger, die verständlicherweise in ihm ihren Entführer vermuten musste, kurz zusammen. Gregor ballte die Fäuste, sagte aber kein Wort.

Inge Plottino, die sich voller Mitgefühl nun neben Renate Seidlinger drapiert hatte, triefte nur so vor Verständnis und streichelte ihr beruhigend über den Arm. Sie konnte verstehen, dass es nicht angenehm war, seinem Peiniger das erst Mal von Angesicht zu Angesicht zu begegnen. Sie würde mit dem Bürgermeister noch ein Wörtchen zu reden haben, wenn das hier alles vorbei war. Die arme Renate so mit ihrem Entführer zu konfrontieren …

Nun aber siegte die Neugier, und Inge begnügte sich vorerst damit, Brecht mit giftigen Blicken zu durchbohren. Außer den üblichen Verdächtigen aus Lember befanden sich lediglich der mehr oder weniger unbeteiligt wirkende Erich Plottino und die junge Anna Tanner vom Landeskriminalamt im Raum.

Nach einem merklichen Räuspern des Bürgermeisters setzten sich auch die Letzten auf ihre Stühle. Jeder versuchte so unschuldig wie möglich auszusehen.

Brecht stand auf, und ohne es zu wollen, schien er wirklich in die Rolle des kleinen Meisterdetektivs aus Belgien zu schlüpfen. Er richtete sich die Krawatte und steckte eine Hand in die Anzugtasche. Kurz ordnete er mit der anderen Hand die Haare, die aber schon perfekt saßen. Langsam sah er jedem in der Runde in die Augen. Mancher blickte schnell weg und hüstelte nervös. Oder aber erwiderte den Blick so fest, als gelte es alleine durch Augenkontakt eine riesige Schlange zu hypnotisieren. Eisner hielt dem Starren des Bürgermeisters am längsten stand. Wahrscheinlich wollte er herausfinden, wie er zu ihm stand. Seine Miene drückte unterschwellige Wut und Anspannung aus.

Alle ahnten wohl mittlerweile, warum zu diesem Treffen geladen worden war. Was aber passieren würde, ahnte keiner.

Brecht ergriff mit der üblichen Selbstverständlichkeit das Wort. »Danke, dass ihr gekommen seid. Es ist jetzt schon einige Zeit her, dass in Lember Unruhe und Verwirrung eingezogen sind. Wie überall anders auch, kommt es bei uns zu natürlichen Todesfällen – das ist ganz normal. Allerdings haben sich diese in letzter Zeit unter eigenartigen Umständen gehäuft. Welcher Fall wirklich Mord war und welcher nicht, werden wir vielleicht heute noch beantworten können. Vielleicht auch nicht. Der alte Lackner und die Watzinger – nun, deren Ableben können tatsächlich Unfälle gewesen sein. Allerdings gibt es einen Tod, den jemand bewusst herbeigeführt hat, einen der gewünscht und geplant war. Der Mord an Elvira Zeiler.«

Der Bürgermeister ließ den Blick aus dem Fenster schweifen. Elvira Zeiler war gestorben, weil sie von vergifteten Pralinen gegessen hatte. Er dachte an das letzte Mal, als er sich die süße Leckerei gegönnt hatte. Gestern erst. Wenn man es auf ihn absehen würde, wäre es leicht, ihn zu beseitigen, denn jeder wusste, dass er eine Naschkatze war. Lieber schnell an etwas anderes denken.

»Sie war nicht beliebt. Aber auf diese schreckliche Weise vor seiner Zeit zu sterben, verdient kein Mensch. Darum soll der zur Rechenschaft gezogen werden, der diese große Schuld auf sich geladen hat. Egal aus welchem Grund, und wer auch immer es gewesen sein mag.«

Nach seiner Rede machte er eine kurze Pause, und es schien fast, als würden einige der Anwesenden erst jetzt daran denken, wieder zu atmen.

»Fangen wir mit der Geschichte an, die sich zugetragen hat.«

Krüger wollte protestieren, da dies doch in keine Märchenstunde ausarten sollte, aber Maler stoppte ihn mit einem vernichtenden Blick. Er ergab sich der Situation, zuckte nur mit der Schulter und ließ den Meisterdetektiv und Bürgermeister in Personalunion fortfahren.

»Zuerst stirbt der alte Lackner. An einer Pilzvergiftung. Dies ist wohl der erste Versuch – ich würde aber behaupten: eher ein Versehen. Ein zufällig gewünschtes Ableben, sozusagen. So isoliert, wie er wohnte, am Ortsrand, und durch die Art des Todes kann sich der Mörder ziemlich sicher sein davonzukommen, ohne gesehen zu werden. Und sollte die Tat doch irgendwer beobachtet haben, nun, dann war es ein großes Versehen. Wer würde denn schon bei einer Pilzvergiftung an Mord denken? Wohl niemand. Ob hier schon ein Plan vorhanden war oder eine konkrete Absicht? Wer weiß. Vermutlich war der Tod des alten Mannes jedoch der Auslöser für die weiteren Taten. Vielleicht wurde hier die Idee geboren? Vielleicht war es nur eine Übung? Zum Warmwerden, sozusagen.«

Gruppeninspektor Krüger blies die Backen auf und ließ hörbar die Luft entweichen. Doch davon ließ sich Brecht nicht beeindrucken. »Dann erwischt es die arme Emma Watzinger. Wobei das ›arm‹ nicht jeder in Lember bestätigen würde. Wie der Lackner ist sie sehr unbeliebt, und ich sage ganz frech: entbehrlich für die meisten. Niemand weint ihr eine Träne nach, wenn wir ehrlich sind. So mancher wäre ihr sogar gerne selbst an den Kragen gegangen, hätte man im Anschluss Straffreiheit garantiert. Nur unser Mörder bleibt nicht bei dem Gedanken, sie zu beseitigen, sondern lässt ihn Wirklichkeit werden. Bei Emma, denke ich, ist die Aktion geplant. Was das erste Mal ›passierte‹, wird hier in die Tat umgesetzt. Nicht so eindeutig, dass man es sofort als Mord bezeichnet hätte, aber auf eine Art, die eine vorsätzliche Tötung schon sehr nahe legt.«

Brecht dachte an die arme Emma, an den seltsamen Geruch in der Küche und das grünliche Stück Fleisch. Er musste sauer aufstoßen, berappelte sich aber gleich wieder.

»Wer ist dieser Mörder? Wahrscheinlich genießt er es, aus der Ferne zu beobachten, wie alle herumschwirren, Vermutungen anstellen und doch keine Ahnung haben. Die nervöse Spannung im Ort, das hinter der Hand gemurmelte Wort ›Mord‹. Es ist ihm gelungen, zwei Menschen umzubringen, und er ist damit davongekommen! Ein Hochgefühl, ein Gefühl der Unbesiegbarkeit überschwemmt ihn. Am Anfang herrscht sicher etwas Verwirrung, als die ominösen Knochen an den Tatorten auftauchen. Aber ich denke, es amüsiert ihn nach dem ersten Schock. So viel Dummheit gilt es zuerst einmal zu finden: Ein anderer hinterlässt Spuren an seinen Tatorten! Dadurch scheinen die Tode in einem ganz anderen Licht – und das ohne sein Zutun. Oder hat der Mörder selbst mit den Hühnerknochen jeden Verdacht von sich ablenken wollen?«

Damit war Brecht hinter Martha Brant getreten, die gerade den Tisch mit ihrem Blick zu zersägen versuchte. Als sie bei den letzten Worten herumfuhr, lächelte der Bürgermeister und legte ihr beschwichtigend die Hand auf die Schulter. »Liebe Martha, bleib ruhig. Wir werden sehen, ob du es warst. Wir werden sehen.«

Er ging weiter und setzte seine Erklärung fort: »Martin Holzer erwischt es als Nächsten. Ob diese Tötung geplant oder eine spontane Handlung ist, können wir nur vermuten. Holzer weiß anscheinend über jemanden und etwas Bescheid und ist dumm genug, auf dem Sonnwendfest vor dem Mörder damit zu prahlen. Er passt allerdings auch ganz gut ins Beuteschema unseres Mörders. Alkoholiker, ohne Arbeit, lästig in seinen Ticks und ebenfalls ... nun, entbehrlich. Vielleicht zwei Fliegen mit einer Klappe schlagen? Den lästigen Widersacher und den nervigen Dorfbewohner loswerden? Durch die Todesart nehme ich an: Gelegenheit macht Diebe. Und Mörder. Im Gegensatz zu den beiden ›Todesfällen‹ vorher ist ja Holzer nicht durch Gift, sondern durch einen Schlag auf den Kopf und anschließendes Ertrinken ums Leben gekommen. Im Endeffekt läuft es wohl auf das Gleiche hinaus: Hauptsache tot.«

Brecht stand wieder am Fenster und schaute hinaus in den blauen Himmel. Er schien vergessen zu haben, wo sich sein Auditorium in diesem Moment befand, und sprach scheinbar nur zu sich selbst.

»Nun ist es vollbracht. Der Täter ist das erste Mal selbst aktiv an der Tat beteiligt. Er hat gemordet, mit seiner eigenen Körperkraft. Und wieder ist er unerkannt davongekommen. Ja, nicht nur unerkannt, sondern sogar ohne irgendeine verwertbare Spur zu hinterlassen. Der Mörder ist Thema Nummer eins in Lember, und trotz seiner Taten spricht keiner im Ort wirklich schlecht über ihn, sondern eher mit Ehrfurcht und Angst in der Stimme. Ein berauschendes Gefühl muss das sein. Eine ganze Gemeinde in der Hand zu haben, die Stimmungen der Mitmenschen zu kontrollieren, mitten darunter zu sein, auch noch mitzumischen bei all den Spekulationen. Phantastisch. Passierten diese Morde aus einem bestimmten Grund? Oder entspringen sie nur einem kranken Hirn? Sind die Taten Übungen und dienen eigentlich einem höheren Ziel? Was ist der Auslöser? Warum gerade jetzt? Wer wird der nächste sein? Keiner fühlt sich mehr sicher. Den Regisseur des Ganzen plagen andere Überlegungen: Wie kann man das bereits Vollbrachte noch übertreffen?«

Der Bürgermeister hatte sich wieder vom Fenster abgewandt und war in den Raum zurückgetreten. Dort blieb er hinter dem

Stuhl seiner Stellvertreterin, Renate Seidlinger, stehen. »Vielleicht mit einem weiteren Mord. Doch der Täter wird bei seinem Versuch, bei seinem nächsten Opfer einzubrechen, von Renate überrascht. Die entführt er. Muss er entführen – zum ersten Mal muss er spontan handeln. Dann setzt er seine eigentliche Tat um und ermordet Elvira. Die passt wieder in das Schema, ist auf einer ähnlichen sozialen Stufe wie die anderen Toten und wird wieder mit Gift ermordet. Renate jedoch passt nicht in die Reihe. Sie wird nicht einfach wie Holzer und die anderen vergiftet oder erschlagen, sondern entführt. Hat sie etwas gesehen? Weiß sie etwas? Braucht sie der Täter noch? Oder schafft er es einfach nicht, diese beliebte Frau zu ermorden, weil sie zur falschen Zeit an der falschen Stelle war? Bringt er es bei einer in seinen Augen Unschuldigen nicht übers Herz, ihr mehr anzutun als einige Stichverletzungen? Oder war sie das Ziel, das Opfer schlechthin und ist zu früh befreit worden? So viele Fragen, die bis zu diesem Zeitpunkt ohne Antworten bleiben.«

Gruppeninspektor Krüger gähnte. Das entging Brecht natürlich nicht. Wie auch – der Landeskriminalbeamte war der Einzige, dessen Nerven nicht zum Zerreißen gespannt zu sein schienen. Alle anderen sahen aus, als würden sie jeden Moment kollabieren, wahlweise auch in die Tischkante beißen.

»Renate wird befreit, und Harald Eisner wird gefasst. Er hat mehr oder weniger kein Alibi. Er wird zur ungefähren Tatzeit in der Nähe des Tatorts Zeiler gesehen. Haare von ihm finden sich in der Wohnung von Elvira und in der Hütte in den Bergen. Fingerabdrücke aber nur an einem der Tatorte. Das ist fast schon zu offensichtlich, um echt zu sein. Oder einfach zu dumm? Und dann auch noch ohne erkennbares Motiv. Warum sollte ein angesehener Bürger und Familienvater eine Frau wie Elvira Zeiler töten – und dann noch auf diese Weise? Mit vergifteten Pralinen? Und warum sollte er Renate entführen, wenn sie ihn doch vielleicht später identifizieren kann? Es wäre doch logischer, sie gleich zu beseitigen, kein Risiko einzugehen.«

Dieses Mal war Brecht hinter Harald Eisner getreten, dessen Gesicht rot anlief. Eisner war wütend und zog die Hand weg, die seine Frau immer noch wie bei einem treuen Hund tätschelte. »Eben. Ich war es nicht! So dumm wäre ich nie im Leben. Und ich habe kein Motiv, wie der Bürgermeister sagt.«

»Oh, *das* habe ich nicht gesagt. Ich habe gesagt: ›Warum solltest du das tun?‹ Selbstverständlich habe ich eine Antwort auf die Frage. Du hast sehr wohl ein Motiv oder besser gesagt: Du *hattest*.«

Jetzt musste selbst Gruppeninspektor Krüger schlucken. Was wusste der Bürgermeister, was den Ermittlern bisher entgangen war?

»Im Grunde ist es ganz logisch, auch wenn man es sich einfach nicht vorstellen kann – nicht vorstellen will! –, weil es nicht sein darf. Ich werde es nicht beschönigen: Du hattest eine Affäre mit ihr. Elvira Zeiler war deine Bettgefährtin.«

46

Eisner sprang auf, seine Frau fiel in Ohnmacht, und die anderen schrien und gestikulierten wild durcheinander. Diese Offenbarung war wirklich eine Überraschung und ließ keinen kalt.

Aber nur Gregor Seidlinger kümmerte sich um die Ohnmächtige Andrea Eisner. Die anderen, speziell die Damen um Inge Plottino, hatten bei so einer sensationellen Neuigkeit keine Zeit dafür. Eisner flippte aus, hysterisch schrie er den Bürgermeister an: »Das nimmst du zurück! Was denkst du dir eigentlich? Mit dieser Hure? ICH?«

Der Verdächtige verlor nun vollends die Fassung, und die beiden Polizisten, die sich im Raum befanden, packten den tobenden Eisner an den Armen und hielten ihn zurück. Krüger würde sie persönlich suspendieren, sollte es ihnen nicht gelingen, im Landeskriminalamt selbst einen Mord im Affekt zu verhindern.

Brecht wartete, bis sich die Anwesenden wieder halbwegs beruhigt hatten und Eisner in Gewahrsam genommen worden war, bis er mit seinen Erklärungen fortfuhr. »Ach, komm schon, Harald. Du warst nicht der Einzige bei Elvira. Man hat schon immer Gerüchte über dich und Frauen gehört, aber du warst offensichtlich immer sehr diskret. Bisher ist es beim Hörensagen geblieben. Allerdings ist es doch eigenartig, dass deine Haare und Fingerabdrücke überall in der Wohnung der Zeiler verteilt waren. Das könnte selbst der beste Mörder nicht inszenieren. Herr Krüger, wo hat man die Fingerabdrücke eigentlich genau gefunden?«

Letzterer war wie gelähmt. Das Naheliegendste war ihnen nicht aufgefallen. Die Entführung und all die Begleitumstände hatten sie zu sehr verwirrt. Vor ihm lagen einige Papiere, und er begann darin zu kramen. Verwirrt runzelte er die Stirn und sah auf, als er die betreffende Stelle gefunden hatte. »Im Schlafzimmer und auf dem Kühlschrank. Und, äh, ja – auf dem WC-Sitz.«

»Siehst du?«, nahm Brecht den Faden wieder auf. »Wie soll man auch auf die Idee kommen, die Fingerabdrücke abzuwischen, wenn man ein Techtelmechtel hat? Wer denkt da schon daran, dass er einmal in einen Mord verwickelt sein könnte?«

Eisners Frau war wieder zu sich gekommen und wollte sich nun auf ihren Mann stürzen. Sie fauchte wie eine Wildkatze und schrie ihn an, dass der Speichel nur so sprühte, während die zwei Polizisten ihre Zielperson anstatt zu bewachen, nun zu beschützen versuchten.

»Du Hurenbock! Ich habe es gewusst. Wenn du spät nach Hause gekommen bist, dieser fremde Geruch. Deine Beteuerungen, nur mich zu lieben. Du Schwein! Wenn es wenigstens eine andere gewesen wäre, die du liebst, dann könnte ich es ja vielleicht verstehen. Aber so? Diese dreckige, dicke, eklige Hure! Das verzeihe ich dir nie. NIE! Ich bring dich um!«

Zu einer anderen Zeit hätte Frau Eisner in diesem Moment die Idealbesetzung für den »Exorzisten« dargestellt. Sonst kannte man sie immer mit einem milden Lächeln, mit offenem Ohr für alle, eine Heilige in Reinkarnation. Nun stand sie da mit wilden zerzausten Haaren, Mord und Totschlag im Blick, die Hände zu Klauen geformt, während ihr die Spucke übers Kinn tropfte. Krüger war sich jetzt auch über das hartnäckige Schweigen des Verdächtigen im Klaren: Mit dem Mord hatte ihn direkt keiner in Verbindung bringen können, solange es kein Motiv gegeben hatte. Das hatte sich schlagartig geändert. Jetzt gab es ein konkretes Motiv, und das brachte Harald Eisner nicht nur mit dem Mord, sondern auch noch mit der nicht gerade appetitlichen und im Ort allseits geächteten Elvira Zeiler in Zusammenhang.

Für Krüger standen aber noch Fragen offen, die es zu klären galt. Wenn es eine Beziehungstat war, wieso das ganze Drumherum? Das passte für ihn immer noch nicht ganz zusammen.

»Das ergibt eine total veränderte Situation, wenn es stimmt«, sagte Krüger. »Nun haben wir ein Motiv, Herr Eisner, das sieht nicht gut aus für Sie. Und vielleicht sollte ich Ihre Frau auch mal genauer unter die Lupe nehmen? Sie hätte doch ebenfalls einen

Grund gehabt, Frau Zeiler aus dem Weg zu räumen. Wer sagt denn, dass sie es nicht schon vorher gewusst hat und dieser … nennen wir ihn ›Ausbruch‹ hier nicht ein lächerliches Possenspiel ist?«

Eisner und Eisner sahen sich entsetzt an. Aus innig Liebenden waren innerhalb kürzester Zeit Feinde und vor allem Fremde geworden. Man glaubt, den anderen in- und auswendig zu kennen, und dann ist dieser Glaube innerhalb von Minuten zerstört. Das gemeinsam aufgebaute Leben eine Lüge. Das gemeinsame Altwerden Schnee von gestern.

Während die anderen, inklusive der Polizei, noch die Konsequenzen dieser Enthüllung überdachten, verschaffte sich der vortragende »Meisterdetektiv« wieder Ruhe in dem herrschenden Durcheinander. Ein Verhältnis zwischen Elvira Zeiler und Harald Eisner, das war ein gefundenes Fressen für so manchen anwesenden Lemberer. Aber Bürgermeister Anton Brecht war mit seinen Neuigkeiten bei Weitem noch nicht am Ende angekommen.

»Liebe Andrea, ob dich die nächste Information tröstet, weiß ich nicht. Du brauchst dir über verletzten Stolz jedenfalls nicht allein Gedanken machen, denn es gibt noch jemanden in diesem Raum, der sicher entsetzt ist, von dem Verhältnis zwischen deinem Mann und Elvira zu erfahren. Oder besser gesagt: entsetzt *war*, denn ihm oder ihr war diese Tatsache wohl schon bekannt.«

Die Bombe schlug erst einmal gar nicht ein. Es kapierte zwar jeder den Wortlaut, aber nicht den Sinn. Zu unglaublich war diese Behauptung. Brecht hätte die Situation eigentlich genießen müssen, blieb aber erstaunlich ernst bei dieser Ankündigung.

»Es gibt eine *zweite* Geliebte. Und hier würde das Wort ›Geliebte‹ sicher eher passen als dieses Bettverhältnis mit Elvira Zeiler, nehme ich an. Oder war es vielleicht sogar die ganz große Liebe? Man könnte es jedenfalls eher verstehen als bei Elvira.«

Verwundert und neugierig sahen alle zu Brecht. Außer Andrea Eisner, die kurz vor einem Kreislaufzusammenbruch zu sein schien. Zum Glück hielt Gregor Seidlinger sie davon ab, sich auf ihren Angetrauten zu stürzen und ihm das Herz aus der

Brust zu reißen. Die Luft im Raum – schon vorher stickig – war von den Ausdünstungen der vielen gestressten Körper fast nicht mehr zu ertragen. Die Spannung war geradezu greifbar.

»Durch einen Zufall, nämlich den Hinweis eines pflichtbewussten Bürgers, bin ich darauf gestoßen. Wie das Schicksal eben manchmal so spielt«, sagte Brecht eisig lächelnd. »Ihr wart sehr, sehr vorsichtig, aber ich denke, ich irre mich nicht. Natürlich konnte ich es zunächst nicht glauben, aber die Tatsachen sprechen für sich. Ihr werdet schon noch sehen.«

Er drehte sich zu Karin Prall um, und alle anderen wie in einer einzigen Bewegung mit ihm. Das konnte doch nun wirklich nicht wahr sein! Oder? Als sie nun so plötzlich im Mittelpunkt des Interesses stand, wurde sie weiß wie die Wand, und ihr üppiger Busen wogte, so heftig schnappte sie nach Luft.

»Liebe Karin. Du …«

»Sicher nicht! Bist du jetzt total verrückt geworden? Ich bin eine treue Frau! Da kannst du jeden fragen. Ich habe nichts mit dem Harald. Ja, wo sind wir denn hier? Da werden ehrenwerte Bürger einfach beschuldigt!«

Sie wusste gar nicht, wie ihr geschah. Es war doch nicht möglich, dass der Bürgermeister ihre nicht ganz jugendfreien Gedanken bezüglich Harald Eisner kannte, oder? Sie schüttelte sich. Brecht grinste, und sie fühlte sich umso mehr ertappt.

»Nein, nein, dich meine ich nicht. Ob du auch etwas mit dem Harald hast, weiß ich nicht. Er scheint ja einen Schlag bei den Frauen zu haben. Aber das habe ich nicht herausgefunden. Du, liebe Karin, hast den wertvollen Hinweis geliefert.«

Gerade noch entrüstet und aufgebracht, fasste sich die nun zur Sonderinformantin Erhobene schnell und reckte die Nase, die sie nur zu gerne in anderer Leute Dinge steckte, in die Luft. Auch wenn sie nicht genau wusste, durch welchen ihrer neunundzwanzig Hinweise es zum Durchbruch in dem Fall gekommen war – ihr war dieser Geniestreich gelungen. Mehr zählte vorerst nicht.

»Kannst du dich noch an das Sonnwendfest erinnern? Du hast dich nach unserem Aufruf beschwert, dass gewisse ›Subjekte‹

Unsittliches im Stall des Hoferbauern treiben und so weiter und so fort.«

»Ja, natürlich kann ich mich erinnern«, erklärte sie, sofort wieder ganz aufgebracht.

»Hast du da jemanden getroffen? Jemanden, den du kennst?«

»Ja, habe ich, und die Ausrede habe ich schon damals nicht geglaubt. Sie hat gesagt, sie hat mich *verfolgt*, weil sie dachte, ich hätte ein Stelldichein. So ein Blödsinn! Wenn jemand über so liederliche Sachen wie ein Techtelmechtel erhaben ist, dann ja wohl ich. Das würde jeder in Lember bestätigen. Die Person … *sie* hat sich da mit jemandem getroffen.«

»Und wie bist du darauf gekommen, dass es ein heimliches Liebestreffen gewesen sein könnte?«

Jetzt war die Zuversicht von Karin Prall etwas gewichen, und sie wand sich unter Brechts forschendem Blick. Diese Antwort hätte sie gerne vermieden. »Na ja. Rein zufällig.« War sie vorher vor Redefreude kaum zu stoppen gewesen, verfiel sie nun genau ins Gegenteil und verhielt sich ziemlich wortkarg und einsilbig.

»Bitte erzähl uns, was passiert ist. Es geht hier nur um Tatsachen zur Aufklärung eines Verbrechens, und um nichts anderes.«

Sie zuckte mit den Schultern. Wenn man sie ausdrücklich darum bat … »Ich wollte es nicht, aber ich habe da beim Fest so einen Zettel gefunden. Der war in meinem Trachtenbeutel. Na ja, ich dachte jedenfalls, es ist meiner. Ehrlich. Jeder weiß, dass mir nichts ferner liegt als Neugier. Jedenfalls, der Trachtenbeutel sah genau gleich aus wie meiner. Und da lag so ein Zettel drin. Und rein zufällig habe ich gelesen, was darauf stand. Ich dachte ja, es sei mein Beutel. Wobei es jetzt vielleicht hilft, das Verbrechen aufzuklären. Also, da stand: Treffpunkt Hoferbauer und dringend oder so. Aber da war keine Unterschrift drauf, und die Schrift habe ich auch nicht erkannt.«

»Weißt du, wem der Trachtenbeutel gehört hat?«

»Nein, aber jetzt kann ich es mir fast denken.«

»Du bist dann zum Stall des Hoferbauern?«

»Ich wollte nur frische Luft schnappen. Ehrlich. Da bin ich

zufällig in diese Richtung. Und dann habe ich mir gedacht, vielleicht hat den Zettel ja mein Mann in den Beutel gelegt. Der könnte die Taschen ja auch verwechselt haben. Da dachte ich, ich sehe einfach vorsichtshalber mal nach. Und das habe ich getan.«

»Aha. Und war es dein Mann?« Brecht musste schmunzeln.

»Nein«, sagte sie schnippisch.

»Hast du beim Hingehen in den Stall jemanden getroffen?«

»Nein, beim Hingehen nicht. Aber dort, da war ...«

»Warte, dazu kommen wir noch. Hast du beim Heimgehen später jemanden getroffen?«

»Ja – darf ich denn den Namen wenigstens sagen?« Auf ein Nicken Brechts fuhr sie fort: »Den Eisner Harald habe ich getroffen. Der wollte wohl auch Luft schnappen. Wir haben uns kurz unterhalten. Er meinte, er müsse auch mal weg von dem ganzen Trubel. Aber sonst habe ich auf dem Weg niemanden gesehen.«

»Wohin ist der Harald gegangen? Hast du das auch gesehen?«

»Er ist in Richtung Stall.«

»Und wen hast du beim Hoferbauernstall kurz vorher getroffen? Wer ist diese heimliche Geliebte von Harald Eisner?«

Karin Prall fuhr herum und zeigte voller Abscheu mit dem Finger auf sie. »Die da. Renate Seidlinger. Unsere stellvertretende Bürgermeisterin!«

47

Das war jetzt schwere Kost. Renate? Renate Seidlinger? Das schien einfach unmöglich. Klug, nett, erfolgreich, hilfsbereit, führte sie seit Jahren eine gute Ehe. Die von allen (außer von Inge Plottino) heiß gehandelte Nachfolgerin als Bürgermeisterin von Anton Brecht sollte eine schäbige Ehebrecherin sein?

Alle sahen sie an und erwarteten heftigen Protest. Doch zuerst geschah nichts. Dann eine leichte Regung. Bisher den Blick gesenkt, sah sie das erste Mal seit der Anschuldigung langsam auf und ihrem Mann in die Augen. Es herrschte absolute drückende Stille. Im Gegensatz zu Andrea Eisner, die sofort begonnen hatte zu toben und die ihrem Gatten das Verhältnis somit offensichtlich sofort zutraute, schaute Gregor Seidlinger seine Frau ungläubig an, ein flehendes Bitten in den Augen. Dieser Blick drang wohl tiefer in jedes Herz als Schreie und Worte. Als Renate ein »Verzeih mir« murmelte und den Blick auf Harald Eisner richtete, hörte man das Herz von Gregor Seidlinger in tausend Scherben zerspringen.

Renate richtete sich auf, reckte wie zum Trotz das Kinn, und unendliche Bitterkeit lag in ihrer Stimme, als sie das Wort an Eisner richtete. »Ich habe dich geliebt. Alles, *alles* hätte ich für dich getan. Du hast gesagt, du trennst dich von deiner dummen Frau. Wir würden ein neues Leben anfangen. Dass ich die Einzige bin, die dir alles geben kann, alles, was du dir wünschst. Und dann gehst du mit dieser Hure ins Bett? Wirfst all das Wunderbare weg, das wir geteilt haben. Zwei Jahre voller Liebe und Glück.«

Ihr Mann keuchte auf. Und auch die anderen Beteiligten, selbst Gruppeninspektor Krüger, sogen scharf die Luft ein. Zwei Jahre? Das war hart. Andrea Eisner fielen fast die Augen aus dem Kopf.

»Wenn ich von dem Verhältnis von dir und der Zeiler gewusst hätte, wäre ich in dieser Nacht niemals aus dem Auto gestiegen und dieser dummen Kuh auch noch zu Hilfe gekommen. Wie viel

Schmerz und Leid wäre mir erspart geblieben! Nicht nur in dieser Nacht, sondern auch, als ich mich auf dich und deine leeren Worte eingelassen habe. Den einzigen Menschen verletzt und verloren habe, dem ich wirklich etwas bedeutet habe – der mich liebt!«

Verbittert sah sie nun ihren Mann an. Dieser drehte voller Schmerz den Kopf weg, Tränen liefen über seine Wangen.

Eisner sagte gar nichts, nur seine Frau Andrea stand auf, spuckte ihm mitten ins Gesicht und verließ dann den Raum. Krüger wollte sie zurückhalten, aber Brecht schüttelte leicht den Kopf.

»Lassen wir sie, das war schon schlimm genug. Sie muss nicht noch mehr hören. Ich denke außerdem, ihre Anwesenheit ist im Moment nicht weiter erforderlich.« Brecht nickte dann in Richtung Plottino und Brant, die aus dem Staunen nicht mehr herauskamen. »Meine Damen, Sie können den Mund jetzt wieder zumachen.«

Die beiden folgten der Aufforderung und sahen sich an. Das war wirklich eine Sensation. Direkt vor ihren Augen hatten sich diese Abgründe aufgetan, und von keinem war es bemerkt worden? Das war wirklich ein Knüller. Kurz war der ursprüngliche Grund dieses Zusammentreffens vergessen. Diese Neuigkeit würde in Lember einschlagen wie eine Bombe. Und sie – sie wären die Stars in dem Zirkus!

Doch schnell wurden sie wieder aus ihrer schillernden Gedankenwelt in den kleinen muffigen Raum zurückgeholt, denn der Bürgermeister fuhr fort.

»So viel Leid, Liebe und Schmerz. Eine wunderbare Fassade, und darunter alles faul. Welche Überraschungen mag es wohl noch geben? Betrug und Ehebruch sind schlimm, machen aber noch keinen Mord aus. Wer von euch ist einen Schritt weiter gegangen als alle anderen? Denn, dass sich der Mörder unter uns befindet, wird wohl mittlerweile jedem klar sein.«

Brecht stand in der Mitte des Raums. Alle starrten ihn an.

»Karin Prall? Bist du die Mörderin? Du, die immer und überall ihre Nase hineinstecken muss und von Neid und Missgunst auf andere zerfressen ist?«

Karin Prall wollte wie von einer Kuh getreten aufspringen, wurde aber von Inge Plottino zurückgehalten. Was sie aber nicht daran hinderte, einen Schwall von Flüchen und Verwünschungen in Brechts Richtung abzufeuern.

Brecht beeindruckte das kein bisschen. »Oder ist es Martha Brant? Gierig und selbstsüchtig. Die den Aberglauben der Menschen auf das Schamloseste ausnützt. Was könnten diese Menschen dir getan haben? Renate Seidlinger? Für viele ein Vorbild – und doch mit einer dunklen Seite ausgestattet? Wozu ist sie noch fähig? Anita Frei? Die Unnahbare und Unbeteiligte. Aber bekannterweise sind stille Wasser tief. Wie tief kannst du sinken? Harald Eisner? Der mit dem besten Motiv und den eindeutigsten Indizien. Aber reicht das auch für einen Mord? Inge Plottino? Du, die du alles für Aufmerksamkeit und Publicity tun würdest. Gehst du über Leichen, um deine Ziele zu erreichen? Unser Herr Postzusteller? Der überall ungesehen hineingelangt und von seiner Frau unterjocht wird. Will er so ausbrechen? Henni Schönauer? Immer dabei, und doch nirgends die Erste. Jemand, der alles auf sich nehmen würde, um Inge Plottino den Rang abzulaufen. Gregor Seidlinger? Der vielleicht von dem Verhältnis seiner Frau gewusst hat und sich so an ihr rächen wollte, indem er den Verdacht auf den Rivalen lenkt? Vielleicht haben zwei gemeinsame Sache gemacht. Vielleicht auch alle zusammen.«

Es war mucksmäuschenstill im Raum. Keiner wagte es, die Stimme, ja nicht einmal den Blick zu heben. Selbst Gruppeninspektor Krüger war beeindruckt und gestattete sich gerade so ein Räuspern und das dezente Heben der Augenbrauen, als Zeichen, dass der Bürgermeister doch bitte fortfahren möge.

»Habe ich jemanden vergessen?«, fragte Brecht. »Mich vielleicht? Nun, ich denke, ich kann hier und heute definitiv beweisen, es nicht gewesen zu sein. Sie werden das in meinen weiteren Ausführungen noch sehen. Außerdem, wer würde das schon glauben? Ich und der Mörder …« Er lachte. In seiner Selbstgefälligkeit waren diese beiden Sätze Beweis genug, und dass ihm keiner widersprach, schien ihm recht zu geben. »Wer von euch war es also? Wer hat mindestens einem Menschen das

Wertvollste, das Leben genommen? Wenn nicht sogar das von drei weiteren Mitbürgern auf dem Gewissen, und dann noch eine aus unserer Mitte entführt?«

Gerade als es so richtig spannend wurde, verstummte er, drehte sich um und sah erneut aus dem Fenster. Auch wenn nicht alle hier Versammelten der gesuchte Mörder sein konnten, verteidigte sich niemand. Zu deutlich war ihnen ein Spiegel vorgehalten worden. Zu tief saßen Schock und Verwirrung über all das Gesagte und Getane. Zudem wollte jeder wissen, was der Bürgermeister noch zu sagen hatte.

Plötzlich fuhr Brecht herum. »Oder hat zwar der Mord stattgefunden, aber sonst nichts?«

Jetzt erwachten alle aus der Starre. Trotzdem herrschte Verwirrung. Was wollte er damit sagen?

»Der Mord an Elvira Zeiler ist eine unumstößliche Tatsache. Aber vielleicht hat es gar keine Entführung gegeben?«

48

Inge Plottino fuhr herum, als ob sie von der Tarantel gestochen worden wäre. Martha Brant und Henni Schönauer rissen Mund und Augen in grenzenlosem Staunen auf. Eisner runzelte die Stirn. Krüger und Maler waren sprachlos, und Anita Frei um einige Nuancen bleicher als sonst. Nur Gregor Seidlinger konnte offenbar gar nichts mehr erschüttern. Er war bereits ein gebrochener Mann.

Renate Seidlinger blickte Brecht verständnislos an und fragte verwirrt: »Was soll das heißen?«

Brecht sah ihr lange in die Augen, bevor er traurig antwortete: »Nun, dass es gar keine Entführung gegeben hat, Renate. Und wenn es keine gegeben hat, warum sollte dann eine vorgetäuscht werden?«

Renate Seidlinger gefiel es gar nicht, auf der Anklagebank zu sitzen. Oder war dies wieder nur eine der Finten von Brecht, um die Spannung zu erhöhen? Das konnte er doch wirklich nicht ernst meinen.

»Aber warum sollte man eine Entführung vortäuschen? Ich bin doch wirklich entführt worden! Du selbst warst dabei, als man mich gefunden hat, oder? Hast du nicht mit eigenen Augen gesehen, was man mir angetan hat? Wie kaputt und verletzt ich war. Halb erfroren und verhungert. Aus vielen Wunden floss Blut. Was hätte ich davon, die Entführung nur vorzutäuschen? Das würde ja gar nicht gehen. Mensch, Anton – weißt du überhaupt, was du da sagst?«

»Im Grunde ist die Frage, was du davon hättest, leicht zu beantworten, denn es gibt nur eine einzige Antwort darauf. Du bist unsere gesuchte Mörderin, Renate.«

Sollte es noch weitere dieser Ankündigungen geben, würden wohl einige der versammelten Damen aus Lember nicht um einen Herzinfarkt umhinkommen.

Überraschenderweise war es Gregor Seidlinger, der aus seiner Starre erwachte und Partei für seine Frau ergriff. »Bist du verrückt, Brecht? Du kennst Renate jetzt schon so lange, und sie soll jemanden umgebracht haben? Totaler Unsinn. Meine Frau ist vielleicht eine elendige Ehebrecherin, Lügnerin und Betrügerin – aber keine Mörderin. Ein bisschen kenne ich sie ja wohl auch noch. Das ist wirklich absoluter Unsinn!«

»Nein. Ist es nicht. Du hättest ihr ja Ersteres auch bis jetzt nicht zugetraut, und es ist doch geschehen.«

»Aber zwischen einem Verhältnis und einem Mord ist ein langer Weg.«

Brecht wandte sich wieder an die Beschuldigte persönlich. »Renate? Was meinst du? Wie lange ist es bis dahin?«

Die Befragte schüttelte nur widerwillig den Kopf. Brecht gab nicht nach, er kam erst so richtig in Fahrt. »Waren die ersten Opfer eine Übung? Oder trägst du schon lange solchen Hass in dir? War es schwierig, dem Holzer Martin den Kopf einzuschlagen? Kann man noch schlafen, wenn das Blut eines anderen an den Händen klebt?«

»Ich war es nicht! Wie kommst du auf so eine verrückte Idee? Ich bin das Opfer. Schon vergessen? Ich könnte nie im Leben jemanden töten.« Sie fing an zu weinen, und Inge Plottino warf Brecht einen empörten Blick zu.

»Nein, du bist nicht das Opfer. Du hast uns nur davon überzeugt. Uns alle, inklusive der Polizei. Auch ich bin dir fast auf den Leim gegangen. Eigentlich hätte ich es wissen müssen. Du warst schon immer eine gute Schauspielerin. Davon konnte sich das ganz Dorf bei deinen Pressekonferenzen als stellvertretende Bürgermeisterin überzeugen. Nie hast du dir anmerken lassen, wie es dir wirklich ging, selbst wenn du mal einen schlechten Tag hattest. Nie. Aber eine persönliche Frage bitte ich dich zu beantworten: War sonst auch alles gespielt? Unsere ganze langjährige Freundschaft?«

Gruppeninspektor Krüger mischte sich ein. »Wie kommen Sie auf diesen absurden Gedanken, Herr Brecht, dass die stellvertretende Bürgermeisterin das alles nur inszeniert hat? Wie soll sie das angestellt haben? Oder gibt es einen Komplizen, von dem wir nichts wissen?«

Brecht wandte den Blick von Renate. »Nein, nein. Das hat sie alles alleine gemacht. So genial wie das alles eingefädelt war, wäre ein Mitwisser nur ein unnötiges Risiko gewesen. Wie? Dazu komme ich nun. Lassen Sie mich in Ruhe erklären.«

Umständlich wischte er sich den Schweiß mit seinem Stofftaschentuch von der Stirn, faltete es nervenzerreißend langsam wieder zusammen und steckte es in seine Tasche. Inge Plottino war anzusehen, dass sie ihm das Stück Stoff am liebsten aus der Hand gerissen hätte, um ihn zu zwingen, mit den Ausführungen fortzufahren. Gott sei Dank tat er dies nun von selbst.

»Damals, als ich die Tatortfotos betrachtet habe, da hat mich schon etwas stutzig gemacht. Leider konnte ich bis vor Kurzem nicht erklären, was es war, Herr Gruppeninspektor. Als die Haare von Eisner aufgetaucht sind, habe ich mir die Fotos von Renate nochmals angesehen. Du sahst so arm und so schrecklich zugerichtet und geschunden aus, da in deiner Unterwäsche auf dem alten Bett. Deine vielen Verletzungen, die Hände und Füße ganz wund. Zum Herzerweichen. Kein Mensch würde da etwas anderes empfinden als Mitleid und Wut auf deinen Peiniger. Keiner würde sich die Mühe machen, genauer hinzuschauen. Und so ist es dann auch gewesen. Was wir alle übersehen haben? Eine unwichtige Kleinigkeit, die aber alles ausmacht. Wir haben ein Handgelenk übersehen. Es war bei näherer Betrachtung anders als das andere. Das Linke, wenn man genau sein will. Anders als das rechte Handgelenk und die beiden Fußgelenke. Du bist doch Linkshänderin, oder?«

»Ja, das ist sie. Ganz sicher! Das weiß ich vom Geldabzählen an der Kasse im Geschäft. Linkshänder waren mir immer schon suspekt«, ereiferte sich Martha Brant, als Renate Seidlinger nicht antwortete.

»Dieses linke Handgelenk war im Gegensatz zu den Füßen und der rechten Hand fast ohne Fesselmale. Nicht wund gescheuert wie der Rest. Fast, als ob es nicht bewegt oder nur kurz gefesselt worden war. Aber warum solltest du den einen

Arm weniger bewegen als den anderen? Und ausgerechnet den, in dem du mehr Kraft hast? Das würde doch gar keinen Sinn ergeben. Es hätte dir nichts genützt. Also warum war dieses Handgelenk anders?«

»Das ist doch lächerlich! Daraus schließt du einfach mir nichts, dir nichts, ich sei eine kaltblütige Mörderin? Weil mir Fesselmale fehlen? Danke. Das ist lächerlich!«

»Nein, das ist es nicht. Außerdem ist mir aufgefallen, dass der Täter bei den Füßen Handschellen und bei den Händen Lederriemen benutzt hat. Das ist doch ungewöhnlich, oder? Auch wenn du zarte Fußgelenke hast, muss es doch schwierig gewesen sein, diese Stahldinger um die Füße zu bekommen. Wäre da nicht die logischere Schlussfolgerung, die Riemen für die Beine und die Handschellen für die Hände zu nehmen? Für mich schon.«

»Also, für mich nicht«, ließ Henni Schönauer tapfer vernehmen.

Brecht warf ihr einen bösen Blick zu und fuhr mit der Erklärung fort: »Gut, dann werde ich es so erklären, dass es für jedes Niveau hier zu verstehen ist. Die Handschellen sind sicherer als Lederriemen. So weit alles noch klar, oder? Wenn du an den Händen mit Lederriemen gefesselt bist, dann könntest du dich eventuell – ich sage *eventuell* befreien. Würdest du die Hände frei bekommen, dann könntest du dich wahrscheinlich ganz befreien. Würdest du nur die Füße frei bekommen, würde dir das nichts helfen. Daher ist es unlogisch, die Handschellen nicht für die Hände zu nehmen. Also warum diese eigenartige Kombination?«

Bevor Henni – die immer noch nicht ganz klar sah – wieder etwas sagen konnte, fuhr Renate auf. »Was willst du damit sagen? Ich war so festgebunden, ich hätte mich sowieso nie rühren können. Das kann jeder von der Polizei, der mich gefunden hat, bestätigen. Und zu den Handschellen an den Fußgelenken: In der Eile musste der Entführer einfach improvisieren. Da hatte er keine Zeit, sich an einen Plan zu halten!«

»Genau das ist der dritte Punkt, der mich von Anfang an

gestört hat. Zwei Täter, die gemeinsame Sache machen, kamen für mich nie in Frage. Das wäre doch zu viel an Zufall gewesen in einem so kleinen Ort wie Lember. Also gab es nur einen Mörder. Und nun stellt sich die Frage, auf wen genau es dieser Täter abgesehen hatte und was er mit der ganzen Aktion ›Mord und Entführung‹ bezwecken wollte. Wenn du das eigentliche Opfer warst, Renate, wieso der scheinbar willkürliche Mord an Elvira Zeiler? Hat sie etwas gewusst oder gesehen und hat man sie deswegen ermordet? Aber warum wurdest dann du nur entführt?«

Schweigen.

»Wieder die Frage: Warum bist du nicht einfach getötet worden? Das wäre schnell und einfach gegangen. Und dass unser Mörder keine Skrupel kennt, hat er ja schon bewiesen. Der Täter hatte nicht viel Zeit, selbst wenn man Elviras Tod und dein Verschwinden erst viel später entdeckt hätte. Also, wie hat er all das gemacht? Die Hütte gefunden? Handschellen besorgt? Lederriemen organisiert? Dich entführt? Und dann noch nebenbei einen Mord begangen? Es schien einfach zu perfekt. Zu geplant, um aus dem Stegreif entstanden zu sein. War Elvira das Opfer? Und du? Was warst dann du? Das Alibi? Aber für wen? Da gibt es nur eine Antwort: für dich selbst.«

Er machte eine kurze Pause, um die anderen die schwere geistige Kost verdauen zu lassen. Speziell Martha Brant und Henni Schönauer, aber auch Inge Plottino und Hans Maler schienen, ihren leeren Gesichtsausdrücken nach, nicht mehr folgen zu können. Erich Plottino war definitiv schon früher ausgestiegen. Zufrieden schaute er auf seine Frau – die war so klug, die würde ihm wie immer später alles erklären. Ein Schnaps hätte auch geholfen, aber er traute sich nicht, zu fragen.

Anita Frei saß wie sonst auch mit unergründlicher Miene da und hörte zu. Sie hatte bisher nichts zu den Vorwürfen gegen ihre Freundin gesagt. Renate Seidlinger schien in totaler Panik. Wenn sie wirklich die Mörderin war, spielte sie die Rolle gut. Nur Gruppeninspektor Krüger schien ein Licht aufgegangen zu sein. Nachdenklich starrte er die stellvertretende Bürgermeisterin an.

»Das mit den Lederriemen war genial«, gab Brecht zu. »Du hast dich zuerst mit den Handschellen gefesselt. Die Lederriemen hattest du schon vorher am Kopfende des Bettes an den Bettpfosten befestigt. Mit einem Knoten – was weiß ich wie der heißt –, jedenfalls mit so einem, den man auch beim Galgen benutzt, war es nicht schwierig hineinzuschlüpfen und einfach zuzuziehen. Fertig. Da braucht man dann nur mehr eine Hand dazu. Als die Lederriemen an ihrem Platz, den beiden Bettpfosten, waren, bist du mit der Rechten in einen der Riemen geschlüpft und hast fest zugezogen. Mit der Linken hast du noch gewartet, schließlich wolltest du zumindest eine Hand frei haben. Anders lassen sich die verschiedenen Wunden nicht erklären. Aber warum solltest du das tun? Reine Vorsichtsmaßnahme, wenn man dich nämlich doch nicht finden sollte. Könnte ja sein, dass man deine Hinweise nicht versteht. Es sind schon Menschen durch dümmere Zufälle ums Leben gekommen. Hätte man dich nicht gefunden, wärst du kläglich verhungert oder verdurstet, und das aus eigener Schuld. Denn sobald du den zweiten Lederriemen umgestreift und zugezogen hattest, gab es kein Zurück mehr. Du wärst niemals alleine frei gekommen. Da musste dieses kleine Hintertürchen bleiben.«

Brecht schwieg kurz. Seiner aufgeblasenen Selbstsicherheit schien die Luft auszugehen. Offensichtlich setzte es ihm mehr zu, als er zugeben wollte, dass er seine geschätzte Stellvertreterin und Vertraute zu beschuldigen hatte.

»Als du dir sicher warst, dass wir kommen – es war ja unmöglich, ungehört zur Hütte zu gelangen – hast du schnell diese Hand auch gefesselt. Wir dachten alle, der Mörder wäre auf uns aufmerksam geworden und geflohen. Die offene Hüttentür war daher eine logische Erklärung.«

»Das ist aber ziemlich an den Haaren herbeigezogen. Ich war es nicht.« Renate schien wieder den Tränen nahe.

Bröckelte die Fassade bereits? Der Bürgermeister sah Renate aufmerksam an und fuhr dann fort.

»Die beiden Alten, der Lackner und die Watzinger, die waren Testläufe. Proben, ob du es wirklich schaffst, jemanden zu ermorden. Holzer musste sterben, weil er dich bei der Watzinger gesehen hat. Dann hast du Elvira Zeiler umgebracht. Ich nehme an, hier war deine große Liebe zu Harald Eisner der Grund. Mord aus Leidenschaft. Und er, der Betrüger, sollte dafür leiden. Dass du seine Haare am Tatort platziert hast, das war schon fast genial. Du musstest damit rechnen, dass das Verhältnis mit dir und Harald herauskommt. Sobald ein Schwerverbrechen im Spiel ist, wird alles genau durchleuchtet. Oder Harald hätte es vielleicht gestanden. Also gleich den Verdacht auf ihn lenken. Außerdem behaupten, eine Frau hätte dich entführt, wo die Beweise doch eindeutig auf einen Mann hinwiesen. Du hast wieder für Verwirrung gesorgt. Und von dir abgelenkt. Je mehr Durcheinander und falsche Fährten gelegt wurden, desto weniger konnte der Überblick bewahrt werden. Du warst die Arme, das Opfer, und jeder hat wie ein wütendes Nashorn nach dem bösen Buben gesucht, der dir das angetan hat.«

Das alles klang nicht ganz unlogisch. Anita Frei dachte grübelnd mit, und ihr messerscharfer Verstand entdeckte sofort die Lücke in der Abfolge von Brecht. »Nehmen wir einfach einmal an, das stimmt, wie kann sie das mit Elvira gemacht haben? Sie war ja schon entführt, als die gestorben ist. Dann müsste ja doch noch eine Person im Spiel gewesen sein. Oder kann Renate nun auch noch zaubern?«

Brecht hörte ausnahmsweise geduldig zu, aber auch hier schien er um eine Antwort nicht verlegen. »Elvira, die Arme, ist durch ihre Lieblingsnascherei zu Tode gekommen. Und zwar zu einem Zeitpunkt nach der angeblichen Entführung Renates. Wie praktisch, nicht wahr? Ich darf es euch aber erklären: Jeder im Ort wusste um ihre Vorliebe für Pralinen. Das war nichts Neues. Oft genug hat man sie wegen ihrer Figur und ihrer kleinen Schwäche gehänselt. Trotzdem, jetzt wurde es schwierig für dich, Renate. Wenn du die präparierten Pralinen einfach vor die Tür gelegt und geklingelt hättest, wäre das am einfachsten gewesen. Du vergewisserst dich, dass sie zu Hause ist, sie macht auf, findet das vergiftete Geschenk, isst davon und stirbt. Das war aber aus verschiedenen Gründen nicht möglich. Erstens wäre Elvira, nachdem die Watzinger auf ähnliche Art gerade erst umgekommen war, vielleicht nicht so dumm gewesen, von den Pralinen zu essen. Zweitens hast du ja noch ihre Aussage benötigt, um den Mord an ihr einwandfrei dem großen Unbekannten zuzuordnen und dich selbst aus der Schusslinie zu bringen. Sie musste einen Einbruch vermuten, dann zu ihrem Hans gehen und diesen Vorfall melden, und dann sterben. Das war die perfekte Reihenfolge. Du wusstest genau, dass sie sich die Gelegenheit nicht entgehen lassen würde, ihren Lieblingspolizisten aufzusuchen und den Vorfall zu melden.«

Ein allgemeines »Hä?« war das Echo. Also erklärte Brecht es noch einmal, dieses Mal etwas langsamer. »Elvira hat jemanden um ihre Wohnung schleichen sehen und sollte dies bei Hans anzeigen. Das hast du gemacht, um später den Verdacht von dir abzulenken. Dadurch bekamst du einen schönen Grund für deine Entführung. Du konntest behaupten, jemanden bei der Wohnung gesehen zu haben, entführt worden zu sein, und den Rest glaubte jeder widerstandslos. Du hast dir selbst ein wunderbares Alibi geliefert. Da du zum Zeitpunkt von Elviras Tod schon entführt sein würdest, warst du so ziemlich die Einzige, die als Täterin für niemanden in Frage kam. Heimlich zurückzukommen wäre viel zu riskant gewesen. Überall waren Suchtrupps, und selbst in Verkleidung hätte man dich erwischen können. Die ganze wundervolle Planung wäre umsonst gewesen. Also, wie bekommt die Zielperson am besten die Pralinen, wenn du nicht mehr da bist? Es war sicher nicht noch eine Person beteiligt. Das wäre viel zu riskant für dich gewesen, jemandem zu vertrauen. Wer sich so ein Verbrechen ausdenkt, der will jeden Unsicherheitsfaktor ausschalten. Stimmt's?«

Schweigen.

»Das weitere Vorgehen ist minutiös geplant gewesen. Ich denke, so etwas kann nur einer Frau einfallen. Elvira hört am Abend von Renates Entführung jemanden ums Haus schleichen. Da sie kein Telefon besitzt, geht sie gleich in der Früh auf die Dienststelle in Fisching und wartet auf Hans. Wie immer. Das wusste jeder, und das hatte sie immer so gemacht. Niemals hätte sie sich einen solch wunderbaren Anlass entgehen lassen, um ihren heimlichen Schwarm zu besuchen. Du, Renate, hast wahrscheinlich ihren Tagesablauf ganz gut gekannt. Und du hast auch gewusst: Er würde ihr wie immer keinen Glauben schenken. Zu oft hat sie ihn schon mit haltlosen Anschuldigungen genervt, um seine Aufmerksamkeit zu erregen. Und selbst wenn er ihr geglaubt hätte, dann wäre eine Durchsuchung der Wohnung ergebnislos verlaufen. Irgendwann würde Elvira frustriert nach Hause kommen, dann die Post durchsehen. Wo praktischerweise schon dein Paket auf sie wartet. Sie kommt nach Hause, entdeckt die Süßigkeiten und nimmt sie ahnungslos in die Wohnung mit. Elvira hat sicher angenommen, sie sind von Eisner oder sonst einem Verehrer – wie sollte sie auch auf die Idee kommen, so den Tod in die Wohnung einzuladen. Oder vielleicht sogar ein kleines Geschenk vom Briefträger ... man hat da schon so einiges gehört.«

Inge Plottino verschluckte sich fast, doch ihr Mann sah immer noch mit friedlichem Gesicht in die Runde. »Was?«, fragte er. »Was ist los?« Aber darauf nahm niemand mehr Rücksicht. Nicht mal seine Frau.

Brecht wandte sich an Harald Eisner. »Was hast du eigentlich am Abend, an dem Elvira ermordet wurde, im Ort gemacht, Harald? Denn das warst doch du in der Seitengasse, den Inge gesehen hat, oder?«

Nach der langen Rede des Bürgermeisters (und der Tatsache, dass er von Minute zu Minute weniger der Mörder sein konnte), schien Harald Eisner fast erleichtert zu sein, endlich sprechen zu dürfen. »Ja, das war ich. Elvira hat mir am Abend des Tages, an dem die Renate verschwunden ist, eine Nachricht geschickt, ich solle am nächsten Tag zu ihr kommen. Das war, glaube ich, der Mittwoch. Sofort, sonst würde sie meine Frau anrufen. Die Nachricht war per SMS gekommen. Zuerst wollte ich gar nicht hingehen, denn ich habe die Nummer nicht gekannt. Elvira hatte ja kein Telefon und ständig ihre Handys verloren und dann immer ein neues gekauft, und wenn sie wieder einmal keines fand, hat sie sich einfach ein fremdes ausgeliehen. Jedenfalls habe ich mich nicht weiter darüber gewundert, dass sie unter einer fremden Nummer schrieb. Wahrscheinlich war die wirklich gar nicht von ihr. Aber das ist mir erst jetzt klar. Da bin ich dann zur Elvira in die Wohnung. Sie hat nicht aufgemacht. Der Reserveschlüssel lag wie immer unter der Türmatte, und so bin ich hineingeschlüpft.«

Er seufzte tief. Und mit diesem Seufzen drückte er alles aus, was er in den letzten Tagen hatte erdulden müssen. »Da lag sie dann. Es war schrecklich. Diesen Anblick werde ich nie mehr vergessen. Ich bin panisch geworden und einfach abgehauen. Die Tür habe ich wohl vergessen zu schließen. Dann wusste ich nicht, wohin. So aufgewühlt, wie ich war, konnte ich nicht nach Hause. In den Martinswirt auch nicht, da wäre mein Gemütszustand ebenfalls sofort aufgefallen. Dabei wäre ein Schnaps genau das Richtige gewesen. So fertig war ich noch nie in meinem ganzen Leben. Mir war sofort klar, dass man mich als Erstes verdächtigen würde, wenn unser Verhältnis bekannt geworden wäre. Und unter diesen Umständen wäre das wohl nicht ausgeblieben. Aber ein außereheliches Verhältnis ist doch etwas anderes, als jemanden umzubringen. Man durfte mich hier nicht verdächtigen. Ich konnte unmöglich zur Polizei gehen. Da wären Fragen gestellt worden. Unangenehme Fragen. Es war wichtig, dass ich mich zuerst einmal beruhigte. Da habe ich etwas getan, das ich geschworen habe, nie wieder zu tun.«

Das gespannte Publikum hielt die Luft an – welche Enthüllungen würden sich am heutigen Tag noch ergeben?

»Beim Automaten in der Seitenstraße habe ich mir eine Packung Zigaretten gezogen. Gerade als ich nach Hause gehen wollte, sind dann all die Leute von der Suchmannschaft zurückgekommen. Natürlich musste ich es vermeiden, gesehen zu werden. Während ich da in der Gasse gewartet habe, habe ich eine Zigarette nach der anderen geraucht. Da muss mich die Inge gesehen haben. Ich habe das gar nicht richtig registriert, so aufgebracht war ich. Das Warten bis zum nächsten Tag, als man dann den Mord öffentlich machte, gehörte zun Schlimmsten meines Lebens. Sollte ich die Polizei anrufen? Oder nicht?

Konnte man eine Verbindung von mir zu ihr herstellen oder nicht? Jeden Moment habe ich mit einer Verhaftung gerechnet, aber es ist nichts passiert. Daher dachte ich, es würde sich alles schon regeln, und meine Beteiligung an der Sache wäre ja sowieso unwichtig, ich war ja weder in die Entführung noch in den Mord verwickelt. Es tut mir wirklich leid, dass das alles so gekommen ist. Aber ich konnte doch nichts dafür. In der Firma ist immer so ein Druck, und es wäre nie in Frage gekommen, mich von meiner Frau scheiden zu lassen. Mit drei Kindern und dem großen Haus wäre das nicht nur gesellschaftlicher, sondern auch finanzieller Selbstmord gewesen.«

Harald Eisner setzte kurz und erschöpft ab, und wie aus einer Starre erwacht, begannen die anwesenden Damen und Herren plötzlich aufeinander einzureden. Inge und ihre Weiber hysterisch und aufgebracht, Renate verzweifelt in Gregors Richtung, Krüger erteilte Befehle zur Wiederherstellung der Ruhe, die aber keinen interessierten. Als Eisner auf einen Wink von Brecht wieder zu sprechen anfing, wurde es auf einen Schlag still.

»Als sich dann eine Frau wie die Renate in mich verliebte, war ich schon sehr geehrt. Sie ist beliebt, schön, klug, unnahbar und einfach umwerfend. Auch wenn ich es niemandem erzählen konnte, so mancher hätte mich für diesen Fang beneidet. Es war eine wunderbare Zeit, und ich denke, ich habe dich auch irgendwie geliebt, Renate. Das musst du mir glauben.«

Renate fauchte, und zuerst schien es, als würde sie sich auf ihn stürzen oder ihn wenigstens ebenfalls anspucken. Inge und Anhang lehnten sich in gespannter Erwartung nach vorne, wurden aber enttäuscht, als die noch stellvertretende Bürgermeisterin plötzlich in sich zusammensackte und schwieg. Mit Blicken um Mitleid heischend, fuhr Eisner fort.

»Aber dann hast du angefangen, Forderungen zu stellen. Unsere gemeinsame Zukunft zu planen. Dass wir zusammenziehen und der ganzen Welt unsere Liebe zeigen müssen. All das Zeug halt, was Frauen sich wünschen. Aber das ging einfach nicht. Unmöglich. Es hätte alles kaputt gemacht. Es hätte mich meine ganze Existenz gekostet, wenn unsere Affäre herausgekommen wäre. Du wolltest, dass ich mich scheiden lasse. Die Beziehung zu dir zu diesem Zeitpunkt zu beenden, schien mir zu gefährlich – meine Frau wäre wohl die Erste gewesen, die davon erfahren hätte. In dieser Zeit, als ich nicht so recht wusste, was tun, ja, da bin ich einmal der Elvira begegnet. Ich war bei einem Geschäftstermin und hatte mich vorher mit Renate über das übliche Thema gestritten. Meine Frau hat auch genervt, die wollte unbedingt noch ein Kind. Meine Nerven lagen ziemlich blank, und da bin ich, wie gesagt, der Elvira über den Weg gelaufen. In der Stadt in einem Café hat sie gesessen, weil sie bei irgendeiner Behörde war. Ich wollte mich gar nicht zu ihr setzen, sie war nicht unbedingt eine Person, mit der man gerne gesehen oder in Verbindung gebracht wurde. Aber sie ist einfach an meinen Tisch gekommen und hat sich mit einem strahlenden Lächeln dazugesetzt. Das war mir peinlich, aber was sollte ich schon dagegen machen. Irgendwie sind wir dann doch ins Gespräch gekommen. Zuerst hat sie mir nur zugehört, und das hat gutgetan. Ich habe ihr Sachen erzählt, die ich sonst keinem erzählen konnte. Und irgendwie sind wir dann im Bett gelandet, und es war einfach super. Geiler Sex und keine Versprechen.«

Während die Männer bei dieser Schilderung starren Blickes zuhörten, schüttelte die Plottino mit einem »Tz, tz, tz!« den Kopf, Martha Brant bekreuzigte sich, und Renate schrie auf wie ein weidwundes Reh. Das hier ertragen zu müssen, das hier hören zu müssen, ging wohl über ihre Kräfte hinaus. Sie wimmerte wie unter heftigen Schmerzen, und auch wenn man das, was sie vor sich hin murmelte, nicht verstand, klang es wie die Bitte um einen Gnadenschuss. Doch der einstmals Geliebte ließ sich nicht erweichen und fuhr ungerührt fort.

»Wir haben uns ab da öfter getroffen. Wenn ich zu ihr kam, hat sie sich gefreut. Wenn ich ging, war kein Jammern zu hören. Sie war immer da, immer willig und aus. Mehr nicht. Der Renate wollte ich in dieser Woche sagen, dass ich mich von ihr trenne, aber ich denke, das hat sie schon vorher gemerkt. Dass sie so reagiert … dass sie die Elvira deswegen umbringt und mir den Mord in die Schuhe schiebt, hätte ich nicht gedacht!«

Der Mann ohne Rückgrat zerfloss im Selbstmitleid. Er war natürlich an der Situation gar nicht schuld. Angeekelt ignorierte ihn der Bürgermeister und wandte sich wieder Renate Seidlinger zu. Wahrscheinlich war sie nicht das einzige Opfer des ehrenwerten Herrn Geschäftsführers Harald Eisner, des fleißigen Feuerwehrkommandanten und Vorzeigefamilienmenschen. Sie tat ihm fast leid, weil sie auf so einen Schürzenjäger hereingefallen war. Aber auch nur fast – wenn er an all die Toten dachte. Ein bisschen erleichtert fühlte er sich auch. Nicht sein fingierter Zettel vom Holzer war der Auslöser für das gewesen, was dann folgte, die Entführung, den Mord, sondern etwas ganz anderes.

»Es war wichtig, Harald, dass du kein Alibi hast. Das wusste Renate. Dass dich ausgerechnet Inge Plottino sieht, wie du da in der Gasse stehst, ist dir wahrscheinlich wie ein Omen erschienen, gell, Renate? Der Plan war schon ziemlich gut ausgetüftelt. Würde es sich nicht um so Verabscheuungswürdiges handeln, hättest du meine ganze Bewunderung. Und dann hast du es so hingestellt, als ob du entführt worden bist, weil du etwas oder jemanden am Balkon von Elvira gesehen hast, das oder den du nicht hättest sehen sollen. Das war genial. Wer würde schon eine Renate Seidlinger einer solch infamen Lüge bezichtigen? Wir konnten dir nicht einmal Fingerabdrücke nachweisen, die wir ja auf den Handschellen leicht hätten finden müssen. Auf den Lederriemen war das ja nicht gut möglich.«

»Ich war es nicht.«

»Und die Verletzungen? Die sind doch nicht von selbst entstanden?« Wieder meldete sich Anita Frei zu Wort. Sie würde nicht so schnell aufgeben. »Dann wären doch auf dem Messer oder irgendwo ihre Fingerabdrücke gewesen. Wie soll das gehen?«

»Richtig«, gab Brecht zu. »Das geht auch nur, wenn sie bis fast zum Schluss Handschuhe getragen hat.«

»Ach, und wo sind die? Wieso wurden sie nicht gefunden? Hat Renate sie verschluckt?«

Jetzt war auch Krüger wieder etwas skeptisch. Das Ganze klang vielleicht sehr logisch, aber der endgültige Beweis fehlte. »Herr Brecht, der Einwand ist berechtigt. Die Spurensicherung hat keine Handschuhe gefunden. Sonst wüsste ich es. Und meine Leute suchen genau, damit das klar ist.«

»Die Leute von der Spurensicherung haben beste Arbeit geleistet, aber die wussten ja auch nicht, *wonach* sie suchen sollen. Nachdem mir alles eingeleuchtet ist, bin ich nochmals zur alten Hütte im Wald gefahren und habe mich ins Bett gelegt. Wie kann man das anstellen? Wie könnte sich das Ganze abgespielt haben? Das habe ich mich immer wieder gefragt. Zuerst einmal alles vorbereiten. Denn spontan ist die Aktion sicher nicht abgelaufen, selbst wenn es so aussehen sollte. Renate hat alles vorbereitet, die Hütte, die Fesseln und so weiter. Und dann hat sie auf den richtigen Moment gewartet – der sich nach der Pressekonferenz bot. Nach der ›Entführung‹ hat sie das Auto irgendwo abgestellt. Das durfte man ja finden, es würde darin ohnehin keinen Hinweis auf irgendjemanden geben. Der Entführer hat es benutzt, nachdem er Renate überwältigt hatte, es abgestellt und floh dann wahrscheinlich mit einem eigenen Auto. Klingt ganz logisch. Es wird in einem Umkreis um die Hütte zu finden sein, von dem aus man leicht wieder zu Fuß zu dem kleinen Häuschen zurückkommt. Also, Auto abgestellt, wieder zurück zur Hütte, die Sachen, die sie nicht mehr braucht, vergraben oder verbrennen. Das wird schwer zu finden sein, aber vielleicht ist es ja auch möglich. Jetzt, wo wir wissen, was wir suchen. Ist auch nicht so wichtig. Dann legt sie sich in Unterwäsche ins Bett und betäubt sich mit Chloroform. Wenn man sie in diesem Zustand findet, sieht trotzdem alles sehr glaubwürdig aus. Das muss sie tun, denn sie weiß, dass nachher mit Sicherheit ein Bluttest gemacht wird, mit dem das Chloroform im Körper nachgewiesen werden kann. Und der Grad ihrer Unterkühlung gemessen. So war es ja dann auch. An so einer Kleinigkeit sind schon viele Verbrecher gescheitert, sie aber schien wirklich an alles gedacht zu haben.«

Nun funkelte doch ein wenig väterlicher Stolz in den Augen des Bürgermeisters auf. Immerhin raffiniert war Renate gewesen, das musste er ihr lassen. Bei allem Abscheu, den er ansonsten empfand.

»Es war unwahrscheinlich, bald gefunden zu werden, und die

Betäubung hielt sicher nicht lange. Sobald Renate wieder wach war, kam der nächste Schritt. Mit dem Messer hat sie sich die Verletzungen beigebracht. Das war sicher nicht einfach, aber es gehörte zur Ablenkung dazu – und ganz offensichtlich verfügt Renate über eine gehörige Portion Selbstdisziplin. Außerdem hat vielleicht das Chloroform noch nachgewirkt, vielleicht hat sie eine Schmerztablette genommen, damit es nicht so schlimm war – wer weiß? Wenn man so was durchzieht, dann erträgt man das auch noch. Sie sah ja hundeelend aus, als wir sie gefunden haben. Die Wunden waren aber nur oberflächlich. Als sie fertig war, hat sie eventuelle Fingerabdrücke abgewischt und das Messer auf den Boden fallen lassen. Dann hat sie den fingierten Hilferuf abgegeben und das Telefon in der Matratze verschwinden lassen.«

»Stopp!« Das erste Mal wurde nun Anita Frei etwas lauter. Sie war aufgeregt, da sie dachte, die Achillesferse in der Beweisführung Brechts gefunden zu haben. »Wie soll sie das alles abgewischt haben? Man hat keinen Fetzen oder ein Tuch mit ihrem Blut daran gefunden, oder? Genau wie die Handschuhe!« Erwartungsvoll sah sie zu Krüger.

Der Gruppeninspektor dachte kurz nach, raschelte etwas mit den Unterlagen, räusperte sich und gab dann widerwillig zu, dass sie mit ihren Schlussfolgerungen richtiglag: »Also, ja, man hat kein Tuch gefunden, außer …«

Aufgeregt unterbrach Inge Plottino die Antwort des Gruppeninspektors, glücklich, etwas zu sagen zu haben. »Ich weiß etwas, ich weiß etwas! Sie könnte doch die Fingerabdrücke am Messer und an den Handschellen abgewischt haben und dann das Tuch versteckt haben?«

»Moment, gehen alle davon aus, dass ich schuldig bin, oder wie?«

Den Einwurf von Renate überging man einfach. Anita Frei war in Verteidigungsstimmung gekommen. »Wenn – ich sage, *wenn* – sie es war, wie geht es dann, dass man weder auf den Handschellen noch auf dem Bettgestell oder sonst wo Fingerabdrücke von ihr entdeckt hat, wenn sie vorher schon das Tuch versteckt hat? Das geht gar nicht.«

»Ich weiß etwas. Ich weiß etwas! Sie könnte doch das Tuch mit dem Chloroform verwendet haben?« Voller Stolz und Erwartung auf Lob sah Inge zu Krüger.

»Wenn man mich aussprechen lassen würde, hätte ich das gleich erwähnt. Nein, die Ermittler haben nirgends Fingerabdrücke von ihr gefunden, nein, man hat kein Tuch gefunden, außer dem mit dem Chloroform dran. Nein, sie hat auch nichts mit diesem Fetzten abgewischt, sonst hätten wir Spuren auf dem Messer oder den Handschellen oder sonst wo von diesem Tuch gefunden. Oder Blut. Nein, es war auch kein Blut dran. Das haben wir alles überprüft. Wenn Frau Seidlinger es so, wie sie es erklären, Herr Bürgermeister, angestellt haben soll, dann müsste sie schon Handschuhe getragen haben. Hat sie aber nicht, wir haben keine gefunden. Im Gegensatz zum Messer, dem Mobiltelefon, das tatsächlich zwischen Matratze und Bettgestell eingeklemmt war, den Handschellen und den Lederriemen. Nun, Mister Poirot, was sagen Sie jetzt?«

»Erstens heißt es *Monsieur* Poirot – der ich aber nicht bin. Und zweitens darf ich hier widersprechen: Sie hat sehr wohl Handschuhe getragen. Also, es war so, wie ich es erklärt habe, sie hat mit den Handschuhen alles abgewischt, und dann galt es nur noch, die lästigen Dinger loszuwerden. Und die wurden ganz einfach versteckt.«

»Interessant. Und wie soll sie das ans Bett gefesselt angestellt haben?« Anita Frei gab nicht auf.

Brecht schien aber auf alles eine Antwort zu wissen. »Sie hat Gummihandschuhe getragen.«

»Ach, und das ändert etwas an der Tatsache? Von mir aus kann sie Veterinärhandschuhe getragen haben – sie müssten irgendwo sein!«

»Ein Gummihandschuh der Größe S ist nicht so leicht zu sehen. Meine Kenntnis von Frauen sagt mir, dass sie diese Größe besitzt.« Das war gut geraten, denn Brecht hatte so gut wie gar keine Kenntnisse von Frauen. »Also, ein solcher Handschuh ist nicht leicht zu finden. Sogar zwei von der Sorte nicht. Also habe ich mir gedacht, ich liege auf dem Bett und habe nur diesen

Radius um mich herum, da ich, um keinen Fehler zu machen, schon an den Füßen gefesselt bin. Blutspuren, Wunden, alles muss zusammenpassen. Wo verstecke ich ihn also? Es hat einige Zeit gedauert, bis ich die Lösung gefunden habe. Fast hätte ich geglaubt, dass ich mich irre. Aber nur fast – ein Brecht irrt sich nie!« Er lachte, als ob er einen wirklich köstlichen Scherz gemacht hätte – es konnte aber keiner mitlachen.

»Gut, jedenfalls gleich neben dem Bett habe ich dann ein Brett entdeckt, das sich ganz leicht verschieben ließ. Es war kaum zu sehen und wirklich gut getarnt. Es hat aber genügt, um den Handschuh in die Ritze zu stopfen. Ohne zu wissen, wonach man sucht, wäre dieses Brett niemals aufgefallen. Um es mit den Worten von der Plottino zu sagen: Wala, da war er!«

Damit zog er einen gut in Plastik verpackten Handschuh aus der Hosentasche, hielt ihn in die Höhe und blickte voller Triumph in die Runde. Krüger schnappte danach, und Brecht händigte seinen Fund nur zu gerne aus.

»Ich bin mir sicher, wir werden darauf Fingerabdrücke von dir finden, liebe Renate. Oder DNA oder DNS, oder wie das Zeug auch immer heißen mag. Denkst du nicht? Das geht heutzutage, da habe ich mich erkundigt. Du hast es nach deiner ›Rettung‹ nicht gewagt, hinauszufahren und dieses einzige Beweisstück zu entfernen, das dich belastet hätte. Jedenfalls noch nicht. Vielleicht wäre das aber klüger gewesen. Dann würde es nun keinen Beweis geben. Da warst du dir ein bisschen zu sicher. Es muss dich wirklich einiges an Zeit gekostet haben, diesen Plan auszudenken, alles vorzubereiten und dann auch noch auszuführen.«

Zufrieden verstummte er, und es folgte absolutes Schweigen. Selbst für den größten Skeptiker waren alle Fragen beantwortet. Anita Frei saß zusammengesunken da, die Hände ineinander verkrampft. Alle Augen richteten sich auf Renate, die Blicke von verzweifelt bis ungläubig, von neugierig bis mordlüstern.

Gruppeninspektor Krüger stand auf und bedeutete den beiden Polizisten, die stellvertretende Bürgermeisterin zu verhaften. Natürlich galt es noch, das Beweismaterial zu überprüfen, aber die Beweisführung Brechts schien ihm sehr logisch, und die Indizien waren äußerst belastend.

Renate Seidlinger erwachte aus ihrer Erstarrung und wehrte sich aufs Heftigste gegen ihre Verhaftung. Sie beteuerte immer wieder ihre Unschuld und erklärte, dass sie häufig solche Handschuhe benutze, gerade bei der Hausarbeit, und es wäre ein Leichtes, ihr einen zu entwenden. Das mit dem Eisner würde stimmen, sie habe ihn geliebt, aber das mit den Morden nicht.

»Ich bin entführt worden, Anton! So glaub mir doch! Wie kannst du an mir und meiner Aufrichtigkeit zweifeln?« Mit flehendem Blick sah sie Brecht an, und diesem tat das Herz weh. War doch Renate nicht nur seine rechte Hand, sondern auch seine Vertraute gewesen.

Eisner ließ man frei, jedenfalls aus der Haft. Auf ihn und seine Familie würde eine schwere Zeit zukommen. Aber das war sein eigener Verdienst. Lange würden Inge Plottino, Martha Brant und ihr Team dafür sorgen, dass keiner die Geschichte in Lember vergaß, hatten sie doch entscheidend und aktiv zur Lösung des Falls beigetragen. Jedenfalls ihrer bescheidenen Meinung nach. Eine glänzende Fassade war eingerissen worden, und dahinter befand sich nur schwarze Leere. Der Teufel, das Böse also, war besiegt. Und es gab reichlich Stoff für ausführliche Geschichten, wie die Damen sie liebten.

Man könne nie hinter die Fassade eines Menschen schauen, wenn er sie nicht lässt, fügten sie bei ihrer Berichterstattung der kommenden Wochen ständig hinzu. Mit einem Seufzen wiederholte Henni Schönauer diesen Satz immer und immer wieder, bis er sich fast zu einem Slogan für das kleine Lember entwickelt hatte.

War im Ort damit alles wieder in Ordnung? So in Ordnung wahrscheinlich, wie es in all den anderen kleinen Gemeinden ist, bis es zum nächsten unerhörten, überraschenden Skandal kommt und wieder eine scheinbar perfekte Fassade zu bröckeln beginnt.

Epilog

Es ist zu Ende. Der Mörder ist gefasst, und die Gerechtigkeit hat gesiegt. Das Gute hat wieder über das Böse gewonnen. Es war eine unterhaltsame Zeit mit Ihnen, lieber Leser, aber nun muss ich mich verabschieden.

Ach, wie gut, dass niemand weiß, wie ich denn in Wahrheit heiß …

Wenn jemand behauptet, Mord würde niemanden befriedigen, der irrt. Auch wenn es Sie überraschen wird: Es ist alles so gekommen, wie ich es geplant habe.

Ach, Sie haben da so Ihre Zweifel?

Mal ehrlich, haben Sie auf den richtigen Täter getippt? Wirklich? Wann genau? Gut – aber Sie wissen ja: Man kann nie hinter die Fassade eines Menschen schauen, wenn er sie nicht lässt …

Und Sie sind sich wirklich ganz sicher, den Richtigen geschnappt zu haben? Na schön.

Vielleicht hören wir ja mal wieder voneinander. Und wenn nicht, dann besuchen Sie uns doch mal in unserer kleinen idyllischen Gemeinde Lember. Wir könnten uns zufällig über den Weg laufen, grüßen uns, sind uns sympathisch und plaudern über dies und das. Wer weiß. Ich werde Sie erkennen.

Sie mich leider mit Gewissheit nicht.

Anhang

Die Sage von der übergossenen Alm

Beim Hochkönig gab es ganz früher eine große Alm. Da waren grüne Wiesen und viele Kühe, die Milch gaben. Daraus wurde Käse gemacht. Dann gab es da Fleisch und Brot und von allem ganz viel. Die Frauen, die da auf der Alm arbeiteten, nannte man Sennerinnen. Und weil die so viel von allem hatten, wurden die ganz übermütig. Denn es wurden wilde Feste auf der Alm gefeiert. Sie machten den Weg aus Käselaiben, auf dem die Besucher herkamen. Sie verschütteten die Milch, und das Fleisch, das die Gäste nicht gegessen hatten, verfütterten sie an die Hunde. Und dann machten sie noch ganz schlimme Sachen und sagten, dass sie besser wären als der liebe Gott und er ihnen nichts antun könnte.

An einem Tag ist dann auch noch ein müder, hungriger Wanderer zu ihnen gekommen und hat sie gebeten, ihm zu helfen. Da lachten die ganz laut, haben das gute Essen lieber weggeworfen und den armen Mann herzlos weggejagt. Da hat es dann dem lieben Gott gereicht. Das hat er sich nicht gefallen lassen. Wusch, hat er einen riesigen Schneesturm gemacht, und die grünen Wiesen und alle bösen Sennerinnen wurden unter den Schneemassen begraben. Und so liegt auch heute noch alles unter dem Eis. Man nennt die weite Fläche mit dem ewigen Schnee unter dem Gipfel des Hochkönigs »Übergossene Alm«.

Verfasst von der 3. Klasse der Volksschule Lember

Schwammerlgulasch mit Semmelknödeln
(für 4 Portionen)

Zutaten für Semmelknödel:
1 kg halbwegs frisches Knödelbrot vom Lebensmittelladen Brant
250 ml Milch
3 Eier, Größe M
Salz
½ Bund Petersilie
Öl
1 Zwiebel (fein gewürfelt)
Muskatnuss nach Geschmack

Zubereitung:
Die Semmelknödel in eine Schüssel geben. Milch mit Ei verquirlen, salzen und über die Semmelwürfel gießen, 30 Minuten zugedeckt ziehen lassen. Gehackte Petersilie zu den eingeweichten Semmelwürfeln geben. Öl erhitzen, Zwiebel darin anschwitzen und unter die Masse mischen. Gut durchkneten und kräftig mit Salz und Muskatnuss würzen. In einem großen Topf gesalzenes Wasser aufkochen. Mit angefeuchteten Händen 8–10 Knödel formen. Knödel in das kochende Wasser legen und einmal aufkochen. Hitze stark reduzieren und Knödel 20 Minuten gar ziehen lassen.

Zutaten für das Schwammerlgulasch:
3 Zwiebeln
4 EL Fett
1 EL Paprika edelsüß
1 EL Essig
125 ml Rinds- oder Gemüsebrühe
1 kg Eierschwammerl
Salz, Pfeffer
2 EL Mehl

250 ml Sauerrahm
1/2 Becher Crème fraîche

Zubereitung:
Gehackte Zwiebeln in Fett anrösten. Paprika dazu rühren. Sofort mit Essig ablöschen, damit die Paprika nicht bitter wird. Rinds- oder Gemüsebrühe dazugeben. Die Schwammerl je nach Wunsch und Größe (ganz oder geschnitten) dazu. Salzen, pfeffern, zugedeckt weich dünsten. Mehl und Rahm gut verquirlen, unter die Schwammerl rühren. Circa 10 Minuten kochen. Mit Crème fraîche abschmecken. Mit den Semmelknödeln servieren.
Tipp: Schmeckt auch mit Champignons oder anderen Pilzen gut!

Fleischkrapfen (*für 5 Portionen*)

Zutaten:
125 g Roggenmehl
125 g Weizenmehl
Salz
250 ml Milch
30 g Butter
125 g gekochtes, geselchtes Rindfleisch (oder Schweinebraten)
150 g geräucherter Speck
150 g Selchschopf (Geselchtes)
Petersilie
1 Zwiebel
2 gekochte Kartoffeln (klein geschnitten oder gerieben)
Butter zum Herausbacken

Zubereitung:
Roggenmehl, Weizenmehl und Salz in einer großen Schüssel vermischen. Die Milch mit Butter aufkochen lassen, über das Mehlgemisch gießen und zu einem festen Teig kneten. Den fertigen Teig in ein Geschirrtuch einwickeln und eine Stunde ruhen lassen. Das Rindfleisch, den Speck, den Selchschopf und die Petersilie fein schneiden (am besten mit der Hand und nicht in einer Küchenmaschine, da es dann besser schmeckt). Klein geschnittene Zwiebel in Butter anschwitzen und die anderen Zutaten dazu geben. Ein wenig anrösten, dann die Pfanne vom Herd nehmen. Den Teig mit einem Nudelholz dünn ausrollen und mit einem Ausstecher runde Fladen (z.B. von einer Größe von 10 cm) ausstechen. Eine Hälfte mit wenig Fleisch befüllen, Fladen dann zusammenschlagen. Die Ränder sehr fest zusammendrücken, sodass beim Herausbacken die Füllung nicht wieder herauskommt. In Butter anbraten und fertig!
Als Beilage schmeckt am besten ein gutes Sauerkraut.

Danksagung

Partizipgruppen auflösend und Passivsätze ermordend, jagte mich da ein Mensch durch meinen eigenen Krimi. Ohne meine Lektorin Lisa Bitzer, die streng, aber verstehend, mit viel Humor und Verständnis mein Copilot war, wäre dieses Ergebnis nicht entstanden. Leider mit folgender Drohung an sie: Es gibt noch mehr von Inge und Co.

Tja, und dann der Emons Verlag. Wie kann es sein, dass so viele nette, kompetente und aufmunternde Menschen in einer Firma sitzen? Und dass Kölner meinen alpinen Schmäh verstehen? Ich finde, ihr seid alle super.

Sabine: Beste Freunde sind nicht selbstverständlich. Darum dieser Platz in meinem Buch. Du hast bei diesem Projekt von Anfang an mitgezittert und -gefiebert, als wäre es dein eigenes.

Hinter all dem stehen mein Mann Günther (das Beste, was mir je passiert ist) und meine wunderschönen Töchter Annabella und Marlena, die mich mit einer Hingabe und einem Glauben unterstützt haben, die ich selbst nie hatte.

Vielen Dank euch allen.